KB109662

첫 문장은 마지막 문장이다

첫 문장은 마지막 문장이다

김응교

마음산책

첫 문장은 마지막 문장이다

1판 1쇄 인쇄 2023년 8월 15일
1판 1쇄 발행 2023년 8월 20일

지은이 | 김응교
펴낸이 | 정은숙
펴낸곳 | 마음산책

편집 | 성혜현 · 박선우 · 김수경 · 나한비 · 이동근
디자인 | 최정윤 · 오세라 · 한우리
마케팅 | 권혁준 · 권지원 · 김은비
경영지원 | 박지혜

등록 | 2000년 7월 28일(제2000-000237호)
주소 | (우 04043) 서울시 마포구 잔다리로3안길 20
전화 | 대표 362-1452 편집 362-1451   팩스 | 362-1455
홈페이지 | www.maumsan.com
블로그 | blog.naver.com/maumsanchaek
트위터 | twitter.com/maumsanchaek
페이스북 | facebook.com/maumsan
인스타그램 | instagram.com/maumsanchaek
전자우편 | maum@maumsan.com

ISBN 978-89-6090-828-4 03800

* 책값은 뒤표지에 있습니다.

현실에서 떨어져 현실을 보면
새로운 가능성을 볼 수 있다.

테이블 세터, 첫 문장

테이블 세터Table Setter란 야구 경기에서 1번 타자와 2번 타자를 말합니다.

식사하기 전에 식탁을 잘 차려야 하듯이, 야구 경기에서 1번, 2번 타자는 경기의 밥상을 잘 차려야 합니다. 특히 1번 타자는 정말 중요합니다. 모든 타자가 중요하지만 1번 타자는 반드시 출루해야 합니다. 1번 타자는 안타든 번트든 사사구든, 어떤 수를 써서라도 그라운드에 나가야 합니다. 1번 타자가 깔끔하게 안타를 치고 공격의 물꼬를 터야 2번, 3번 타자가 줄줄이 출루합니다. 이어서 듬직한 4번 타자가 홈런을 때려주면 승리할 수 있겠지요. 당연히 1번 타자의 출루율이 높으면, 경기의 승률은 올라갑니다. 감독은 높은 타율과 출루율을 가진 선수를 1번 타자로 선정합니다. 9번 타자까지 모든 선수가 자신의 역할을 해야 하고요. 9번 타자가 잘해야, 다시 1번 타자의 순서가 오지요.

첫 문장은 1번 타자와 비슷하지 않을지요. 2번 타자까지 끌어들이는 1번 타자는 최고의 타자입니다. 두 번째 문장을 읽고 싶은 마음이 독자에게 생기도록 끌어들이는 첫 문장은 자신의 역할을 다하는 1번 타자입니다. 첫 문장은 두 번째, 세 번째 문장을 읽고 싶은 욕망을 일으켜야 합니다. 야구 경기의 감독처럼 글 쓰는 이는 깊이 생각하고 생각하여 첫 문장을 놓아야 합니다. 9번 타자와 비교할 수 있는 마지막 문장도 중요합니다. 마지막 문장을 다 읽고, 다시 첫 문장부터 읽고 싶은 작품이 진짜 명작이지요.

첫 문장, 첫 장면에 무엇을 쓰는가는 말할 필요 없이 중요하지요. 어떤 형식의 글이든 첫 문장, 첫 문단, 첫 장면을 구성하는 것은 쉽지 않습니다. 글을 쓰다가 첫 문장에서 막혀 뭉그적거린 경험은 누구나 한두 번 있지요. 첫 문장을 못 써서 아예 글을 못 쓰겠다는 분도 더러 있습니다.

첫 문장을 못 써서 빈 종이 앞에서 버거워하신 적이 있으신지요. 첫 문장을 아예 쓰지 말고 두어 줄 비워두면 어떨까요. 기승전결 순서대로 쓰기보다는 그냥 '전轉'부터 쓰는 겁니다. 가장 중요한 사건은 뼈대니까요. 점토로 두상을 만들듯, 먼저 뼈대를 세우고 살을 붙여나가는 방식이 좋습니다. 일단 핵심을 쓰고 나서 조금씩 빈 종이를 메꾸어가다 보면, 첫 문장은 슬그머니 다가옵니다.

탁월한 첫 문장이 안 나오면, 생각날 때까지 기다리며, 아니 아예 기다리지 않고 첫 문장을 멀리 밀어둡니다. 도중에 정했던 첫 문장도 마지막에 다시 고쳐 쓰는 경우가 있기에, 아예 밀쳐 둡시다.

결국 첫 문장과 제목은 가장 나중에 다가오곤 하지요. 염려하지 말고 가장 마지막에 모든 내용을 아우르며 다가오는 첫 문장을 환대하며 모시기로 하지요. 첫 문장은 곧 마지막에 결정하는 마지막 문장입니다.

첫 문장을 잘 쓴 소설이나 산문집은 무엇이 있을까요. 어떤 책을 선정해서 소개할지 쉽지 않았습니다. 동서고근東西古近, 동양과 서양 그리고 옛것과 최근 것을 균형 있게 소개하고 싶었습니다. 한쪽으로 편식해서 소개하고 싶지 않았습니다.

괴테가 제안한 '세계문학Weltliteratur'은 유럽 문학 중심이 아닙니다. 괴테는 유럽 문학을 넘어 아시아 문학과 교류하는 '소통의 세계문학'을 구상하고 제안했지요. 그래서 그는 아시아 시집 『서동시집』을 번역해 내기도 했지요.

한국작가회의 국제위원장을 10년 이상 맡으면서 많은 국제 회의에서 외국 작가와 연구자 들을 만났습니다. 시민강좌 '세계문학 아카데미'도 진행해왔습니다. 10회의 강연 중 아시아·아프리카 문학을 4회, 미국·유럽·러시아 문학을 4회, 한국문학을 나머지 2회에 소개했습니다. 숙명여대에서 제가 맡은 수업 '세계문학과 철학'도 비슷하게 분류하여 진행했습니다.

단순히 탁월한 첫 문장을 뽑아 소개하는 것을 넘어 첫 문장이 그 소설, 혹은 그 단행본 전체를 어떻게 이끌어 가는지 소개해보고 싶었습니다. 첫 문장이 어떤 역할을 하는지, 그 의미에 따라 열한 가지로 나누어 정리했습니다.

소설과 산문집 서른일곱 편의 첫 문장을 선정했습니다. 선정하여 첫 문장을 소개할 때 먼저 부닥친 문제는 어떤 번역서로 인용해야 하는가 하는 문제였지요. 원문과 대조하며 책을 읽는데 번역이 원문과 다른 책들이 많았습니다.

영어, 독일어, 일본어, 중국어 소설은 이미 나온 번역서와 원문을 대조하여 필자가 새롭게 번역했습니다.

최대한 쉽게 첫 문장 이야기를 써보고 싶었습니다. 책 읽기를 좋아해서 고등학교 때 매주 한 권씩 삼중당 문고본을 읽으면서 성적이 바닥까지 떨어졌습니다. 매주 한 권씩 읽으면서도 체계적인 글쓰기나 읽기를 배우지 못한 저는 난독하며 헤맸습니다. 적당한 안내서를 만나지 못했습니다. 그냥 읽는 것이 좋아서 마구 읽었습니다. 헛것 헤매듯 잡식으로 읽던 저 자신에게 선물하는 마음으로 고등학생도 읽을 수 있는 문체로 썼습니다.

몇몇 글 말미에는 필자의 유튜브 영상 강의를 소개했습니다. 유튜브에서 제목을 검색해서 참조하실 수 있습니다. 책과 더불어 입체적인 영상 정보를 체험하시기를 바랍니다.

이 책이 소설이나 산문을 쓰려는 이에게 도움이 되고, 소설과 산문 혹은 사상서를 이해하려는 이에게 즐거운 체험이 되기를 바랍니다. 온갖 산문의 첫 문장 첫 장면을 읽다 보면, 글을 쓸 때 자신도 모르게 깊어지지 않을까 기대합니다. 책을 읽을 때 첫 문장 첫 장면을 유심히 읽다 보면, 거꾸로 내가 글을 쓸 때 더 신경 쓰며 마음 모아 쓰겠지요. 기대 이상으로 글쓰기가 좋아지면 좋겠습니다. 변두리 서생에게 이런 형식의 책을 낼 기회를 준 마음산책 정은숙 대표님과 이동근 편집자에게 감사드립니다.

정말 나는 글을 못 쓴다, 책을 읽어도 무슨 말인지 모르겠다는 겸허한 분들과 함께, 이제 고대와 중세를 거쳐 현대까지 연대순으로 첫 문장을 만나는 즐거운 여행을 시작하겠습니다.

수락산 서재에서
2023년 8월
김응교

차례

가끔 이런 용어가 나옵니다

첫 장면 Opening Scene

첫 장면은 산문을 이끌어갈 분위기를 형성합니다. 선경후정先景
後情이라는 말이 있지요. 앞에는 풍경을 쓰고, 뒤에 천천히 작가
의 감정을 쓰는 방식입니다.

계기적 사건 The Inciting Incident

계기적 사건은 이야기를 풀어갈 어떤 작은 사건을 뜻합니다.
작은 연못에 파문을 일으키는 돌멩이 하나 같겠지요. 이야기가
작동하는 최소한의 내용을 임시하듯 넣어야 합니다. 그 작은 돌
멩이가 해일을 일으키는 계기적 동기가 될 수도 있습니다.

결정적 사건 The Decisive Incident

결정적 사건은 작품을 처음부터 끝까지 지배하는 큰 사건을 뜻합니다. 작은 연못에 파문을 만드는 돌멩이가 아니라, 한 인간이나 사회를 뒤엎는 해일 같은 사건을 앞에 두는 경우겠죠. 충격을 주는 이 큰 사건은 중간 이후에 다시 나오고, 그로부터 파급된 결과가 이야기를 이룹니다.

표면적 문제 Surface Problem

표면적 문제는 어떤 상황을 아무 문제가 없을 듯이 슬쩍 풀어넣는 방식입니다. 주인공의 심리 묘사, 소설의 이야기를 암시하는 대화체, 혹은 전체를 조망하는 풍경, 상징적인 판타지 등 여러 방법이 첫 장면에서 나옵니다. 이런 장면은 근본적 문제를 제시하려는 표면적 문제이겠죠.

근본적 문제 Story-Worthy Problem

근본적 문제는 산문이 제시하고자 하는 핵심 문제입니다. 첫 장면에서 제시하기보다는 계기적 사건이나 표면적 문제를 통해 살짝 언급하는 경우가 많죠. 그 산문이 무얼 말하려 하는가, 이것이 근본적 문제입니다.

빙산이론Iceberg Theory

빙산이론은 헤밍웨이가 주장한 작법입니다. 헤밍웨이는 모든 것을 미리 얘기하지 말고 빙산처럼 조금씩 보여주라고 했습니다. 헤밍웨이는 인간의 행동과 태도만 전하되 그 감정은 절제하라고 했습니다. 소설을 읽고 난 감정은 독자가 자기 마음속에서 완성시키는 것이겠죠.

에피파니Epiphany

에피파니는 근본적인 문제에서 진리나 탈출의 길을 깨닫는 순간을 말합니다. 본래는 신이 눈앞에 나타나는 현현顯現의 순간을 말하죠. 제임스 조이스는 이를 『더블린 사람들』 등 자신의 작품에서 하나의 방법으로 썼습니다. 제임스 조이스는 희망을 잃고 마비 상태에 빠진 등장인물이 진실을 깨닫는 에피파니의 순간을 소설 말미에 넣곤 했습니다.

헤테로토피아Heterotopia

헤테로토피아는 일시적인 유토피아 공간입니다. 힘들게 살다 보면, 새로운 일탈의 공간을 찾게 됩니다. 잃어버린 고향을 되찾고자 하는 이는 엄마의 배 속처럼 안락한 어린 시절의 다락방을, 고대의 인류사를 회고하고 싶은 이는 국립박물관을 찾습니다. 이 공간은 사회 안에 존재하면서 유토피아 기능을 잠깐

수행하는, 다른heteros 장소topos로서 현실화된 대체 유토피아입니다. 미셸 푸코가 『말과 사물』(1966)에서 언급한 용어입니다.

모든 것이 허물어져도
인간에게는 은하수를 닮은
아름다운 허무가 있다.

1   다짜고짜 말을 건다

나라는 존재에 대한 네 가지 정의

버나도   거기 누구냐?

프란시스코   아냐, 내가 묻는다. 거기 서, 너 누구냐.

셰익스피어 『햄릿』

한 편의 공연이 시작되고, 극장 안은 깜깜한 어둠으로 채워진다. 책을 펼치면 '덴마크 엘시노어 성 앞 초소'라는 배경이 나온다. 노르웨이와 긴장된 관계를 갖고 있는, 언제 어디서 적이 나타날지 모르는 덴마크 초소에서 보초를 서는 프란시스코Francisco에게 버나도Bernardo가 나타나 묻는다. 무대 구석에 희미한 빛이 비추고 이제 첫 대사가 나온다.

"거기 누구냐?(Who's there?)"

적막을 깨는 보초의 날카로운 질문이다.

보초를 서려고 가던 버나도가 경계근무를 서던 프란시스코에게 **"거기 누구냐?"**라고 묻는 말이다. 배우에 따라서는 묵직하고 소름 돋는 목소리로 물을 수도 있겠다. 책이 아니라 연극으로 『햄릿』(1603)을 본 사람이라면, 이 강렬한 첫 문장, 의문문을 잊을 수 없다. 연극에서 첫 대사는 대단히 중요하다.

셰익스피어의 어떤 작품을 보아도 첫 장면, 첫 대사는 관객의 시선과 호흡을 끌어모은다. 대학 시절 극회에서 연극 대본을 쓸 때 나는 첫 장면을 무엇으로 할지 고심하곤 했다. 지금도 강연이나 수업을 할 때 첫 말을 무엇으로 할까 준비한다. 그것이 전체 내용을 좌우하는 초두효과Primary Effect를 만들기 때문이다. 특히 첫 문장을 질문으로 해석하면, 독자나 청자는 그 질문에 대한 답을 스스로 이야기에서 찾아야 한다. 당연히 이야기는 질문에 대한 답을 제시하는 형식으로 진행된다.

먼저 보초를 서고 있던 프란시스코는 다가오는 버나도에게 **"아냐"**라며 정지시킨다. 보초 서는 측에서 암호를 물어야 하는 것이다. 이어 **"거기 서, 너 누구냐!(Stand, and unfold yourself!)"**라고 묻는다. 첫 장면에서 인물들은 서로 암호를 묻는다.

전기가 없던 시대에 겨울 **"밤 열두 시"**는 그야말로 얼얼하고 적막한 시기일 것이다. 자정의 추위 속에서 버나도와 프란시스코가 주고받는 짧은 대화에는 긴장과 공포가 묻어 있다. 게다가 알지 못할 유령이 등장하면서, 극은 거의 호러영화 분위기로 변한다. **"진짜 추위. 그리고 내 마음이 불편해"**라는 대사는 긴장과 공포를 더한다.

셰익스피어는 『햄릿』의 첫 문장을 의문문으로 두었다. 이 질문은 무대 위에서 펼쳐질 비극을 예감하게 하는 질문이다. 이 질문은 사실 무대를 보는 청중에게도 묻는 질문이다. 연극을 보는 당신에게, 깜깜한 어둠 속에서 셰익스피어가 관객의 실존實存을 묻는다. 이 작품은 **"거기 누구냐?"**라는 물음에 대한 몇 가지 실존을 제시한다.

첫째는 햄릿 유형이다. 햄릿은 애도하지 못하는 주체다. 햄릿의 비극은 '정상적인 애도'를 할 수 없었던 불완전한 과정에서 시작된다. 비극은 햄릿의 어머니인 덴마크의 왕비 거트루드와 삼촌 클로디어스가 결혼하면서 막이 오른다. 아버지가 죽은 지 두 달도 되지 않아 어머니인 왕비가 클로디어스와 재혼한 것을 보고 햄릿은 **"겨우 두 달-아니 아냐, 두 달도 안 돼"**라며 한탄한다.

햄릿이 유학하고 있던 독일 비텐베르크에서 863킬로미터 떨어진 덴마크 헬싱괴르에서 아버지가 사망하는 사건이 일어났다. 햄릿에게 사신이 오는 데 거의 한 달이 걸렸고, 햄릿이 돌아와 살해된 아버지를 확인하기까지 한 달 반에서 두 달이 걸렸을 것이다. 아버지의 상실喪失을 확인하는 순간부터 햄릿에게서 '정상적인 애도'가 작동되어야 했지만 그럴 틈도 없다. 이미 아버지의 살인자와 결혼한 엄마는 더 이상 애도하지 말라고 거듭 강요한다. 제대로 애도할 수 없는 햄릿의 상황은 거의 치료가 필요한 광적인 상태로 점점 변한다. 탯줄로 이어져 있던 어머니가 아버지가 아닌 다른 남자와 결혼했을 때, 햄릿은 오이디푸스콤플렉스로 이중의 고통을 겪는다. 우울에서 벗어나지 못하고 자살할 생각도 한다.

"있음이냐 없음이냐, 그것이 문제로다."

고통이 가득한 이 세상에서 어떻게 견뎌야 할지, 죽음의 잠 속에서 어떤 꿈을 꿀 수 있을지. 이렇게도 저렇게도 할 수 없는 햄릿의 고뇌가 담긴 명대사다.

햄릿은 용의주도한 인물일까. 애도하지 못한 우울증의 상태에서 그는 **"배우들에게 아버님의 살해와 엇비슷한 연극을 삼촌 앞에서 시켜야지"**라며 계획을 꾸민다. 그는 **"내가 본 혼령은 악마인지도 몰라"**라며 유령에 대해 비판적인 거리도 지니고 있다. 나아가 **"내 허약함과 우울증을 빌미 삼아"**라며 자신의 증상을 우울증으로 정확히 파악하고 있는 냉철한 인물이다.

햄릿은 우유부단한 인물일까. 햄릿은 아버지의 혼령을 만나 클로디어스의 흉계를 알고 복수를 결심한다. 죽이려 할 때 클로디어스가 기도하고 있어서 이때 죽이면 **"천당으로"** 보내는 것이라며 절호의 기회를 놓친다. 어쩔 줄 몰라 하다가 의도치 않게 햄릿은 오필리아의 아버지 재상 폴로니어스를 살해하고 만다. 이후 모든 슬픔에서 멀리 떠나 망각하려고 한다. 햄릿은 다시 복수를 계획하지만, 폴로니어스의 아들 레어티즈와 결투하다가 햄릿은 물론 왕가가 몰락한다.

두 번째는 욕망의 화신인 클로디어스 유형이다. 햄릿의 삼촌이며 덴마크의 왕인 클로디어스는 욕망의 인물이다. 클로디어스가 형을 죽인 것이나 형수인 거트루드를 왕비로 삼은 행위는 '욕망에 대한 집착'이다. 그 욕망은 권력욕과 성욕이 겹친 상태이며, 거짓을 덮기 위해 조카인 햄릿까지도 죽이려 한다. 클로디어스는 "**어째서 왕자는 아직도 구름에 덮였는가?**"라며 햄릿의 고통을 무시한다. "**무익한 비통을 땅에 던져버리고 나를 아버지로 생각해라.**"

비통에 빠진 햄릿에게 클로디어스는 "**모든 생명은 죽으며, 삶을 지나 영원으로 흘러가는 흔한 일**"이라고 가볍게 말한다. 이 대사를 읽어보면 클로디어스가 얼마나 오만하며, 반대로 햄릿이 얼마나 고통스러웠을까 상상할 수 있다.

클로디어스는 오만함hubris을 상징하는 인물로 등장한다. 형을 살해하여 왕이 되었던 콜로디어스였기에 그 불안을 숨기기 위해 더욱 과장된 행동을 한다. 혹시 햄릿이 복수할지도 모른다는 염려에 마음 졸였을 것이다. 터무니없는 자신감의 오만한 인물이다.

세 번째는 어쩌지 못하는 어머니 거트루드 유형이다. 『햄릿』의 많은 장면에 등장하면서도 정작 대사가 적은 인물이 어머니 거투르드다. 겉으로 보면 아름답고 상냥한 어머니인 왕비 거트루드는, 남편이 죽자마자 시동생과 몸을 섞는 욕망에 충실한 인물이다.

"**어미의 기도가 헛되지 않게 해라. 햄릿, 우리와 함께 있자, 비텐베르크로 가지 말고.**"

어머니 거투르드는 햄릿에게 무조건 애도를 빨리 끝내고 함께 있기를 권한다. **"어미의 기도"**라며 이제 그만 울자고 말한다. 물론 이 기도는 관념적인 태도가 아니라, 노르웨이가 침략해오려는 국제 정세나 클로디어스가 아들을 살해할지도 모르는 상황에 대해 염려하는 기도일 수도 있다.

본래 어머니는 햄릿의 리비도가 집중되는 대상이었다. 리비도의 대상을 빼앗겼을 때 햄릿은 상실을 경험하고 슬픔에 빠진다. 어머니로 향했던 햄릿의 신뢰는 완전히 깨진 상태다. **"철저한 무감각의 철옹성"**으로 보이는 못난 엄마 거트루드의 반응은 너무도 이상하게 떳떳하다. **"내가 뭘 했길래"**라며 오히려 당차기만 하다.

거트루드의 입장을 대변하는 분석들이 있다. 왕인 남편이 급사하자마자, 적국 노르웨이 왕자인 포틴브라스가 잃어버린 영토를 찾아 공격하겠다는 위기에서 왕비 거트루드는 빨리 시동생과 결혼하여 나라의 안정을 도모했을 거라는 연구가 있다. 혹은 왕이 죽으면 그 아들인 햄릿이 왕위를 이어받아야 하는데 독일에 유학 가 있기에 시동생이 왕권을 잡았으며, 왕권을 확고히 하기 위해 클로디어스가 햄릿을 암살할 수도 있다는 판단에 시동생과 결혼했을 수도 있다는 연구도 있다. 결국 나라와 아들의 안정을 위해 거트루드가 시동생 클로디어스와 결혼했다는 것이다.

거트루드는 햄릿의 절규를 듣고 죄를 깨닫지만, 사죄의 결과물을 내놓지 못한다. 죄는 알지만 진정 뉘우치는 실천이 없다. 결국 비극을 피해 가지 못하고, 햄릿이 결투하는 마지막 장면에서 독배를 들고 죽는다. 단순한 도구적 존재로 생을 마감한다.

네 번째는 모성적 사랑의 대체물인 오필리아 유형이다. 가련하고 순수하며, 많은 독자들에게 사랑받는 인물인 오필리아의 결함은 '순종'이었다. 수많은 음모와 음침한 계략 아래, 오필리아만은 항상 순진하고 세상 물정 모르는 아가씨였다. 아버지와 오빠 레어티즈의 말에 무조건 순종하기만 하는 오필리아는 자신에게 닥친 상황을 주도적으로 해결하지 못한다. 감당할 수 없는 한계에 부닥치자 오필리아는 현실을 외면한다.

아쉽게도 『햄릿』에 등장하는 여성들은 모두 수동적이고, 가련하게만 보인다. 아버지와 오빠의 말에 무조건 순종하다가 아버지가 죽자 미쳐버리는 오필리아나, 햄릿의 절규에 제대로 변명도 못하고 쩔쩔매는 왕비의 모습이 그러하다.

"약한 자여, 네 이름은 여자로다!"

햄릿이 여성을 평가하는 위의 문장과는 반대로 소포클레스의 비극 『안티고네』 등에 나오는 여성들은 자신의 의견을 확실히 가지고 있다. 당찬 안티고네나 순응적이지만 자기 이익을 계산할 줄 아는 이스메네는 『햄릿』의 오필리아나 왕비 거트루드보다 훨씬 개성 있고 생동감 있다.

1막 1장의 첫 문장 **"거기 누구냐?"**라는 존재론적인 질문에 대해 햄릿은 오필리아의 무덤 앞 장면에서 짧게 답한다.

"나는 덴마크 사람 햄릿이다."

국적을 말하는 이 답은 다소 궁색해 보인다. 작품에서 요구하는 실존적 답은 이 정도 답이 아니다.

셰익스피어는 수많은 아포리즘을 통해 **"거기 누구냐?"**에 대한 형상을 제시한다. 등장인물들은 결정을 못 내린다는 뜻의 햄릿증후군(햄릿), 오만함을 의미하는 휘브리스(클로디어스), 하마르티아(거트루드), 노예심리(오필리아)로 비하되기도 한다.

『햄릿』은 1599년에서 1601년 사이 창작되었는데, 당시는 노년의 엘리자베스 여왕이 후계자를 정하지 않은 상태로, 백년전쟁과 종교분쟁 이후 영국 식민지가 확장되고 신흥 부르주아 시민계급이 형성되는 한편, 아직도 중세의 전통적 세계관이 근대적 세계관과 충돌하던 격변기였다.『햄릿』을 보던 당시의 관객들은 연극이 끝나면 첫 문장인 **"거기 누구냐?"**라는 질문을 떠올리며 자신이 근대 시민계급인지 아직 중세형 노예인지 고민했을까. 너는 누구냐. 나는 과연 어떤 존재일까.

▶   유튜브 〈셰익스피어『햄릿』- 애도, 휘브리스, 하마르티아〉 참조

상처받은 영혼들을 위한 치유의 열차

"그럼 여러분은, 이렇게 사람들이 강이라고 하거나, 우유가 흘러내린 흔적이라고 하는 이 뿌옇고 하얀 게, 사실은 무엇인지 알고 있나요?"

미야자와 겐지 「은하철도의 밤」

1896년 일본 북쪽 이와테현 하나마키에서 태어난 미야자와 겐지(1896~1933)는 『법화경』을 탐독하고 1921년부터 대승불교를 포교했다. 겐지는 농업학교 교사로 일하면서 장마와 냉해 때문에 궁핍한 생활을 하는 농민들에게 어떡하면 즐거움을 줄 수 있을지 늘 궁리했다. 왕성한 창작 활동을 하던 그는 37세라는 젊은 나이에 늑막염으로 생을 마쳤다. 37년이라는 짧은 생애 동안 그가 간행한 작품은 시집 『심상 스케치·봄과 아수라』와 동화집 『주문 많은 음식점』 두 권뿐이었고, 모두 자비로 발간했다. 그가 세상을 떠난 후 친구들은 「은하철도의 밤」 원고를 발견했다.

"그럼(では)"이라는 첫 단어는 선생님이 뭔가 계속 설명해왔다는 것을 암시한다. 첫 장면은 오후에 교실에서 선생님이 은

하수란 무엇인지 묻는 장면이다. **"우유가 흘러내린 흔적이라고 하는 이 뿌옇고 하얀"** 은하수는 소설의 처음부터 끝까지 일관하는 가장 중요한 상징이다.

선생님의 질문에 제일 먼저 **"캄파넬라가 손을 들었"**다는 점이 중요하다. 조반니는 수줍은 성격 탓에 **"들다 만 손을 황급히 내렸"**다. 조반니는 수업 시간에 아는 것도 잘 이야기하지 못하고, 아이들에게 무시당하곤 한다. 그때마다 조반니 곁에서 지켜봐주는 친구는 캄파넬라. 캄파넬라는 적극적이고 약자를 도와주는 착한 친구이다. 이 소설에서 표면적 주인공이 조반니라면, 실제 주인공은 캄파넬라다.

학교가 파하고 아이들은 '은하 축제의 날'에 할 일을 의논하지만 조반니는 인쇄소에 가서 일을 한다. 활자를 모아 전달하고 번 몇 푼의 돈으로 빵과 설탕을 사서 집으로 돌아온다. 고된 노동을 하는 조반니는 **"의자에 앉기만 해도 졸음이 쏟아지고 책 볼 틈도 없"**다. 조반니는 병든 엄마와 함께 오래전 연락이 끊긴 아버지를 기다린다. 배 타고 떠난 아버지는 조반니를 위해 해달 가죽으로 윗도리를 만들어주겠다 약속했지만 돌아오지 않았다.

은하 축제의 날에는 하늘타리 열매의 속을 파내고 그 안에 등불을 넣어 강에 띄우는 놀이를 한다. 조반니가 엄마를 위해 우유를 사 오던 그날, 슬프게도 친구들은 가난한 조반니를 놀이에 끼워주지 않는다. 조반니는 외로이 언덕에 올라 밤하늘을 바라본다. 그때 조반니에게 이상한 일이 벌어진다.

언덕 꼭대기 풀밭에 쓰러져 잠시 쉬고 있는데, 뒤쪽에 있던 천기류 기둥이 어느샌가 표지판 모양으로 바뀌고 **"은하정거장, 은하정거장"**이라는 소리가 들린다. 이때부터 판타지 공간에 들어간다. 갑자기 수억 마리의 반딧불이 날아오르듯 앞이 밝아졌다가, 정신을 차리니 조반니는 어느새 기차 안에 있다. 이제 초월적인 세계를 유영하는 모험기가 시작된다. 이승과 저승을 가로지르는 은하철도에서 독자는 행복과 희생의 의미를 생각하게 된다.

조반니는 기차 안에서 물에 흠뻑 젖은 듯한 모습으로 새까만 윗도리를 입은 친구 캄파넬라를 발견한다. 여기서 죽은 자와 산 자의 신화적인 대화가 나온다. 일본 신화에서 자주 등장하는 장면이다. **"바로 앞좌석에 젖은 듯한 검은 옷을 입은 키 큰 아이가 창밖으로 머리를 내밀고 있는 것이 보였습니다. (…) 캄파넬라의 얼굴은 어딘가 좋지 않은 듯 창백했습니다."** 은하철도에서 만난 캄파넬라는 이미 죽은 자의 모습이다.

캄파넬라는 은하철도 안에서 계속 엄마를 걱정한다. **"엄마가 나를 용서하실까? 다른 사람을 위해 좋은 일을 했으니 용서해주시겠지?"** 이 부분이 무슨 뜻인지, 왜 캄파넬라는 엄마에게 미안해하는지, 왜 좋은 일을 했다고 생각하는지 궁금할 것이다. 소설을 끝까지 읽고 나면, 강물에 빠진 친구를 구하고 죽은 캄파넬라 이야기가 나온다. 캄파넬라는 죽은 영혼이 주인공으로 등장한 사후주체死後主體의 인물인 것이다.

둘을 태운 열차는 여러 정거장을 지난다.

여행 중에 만난 사람들은 모두 외로운 영혼들이다. 북십

자성, 남십자성을 지나고, 모래벌에서 새를 잡는 아저씨와 천국으로 향하는 남매를 만나 여정을 떠난다. 조반니와 캄파넬라는 바위를 깨서 소의 조상인 '보스'를 발굴하는 아저씨, 해오라기를 손으로 잡는 아저씨도 만난다. 조반니는 차표를 조사하던 차장을 통해 자신의 기차표가 하늘나라뿐 아니라 어디든 마음대로 갈 수 있는 통행권이라는 사실을 안다.

은하철도 여행을 하다가 물에 빠져 죽은 사람이 또 등장한다. 추위에 떨고 있는 아이 둘과 한 청년이 나타난다. 아이들의 가정교사였던 청년이 아이들을 데리고 아버지에게 데려다주는 길에서 불행히도 그들이 탄 배가 빙산에 부딪혀 침몰한다.

"배가 빙산에 부딪혀 한쪽으로 기울면서 침몰하기 시작했습니다 (…) 배는 침몰하고 있었고 저는 제발 아이들을 태워달라고 필사적으로 외쳤습니다. (…) 그때 갑자기 커다란 굉음이 퍼졌고 우리는 물속으로 빠졌습니다. 이미 소용돌이에 휩쓸렸다고 생각하면서도 동생들을 꼭 껴안고 있었는데 갑자기 눈앞이 희미해지더니 이곳에 와 있었던 것입니다."

구명보트는 모자랐고, 청년은 아이들을 태울 수가 없었다. 구명보트를 포기하고 작은 나무토막에 의지했지만 바다의 소용돌이에 휩싸였다. 결국 은하철도에 타게 된 청년과 두 아이는 죽은 영혼이었다. **"이곳에 와 있었던 것"**이라는 뜻은 죽자마자 은하철도 안에 있게 되었다는 말이다. 은하철도에 탄 존재들은 아직 저 세상으로 떠나지 못하고 이 세상을 떠돌고 있는 중음신中陰身들이겠다.

조반니는 '전갈의 불' 이야기도 듣는다. 한 전갈이 족제비에 쫓겨 도망치다가 우물에 빠진다. 버둥거려도 우물에서 빠져나갈 수 없자 전갈은 기도한다.

"제가 지금껏 얼마나 많은 생명을 해쳤습니까. 그런데 제가 잡아먹히게 되자 도망치다 이 꼴이 되었습니다. 이왕에 죽을 거라면 족제비에게 잡아먹혀 족제비가 오늘 하루 목숨을 잇도록 했으면 좋았을 텐데 말입니다. 신이여, 다음엔 이렇게 쓸모없이 버려지지 않고 모두의 행복을 위해 쓸 수 있게 해주세요."

그랬더니 전갈의 몸이 새빨간 불꽃이 되어 어두운 밤을 비추게 되었다.

미야자와 겐지는 늘 꽃이나 나무, 흙과도 대화했다. 겐지는 천문학을 비롯해 자연과학에 대한 폭넓은 지식을 갖고 있었다. 그의 작품에는 인간처럼 말할 수 있는 동식물이 자주 등장한다. 겐지의 동화를 읽는 독자들은 자연물이나 동물과 대화하는 상상의 세계에 빠지게 된다. 우주와 자연에서 노니는 신화적 여행에서 독자는 신화적 깨달음을 얻는다.

겐지는 전갈의 기도를 통해서 마지막까지 우주를 위해 자신을 희생해야 한다는 생각을 펼치고 있다. 겐지는 말 못 하는 자연을 들어, 자연을 정복하려는 인간에게 깨달음을 주려 했고, 또한 인간과 자연의 공존을 추구해야 한다고 주장했다.

목숨을 잃은 사람들이 정거장에 하나둘 내린다. 결국 기차에는 조반니와 캄파넬라만이 남는다. 조반니는 캄파넬라가 볼 수 있는 아름다운 들판이 있는 하늘나라를 보지 못한다는 생각에 슬퍼한다. 캄파넬라처럼 순수하지 못해서일까, 하고 생각하는 순간, 캄파넬라까지 열차에서 사라진다.

조반니는 이때 눈을 뜬다. 들판에서 잠들었다는 사실을 깨달은 조반니의 가슴은 이상하게 뜨겁고 볼에는 차가운 눈물이 흐른다. 마을에 내려온 조반니는 캄파넬라가 축제 때 강물에 빠진 자네리를 구하려다 목숨을 잃었다는 사실을 깨닫는다.

"자네리가 쥐참외 등불을 강물이 흐르는 쪽으로 밀어주려 했어. 그때 배가 흔들리는 바람에 물에 빠졌거든. 그러자 캄파넬라가 바로 뛰어든 거야. 그리고 자네리를 배 쪽으로 밀어 보냈고 가토가 자네리를 붙잡았어. 그런데 캄파넬라는 보이지 않는 거야."

조반니는 깨닫는다. 캄파넬라는 죽어서 은하 끝 하늘나라로 사라졌다는 사실을. 자신은 어디든지 갈 수 있는 차표 덕에 돌아올 수 있었다는 사실을. 첫 문단에서 왜 캄파넬라가 가장 먼저 손을 들어 답하는 적극적인 학생으로 등장하는지 독자는 소설 마지막에 이르러 깨닫는다.

이 소설은 인간에게 진정한 행복이란 무엇인지 계속 묻는다. 그 답은 따스한 사랑이다.

"무엇이 행복인지 모르겠습니다. 아무리 괴로운 일이라도 그것이 단지 앞으로 나아가기 위한 하나의 과정이라면, 언덕을 오르는 것도 내려가는 것도 모두 진정한 행복에 다가가기 위한 한 걸음일 테니까요."

신화에서 시련은 존재가 업그레이드되는 축복이다. 신화는 인간에게 어떻게 고통을 넘어 새로운 존재로 설 수 있는가를 가르친다. 고통이 없으면 이미 신화가 아니다. "진정한 행복에 이르기 위해 겪은 여러 슬픔은 모두 신의 뜻"이라는 문장은 바로 겐지가 자신에게 하는 위로였을 것이다.

"캄파넬라, 다시 우리 둘만 남았네. 어디까지든 함께 가자. 나는 이제 그 전갈처럼 정말로 모두의 행복을 위해서라면 내 몸 따위는 백번이고 불에 탄다고 해도 상관없어."

캄파넬라와 '함께 가자'고 했지만 현실로 와보니 캄파넬라가 먼저 희생의 길에 뛰어든다. "모두의 행복을 위해서라면 내 몸 따위는 백번이고 불에 탄다고 해도 상관없어"라는 이 동화의 주제를 캄파넬라가 이루고 있는 것이다.

캄파넬라가 친구 자네리를 구하고 죽은 희생정신은 바로 겐지가 평생 지켜온 헌신적인 삶이었다. "뿌옇고 하얀 게, 사실은 무엇인지 알고 있나요?"라는 첫 문장의 답은 바로 인간이 살아가야 할 은하수 같은 인생길일 것이다.

은하철도의 신화는 세계인에게 사랑받고 있다. 1924년에 겐지가 쓴 판타지에 등장하는 조반니의 말은, 전쟁 준비에 몰두했던 일본 제국주의에 반대한 겐지의 사상을 요약한다.

"나 이제 저런 커다란 어둠 속이라도 두렵지 않아.
정말로 모든 사람의 진정한 행복을 찾으러 가겠어.
어디까지나 어디까지나 우리 함께 나아가자."

자기만의 방에서,
역사를 전복할 여성들

> 하지만, 여러분은 말하시겠죠. 우리는 당신에게 여성과 픽션에 대해 강연해달라고 부탁했는데, 도대체, 제가 말하려는 '자기만의 방'은 오늘의 주제와 무슨 관련이 있을지요?
>
> **버지니아 울프 『자기만의 방』**

"하지만"으로 시작하는 『자기만의 방』(1929)은 버지니아 울프가 1928년 10월 케임브리지대학 뉴넘 칼리지와 거튼 칼리지에서 했던 강연록을 풀어 쓴 에세이 단행본이다. **"하지만, 여러분은 말하시겠죠(But, you may say)"**로 시작하는 첫 문장은 정말 뜬금없다. 왜 역접을 나타내는 접속사를 책 가장 앞에 두었을까. 이는 앞으로 '여러분'이 바라는 말과 전혀 다른 말을 할 거라는 표시다. 버지니아 울프(1882~1941)는 자기 생각이 대중이 바라는 바와 전혀 다르다는 입장을 '하지만'이라는 역접 접속사로 처음부터 강조한다. '하지만'이라는 접속사로 이 책이 출판된 1929년 무렵의 가부장적 세계관에 절대 반대하는 입장을 강하게 선포한다.

강연 요청을 받았을 때 **"저는 강둑에 앉아, 그 단어들이 무엇을**

의미하는지 생각하기 시작했습니다."라는 문장이 이어지는데, "저는 강독에 앉아(I sat down on the banks of a river)"라는 부분을 그냥 지나칠 수도 있다. 쉴 데가 없어 강독에 나갔을까? 자기만의 방이 없어서? 방이 있어도 강독에 앉을 수 있지 않은가. 왜 '강독에 앉아'라고 썼을까.

가령 『이상한 나라의 앨리스』(1865)의 주인공 앨리스는 책 읽는 언니 옆에서 슬슬 따분해하다가 졸음이 쏟아져 환상의 토끼굴에 떨어진다. 이와 비슷하게 "저는 강독에 앉아"라는 문장부터 독자는 조금씩 작가가 안내하는 상상의 공간에 빠져들기 시작한다. 울프는 실제 눈에 보이는 것이 아닌 상상을 통해 강의록을 하나의 판타지 공간으로 만든다. '나'가 찾아가는 '옥스브리지대학'은 옥스퍼드대학과 케임브리지대학을 합성하여 지어낸 가상의 대학이다. 한국에서 몇 대학을 합쳐 '스카이'라고 부르는 줄임말과 유사하다. '나'는 영국 박물관에 들어가는데 이것도 실제 박물관이 아니라 그녀 상상 안에 있는 박물관이다. 읽다 보면 이 책에서 '나'가 과연 버지니아 울프인지 갸우뚱해진다. '나'의 정체는 6장에서 갑자기 한 줄로 제시된다. '나'는 화들짝 놀랄 만한 존재다. '나'는 누구일까.

다짜고짜 "하지만"으로 시작하는 첫 문장 이후 버지니아 울프는 1장에서 영문학사에서 숨겨진 여성작가 계보를 나열한다. '옥스브리지대학'에서 여성이 잔디밭이 아니라 자갈밭 보도로 걸어야 하는 현실을 폭로하고, 남자 대학교의 성찬과 비교해 편엄 대학(여성 대학)의 식당이 얼마나 부실한지 비교한다.

2장에서는 영국 박물관에 있는 책, 남성들이 쓴 여성에 관한 책들을 읽는다. 여성이 남성에 대해 쓴 책은 거의 없고, 남성이 여성에 대해 쓴 책은 차고 넘친다. 울프는 남성 저자들이 여성을 비하하듯 표현해왔음을 폭로한다.

작가란 작가이기에 앞서 생활인이라는 사실을 강조한다. 울프는 쓰고 싶지 않은 글도 써야 했다. **"신문사들에 잡다한 일거리를 구걸하고, 여기에다 원숭이쇼를 기고하고, 저기에다 결혼식을 취재하여 생계를 이어나갔"**다고 적는다. 진정 자기가 쓰고 싶은 글을 쓰려면, 여성작가들에게도 '돈'과 자기만의 '방'이 필요하다고 주장한다. 울프는 숙모에게서 유산을 상속받은 뒤 두려움과 쓰라림에서 해방됐다고 쓴다.

3장에서는 필독서로 꼽히는 트리벨리언 교수의 『영국사』(1926)가 여성을 얼마나 능멸하는지 서술한다. 이 맥락에서 여성은 너무도 고달픈 처지에 있다. '나'는 셰익스피어도 자기만의 공간이 있었다고 예로 든다. 여성은 독립적인 경제권과 자기 공간이 뒷받침되었을 때 균형과 안정을 꾀할 수 있고 이것이 창작에 중요한 부분이라는 것이다. 셰익스피어 여동생이라는 가상의 인물 '주디스 셰익스피어' 이야기는 이 책에서 지어낸 이야기 중 압권이다. 똑똑했던 주디스 셰익스피어는 임신당하고 죽어 버스들이 정차하는 어느 교차로에 소리 소문 없이 묻힌다.

4장에서는 제인 오스틴, 조지 엘리엇, 에밀리 브론테 같은 뛰어난 여성작가들을 고찰하고, 그나마 이들이 문학적 업적을 남긴 이유는 이들이 가난하지 않았고, 어느 정도 교육받을 수 있었으며, 무엇보다도 키울 아이가 없었기 때문이라고 쓴다.

5장에서 울프는 여성이 할 수 있는 직업으로 글쓰기를 권한다. 여성작가에게 필요한 두 가지 조건으로, 연 500파운드의 수입과 자유롭게 글을 쓸 수 있는 '자기만의 방'을 주장한다. 나아가 여성작가들은 여성이라는 단 하나의 젠더에 갇힌 글쓰기를 하지 말고, '양성적 글쓰기'를 하라는 내용을 전한다.

여기서 울프는 **"클로우는 올리비아를 좋아했다"**라는 짧은 문장을 인용한다. 클로우와 올리비아는 모두 여성이다. **"놀라지 마십시오, 얼굴을 붉히지도 마십시오. 이러한 일들이 가끔 일어난다는 것을 우리들만 모인 이 자리에서 인정합시다. 가끔 여자들은 여자를 좋아합니다"**라며 지금부터 100여 년 전인 1929년에 동성애에 대한 입장을 자연스럽게 내놓는다. 여성 선거권이 1918년에 30세부터, 1928년에 이르러 21세부터 인정된 그 즈음에, 여성이 여성을 사랑할 수 있다는 오랫동안 숨겨졌던 급진적인 현상을 자연스럽게 이야기한다. 울프는 메리 카마이클이라는 무명의 어린 여성작가를 애정 어린 말로 격려한다.

"그녀에게 자신만의 방을 주고 1년에 500파운드를 주십시오. 그리고 자신의 마음을 말하게 하고 그녀가 지금까지 쓴 것의 절반을 생략하도록 하십시오. 그러면 그녀는 조만간 더 나은 책을 쓸 것입니다."

이제 6장에 이르렀다. 여기서 우리는 충격적인 또 다른 비극과 만난다.

"그러자 이쯤에서 메리 비튼은 말하기를 그만두었습니다."

이 한 문장에서 책 전체가 전복된다. 강둑에 앉아 상상하며 독자를 '옥스브리지'라는 가상의 대학으로 안내한 '나'는 버지니아 울프가 아니라 '메리 비튼'이라는 말이다. 여태까지의 내레이터는 '메리 비튼'이구나, 하며 슬쩍 지나갈 수도 있지만, 조금 더 알아보면 충격에 휩싸인다. 1장을 서너 페이지 넘기면, '나'는 메리 버튼을 모든 여성의 상징이라며 대수롭지 않은 인물처럼 썼다.

"나는(나를 메리 비튼이나 메리 시튼이나 메리 카마이클, 혹은 당신이 원하는 어느 이름으로나 부르세요―그건 전혀 중요하지 않으니까요) 한두 주일 전, 날씨가 화창한 시월의 어느 날 생각에 잠겨 강둑에 앉아 있었지요."

여기서 "메리 비튼"과 "메리 시튼"이 이미 나왔다. 독자를 옥스브리지 정원과 가상의 런던 거리로 안내했던 "메리 비튼"은 누구일까. 이 책 여기저기서 간혹 등장하는 '나', 곧 메리 시튼과 메리 카마이클은 누구일까.

〈메리 해밀턴Mary Hamilton〉 혹은 〈네 명의 메리들The Four Maries〉이라는 16세기 스코틀랜드 민요가 있다. 여러 구전이 있는데, 포크 가수 조안 바에즈Joan Baez가 〈메리 해밀턴〉이라는 제목으로 불러 널리 알려졌다. 한국에서는 양희은이 "바람아 너는 알고 있나"라는 가사로 유명한 〈아름다운 것들〉이라는 제목의 노래로 불렀다.

도끼로 사형당한 '메리'라는 이름의 스코틀랜드 여왕이 있었다. 그녀의 아들은 영국과 스코틀랜드 합방국의 왕이 되었다. 이 민요는 스코틀랜드 여왕의 시녀이자 여왕과 이름이 같은 메리 해밀턴이 스코틀랜드 왕의 아기를 임신하고 낳아서 죽인 죄로 교수형을 당한다는 내용이다. 메리 해밀턴은 여왕이 아니고 시녀였던 것이다. 네 명의 메리가 있었지만 이제는 세 명이 될 것이라는 노래다.

소문은 부엌으로 번지고
소문은 궁정으로 번지고
소문은 여왕에게도 들어갔는데
그건 최악이었죠.
메리 해밀턴이 아이를 낳았다고
그것도 가장 고귀한 스튜어트 가의 아이를……
(…)
벗겨요, 제 예복을 벗겨 가세요.
하지만 제 속치마만은 그냥 두세요.
수건으로 제 얼굴을 가려주세요.
교수대를 보고 싶지 않으니.
(…)
어젯밤까지는 네 명의 메리가 있었죠.
하지만 오늘 밤엔 셋만 남겠네요.
그 네 명은 메리 비튼, 메리 시튼,

메리 카마이클과 나였지요.

　　메리 비튼, 메리 시튼, 메리 카마이클은 억울하게 죽은 메리 해밀턴의 동료들이다. 곧 『자기만의 방』을 이끌어가는 화자들은 메리 비튼, 메리 시튼, 메리 카마이클인 것이다. 이 사실을 알고 나면 『자기만의 방』을 쓴 울프가 얼마나 주도면밀하게 이 한 권을 엮어냈는지 소름이 끼칠 정도다. '나'의 정체를 알면 죽은 영혼들까지 들고 일어나 주장하는 기분이 든다.

　　시인 박인환(1926~1956)은 시 「목마와 숙녀」(1955)에서 "한 잔의 술을 마시고 / 우리는 버지니아 울프의 생애와 / 목마木馬를 타고 떠난 숙녀의 옷자락을 이야기한다"라며 버지니아 울프를 추모한다. 우울증에 시달리다 강물에 빠져 스스로 목숨을 끊은 울프의 비극적 삶을 박인환은 한국전쟁 이후 1950년대 한국 상황과 동일시했다. 이 시는 버지니아 울프의 죽음을 빌려, 당시 한국전쟁 이후 희망 없던 세대를 위해 쓰인 만가輓歌다. 그 불안과 허무의 상징은 '목마'일 것이다. 별은 비록 삶의 행로行路를 밝히는 좌표이자 희망의 상징이지만 술병 앞에서 부서지고 만다.

　　버지니아 울프는 긴 문장을 자주 쓴 소설가다. 긴 문장에 문단까지도 길다. 길게 나열한 상상력 산책을 따라가는 것은 산보하는 안내자를 따라가듯 불안하다. 상상하는 대로 쓰니 문장이 길어질 수밖에 없다. 흔히 '의식의 흐름stream of consciousness'이라고 불리는 글쓰기 방식인데, 이런 글을 읽으려면 자신의 의식을 버리고 작가의 안내에 그냥 따라야 한다. 『댈러웨이 부인』 『등대로』 등은 의식의 흐름 기법을 이용한 소설로 잘 알려져 있다.

버지니아 울프의 '자기만의 방' 곁에 있던 사람은 남편 레너드 울프였다. 어릴 때 의붓오빠들에게 성폭행을 당해 남자에 대한 혐오와 우울증을 앓고 있던 아내를 레너드는 30년 동안 돌봤다. 출판사를 차려 그의 원고를 출간한 것도 레너드였다. 그런 남편에 대한 버지니아 울프의 애정은 유서에도 드러나 있다.

"당신은 놀라울 정도로 나를 참아냈고, 나에게 너무나 잘해 줬습니다. 이는 모두가 알고 있는 사실입니다. 누군가 나를 구할 수 있었다면, 그것은 당신이었을 겁니다. 이 병이 오기 전 우리는 완벽하게 행복했습니다. 하지만 나는 당신의 인생을 더 이상 망치고 싶지 않습니다."

'돈'과 '자기만의 방'은 인습적 통제로 억압된 가부장제 사회에서 탈출할 수 있는 가장 기본적인 토대였다. 버지니아 울프의 시도는 여성작가들을 세계문학사 안에 위치시킨 최초의 소중한 시도였다. 아울러 지금까지도 여성에게 새로운 삶을 인식하게 하는 소중한 고전이다.

▶ 유튜브 〈버지니아 울프 『자기만의 방』 제1부-첫 문장〉 참조
유튜브 〈버지니아 울프 『자기만의 방』 제2부-주디스 셰익스피어와 나혜석〉 참조

2 독백으로 중얼거린다

사랑의 형태를 바꾼 혁명적 문학

1771년 5월 4일

훌쩍 떠나온 것이 나는 얼마나 기쁜지 모른다!

괴테 『젊은 베르테르의 슬픔』[•]

1부의 화자는 서문에서 이미 죽은 것으로 나오는 베르터Werther, '베르테르'는 더 이상 쓰이지 않는 표기여서 '베르터'로 표기한다다. 그렇다면 이 소설은 이미 죽은 화자가 말하는, 곧 사후주체가 화자로 등장하는 소설이다. 죽은 사람의 이야기나 영상을 볼 때 가슴에 퍼지는 울림은 늘 독특하다. 그것도 짧지 않은 길이의 편지를 긴 시간에 걸쳐 읽으며 이미 죽은 사람의 마음을 대한다는 것은 절실하다. 사후주체를 화자로 내세운 메도루마 슌의 오키나와 소설들, 기형도의 시편들, 한강의 장편소설 『소년이 온다』가 그러한 울림을 준다.

먼저 날짜는 1771년 5월 4일이다. 1부가 시작하는 5월 4일

[•] 요한 볼프강 폰 괴테, 『젊은 베르테르의 슬픔』, 박찬기 옮김, 민음사, 1999.

이면 유럽은 늦봄이다. 봄에 시작한 사랑이 여름에 강렬하게 무르익는다. 여기까지 베르터는 신에게 감사드리는 행복한 청년이다. 쓸쓸한 가을이 시작되는 9월에 베르터는 이별을 결심한다.

2부는 1771년 10월 20일부터 시작했다가 1772년 1월 8일로 건너뛴다. 그 겨울 2개월 동안 베르터는 눈물 흘리는 청년이다. 그는 유서라 할 수 있는 마지막 길디긴 편지를 1772년 12월 20일에 남긴다. 소설은 상실의 계절인 겨울에 주인공이 세상을 놓는 것으로 마친다.

소설은 1771년 5월에 시작하여 이듬해 12월에 끝나는 불같은 1년 8개월의 사랑을 담고 있다. 계절의 변화와 사랑의 변화가 그대로 어울리는, 노드롭 프라이Northrop Frye가 『비평의 해부』에 썼던 계절이 순환하는 신화적인 구조를 잘 보여주는 작품이라고 할 수 있겠다.

소설의 첫 문장은 **"훌쩍 떠나온 것이 나는 얼마나 기쁜지 모른다!"**이다. 어디서 어디로 왔기에 훌쩍 떠나 여기로 온 것이 기쁘다고 썼을까. 소설 앞부분에서 베르터는 자연 속에서 행복, 충만, 평안을 누린다. 소설 전반부에는 샘물이 품은 신비한 힘 등을 찬양한다. 귀족이면서도 완두콩을 직접 따서 껍질을 벗겨 냄비에 넣고 요리하며 자급자족을 즐기는 베르터는, 호메로스의 『오디세이아』를 읽는 행복을 편지에 쓰면서 신화적인 행복을 복원한다. "신은 곧 자연"이라 했던 스피노자의 영향으로 비교되기도 한다.

괴테(1749~1832)가 평생 쓴 소설에는 도시 문화에 대한 염려가 가득하다. 괴테는 『파우스트』 2권에서도 식민지 경영과 개발 독재를 반대하고, 시종 원시 상태의 자연을 찬양했다. 이에 관해서는 김용민의 『생태주의자 괴테』를 참조 바란다.

소설은 어머니에게 유산 처리를 부탁받고 여행을 떠나온 베르터가 친구 빌헬름에게 보내는 편지로 시작한다. 로테를 본 순간 베르터는 "**내 정신은 그러나 완전히 그녀의 모습과 목소리, 태도에 쏠리고 있었다. 그녀가 장갑과 부채를 가지러 다시 방 안으로 뛰어갔을 때에야 비로소 나는 놀라움으로부터 깨어날 여유를 얻었다.**" 라고 토로한다. 베르터와 로테는 파티에서 함께 춤도 추고 많은 이야기를 나누며 가까워진다. 그 무렵 로테에게 약혼자가 있다는 사실을 안다. 베르터는 로테에게서 벗어나려 애쓴다.

7월 26일

로테를 너무 자주 만나지는 않겠다고 나는 벌써 몇 번이고 결심을 했다. 그러나, 과연 그것이 지켜질 수 있을는지! 나는 매일 유혹에 못 이겨 나가면서, 내일은 가지 말고 집에 머무르겠다고 스스로 굳게 다짐해 보곤 한다. 그러나 막상 날이 새고 내일이 오면, 나는 어쩔 수 없는 이유를 찾아 어느 결에 그녀 옆에 와 있는 것이다. "내일도 또 오시겠지요?" 하고 로테가 헤어질 때 말한다면 어찌 그녀에게 가지 않고 견딜 수 있겠는가!

애를 쓰면 쓸수록 베르터는 자신의 사랑을 포기하지 못한다. 1771년 9월부터 1772년 1월 말에 로테에게 편지를 쓸 때까지 5개월 가까이 로테에 대한 언급이 없다. 그러니까 베르터는 나름대로 일에 열중하면서 로테를 잊으려고 무던히 애썼을 것이다.

충족되지 못한 욕망은 이 소설에서 중요한 문제다. 인정받지 못할 때, 욕구가 충족되지 않을 때, 욕망은 부조리한 광기로 변한다. 문제는 너무나 순수했던 그 욕망이 비극으로 끝날 때 독자는 상처받은 이와 함께 고통을 겪는다는 것이다.

무엇보다도 편지글 형식으로 스토리를 전개했다는 점은 세계적인 유행을 불러일으켰다. 도스토옙스키는 데뷔작 『가난한 사람들』(1846)에서 괴테 식의 서간체 형식을 써서 성공하기도 했다. 독자는 주인공이자 저자인 베르터의 고백을 듣는 빌헬름의 입장이 된다. 남의 편지를 읽는다는 것은 발신자와 수신자, 두 사람만이 나누는 속마음을 엿보는 묘한 관음증Peeping Tom을 자극한다. 이제까지 영웅들의 이야기를 따라 읽어야 했던 유럽 문학에서 남의 마음을 엿보는 서간체 문학은 독자들의 몰입도를 최상으로 끌어올렸다.

베르터는 사랑의 죄는 오직 자신에게 있다며 방아쇠를 당긴다. 죽음으로 영원한 사랑, 변하지 않는 사랑을 증언한다. 주인공 베르터의 고뇌에 몰입된 독자는 마지막 문장에서 함께 무너진다.

정오 열두 시 정각에 그는 숨을 거뒀습니다. 법무관이 그곳 현장에

서 지휘하고 선처했기 때문에 별다른 소동은 없었습니다. 밤 열한 시경 법무관의 알선으로 베르테르는 자신이 원했던 장소에 매장되었습니다. 그 늙은 법무관과 그의 아들들이 유해를 뒤따랐습니다. 알베르트는 따라갈 수가 없었습니다. 로테의 생명이 염려되었기 때문입니다. 일꾼들이 유해를 운반해 갔습니다. 성직자는 한 사람도 따라가지 않았습니다.

이 소설은 괴테가 겪은 실제 사건이 배경이다. 소설의 실제 배경을 영화 〈괴테〉(2010)는 잘 소개한다. 물론 허구적인 면이 강하지만 괴테의 젊은 시절을 이해하는 데 큰 도움이 되는 영화이다. 영화에서 자유분방한 괴테(알렉산더 페링 분)가 법관 시험에 떨어지자 그의 아버지는 시를 좋아하는 아들을 시골 베츨라Wetzlar의 법원 서기로 일하도록 쫓아버린다.

이는 사실과 조금 다르다. 괴테는 1765년 라이프치히대학에 입학하여 법률을 전공했다. 독일 중부 헤센주에 있는 베츨라라는 소도시에서 1772년 젊은 괴테는 법관 시험을 통과한 뒤 법관 시보로 몇 달을 지냈다. 베츨라에서 25세의 괴테는 아름다운 여인 샤를로테 부프를 본다. 영화에서는 교회에서 노래하는 샤를로테에게 괴테가 반하는 것으로 나오는데, 전해지기로는 지금 관광지가 된 로테하우스Lottehaus에서 로테를 처음 봤다고 한다. 이미 약혼자가 있었던 샤를로테가 『젊은 베르터의 고뇌』제목 역시 '젊은 베르테르의 슬픔' 대신 '젊은 베르터의 고뇌'로 표기한다 여주인공의 실제 모델이다. 그녀는 소설 주인공처럼 약혼자가 있었고, 어머니를 대신해 동생들을 돌보았다. 훗날 괴테는 자서전 『시와 진실』에서 이 '탐스러운 여인'과 금방 '떨어질 수 없는 동반자'가 되었다고 회고했다. 샤를로테를 너무 사랑해서 견딜 수 없었던 괴테는 잊으려고 도망치듯 귀향한다. 프랑크푸르트에 거했던 괴테는 한 친구의 자살 소식을 듣는다. 헤르터라는 유부녀를 사랑했던 친구 칼 빌헬름 예루살렘Carl Wilhelm Jerusalem이 1772년 10월 3일 권총 자살했다는 소식이었다.

괴테는 자신의 체험을 앞부분에 두고, 자살한 친구 예루살렘의 이야기를 뒷부분에 두어 『젊은 베르터의 고뇌』를 홀린 듯 썼다. 불과 14주 만에 완성했기 때문일까. 작가가 홀리면 독자도 홀릴까. 전 유럽 독자를 홀린 이 소설로 인해 파란 연미복에 노란 조끼를 입는 '베르터 스타일'이 유행했다.

이 소설을 읽고 두 가지 반응이 일어났다. 심각하게는 실연당한 남자들이 베르터처럼 자살하는 모방 자살이 퍼지며 '베르터 신드롬'이라는 좋지 않은 영향이 있었다. 그럼에도 지금까지 금서가 되지 않은 이유는 이 작품을 모방 자살의 교과서보다는 '실연의 예방약'으로 받아들이는 독자들이 많았기 때문이지 않을까. 고등학교 3학년 때 풋사랑에 빠져 이 소설을 읽었던 필자에게는 분명 '예방주사'였다. 아리스토텔레스가 말한 카타르시스 효과가 일어난 것이 아닐까. 베르터의 마지막 유서를 읽으며 독자는 함께 운다. 울면서 자신이 겪었던 영혼의 실연을 배설katharsis해버린 까닭일까. 실연한 사람들은 이 소설을 읽고 베르터를 장례하며 자신의 허망虛妄도 위로하며 날렸을 것이다. 아직 뼈저린 사랑을 해본 적이 없는 청소년들은 이 소설을 읽으며 예방주사 맞듯 면역력을 키울지도 모르겠다.

이 소설에는 다섯 번째 편지부터 중세적 계급 질서에 균열을 일으키는 내용이 나온다.

1771년 5월 15일

이 고장의 서민층 사람들은, 벌써 나와 친해져서 나를 좋아하게 되었다. 특히 어린애들이 나를 따른다. 처음에 내가 이 사람들에게 가까이 가서 허물없이 이것저것 물어보았을 때는 간혹 내가 농을 한다고 생각하고 퉁명스럽게 대하는 사람도 있었다. (…)

나는 사람들이 평등하지 못하고, 또 평등해질 수도 없다는 사실을 잘 알고 있다. 존경받기 위해서 이른바 천한 사람을 일부러 멀리해야 된다고 생각하는 자들은, 마치 패배하는 것이 두려워서 원수를 보고 도망치는 비겁한 친구나 마찬가지로 비난받아 마땅하다고 생각한다.

소설 앞부분에서 베르터는 자연과 어린이의 규칙 없는 자발성을 예찬한다. 권위나 전통에 무조건 순응하기보다, 권위를 해체하는 실제적인 행동을 하기도 한다. 하녀 곁에 가지 말아야 할 귀족 베르터는 우물 긷는 하녀를 돕는다.

나는 계단을 내려가서 그 하녀의 얼굴을 쳐다보면서, "내가 도와드릴까요. 아가씨?" 하고 물었다. 그랬더니 그녀는 얼굴을 새빨갛게 붉히면서, "아니에요. 괜찮아요." 하고 대답하더군. "사양하지 말아요" 하고 내가 말하니까 그녀는 똬리를 머리 위에도 고쳐놓았다. 그래서 나는 그녀를 도와주었고, 그녀는 고맙다는 인사를 하고 계단 위로 올라갔지.

괴테는 이 작품에서 중세적 질서에 균열을 일으키는 인물로 베르터를 등장시켰다.

앞서 나는 소설에 나오는 1771~72년이라는 연도에 관해 설명하지 않았다. 작품의 배경이 되는 1771~72년은 질풍노도 Sturm und Drang 시대였다. 당시 독일은 중세주의의 잔재와 계몽주의 일색이었다. 젊은이들은 보편성을 강조하는 중세적 질서에 반대하며 개인적 특별성을 강조하는 작품을 썼다. 합리주의에서 비합리주의로, 섭리의 질서에서 파괴적 카오스로, 프랑스적 고전 비극에서 셰익스피어적 성격 비극의 방향으로 전환하기 시작했다. 21세의 괴테와 26세의 헤르더의 우연한 만남은 질풍노도 시대를 개화시켰다. 괴테와 헤르더가 쓴 논문 「독일 예술과 미술에 관하여Von deutscher Art und Kunst」(1773)는 이 운동의 선언문이었다.

괴테는 질풍노도 운동 최초의 중요한 희곡 「괴츠 폰 베를리힝겐Götz von Berlichingen」(1773)을 썼고, 질풍노도의 인물이 등장하는 최초의 소설 『젊은 베르터의 고뇌』(1774)를 썼다. 이 소설은 1771년 5월부터 1772년 12월, 20개월 동안의 이야기다. 이 시기는 질풍노도 시대의 절정에 이른 시기였다. 괴테는 질풍노도 시대를 작품으로 주도했다. 질풍노도 시대(1767~1785)를 계몽주의 시대(1740~1785)의 일부로 규정하는 까닭은 질풍노도 시대를 이끈 사상가와 예술인 들이 계몽주의의 영향을 받으면서 동시에 극복했기 때문이다. 개인의 자유를 강조했던 이 운동은 전 유럽에 퍼졌고, 그 변화의 마그마는 지층이 비교적 얇았던 파리에서 프랑스혁명으로 폭발한다. 소설가 토마스 만은 『젊은 베르터의 고뇌』가 프랑스혁명을 예고하는 '혁명적 근본 경향'을 갖고 있다고 평가했다.

질풍노도 사상이 들어간 작품의 정점에 『젊은 베르터의 고뇌』가 있다. 『젊은 베르터의 고뇌』는 계몽에서 반反계몽을 예시한 작품이다. 소설 『파우스트』의 1권도 그러하다. 이 시각에서 보면 베르터의 자살은 단순한 현실도피가 아니라, 중세적 규범의 강요에 죽음으로 저항하는 적극적인 행동으로 볼 수도 있겠다. 임홍배 교수의 평가는 포괄적이다.

> 베르터의 열정은 루카치(G.Lukacs)가 올바르게 통찰한 대로 독일의 전근대적 낙후성을 시민계급의 관점에서 비판하는 차원을 넘어서 전면적인 인간해방의 파토스를 내장하고 있는 것이다……『젊은 베르터의 고뇌』가 일체의 구속과 억압에서 벗어나 인간해방을 추구한 '슈투름 운트 드랑'의 정신을 구현한 대표작이라는 사실은 이런 역사적 맥락에서 이해되어야 할 것이다.•

이 소설에는 베르터의 혁명적 의지가 곳곳에 나온다. 2부에서 베르터는 자신의 사랑이 잘못이 아니라고 설득하려 한다. 중세적 문화에서는 다른 남자의 약혼자에게 다가가는 것이 도덕

• 임홍배, 『괴테가 탐사한 근대』, 창비, 2014, 48~49쪽.

적 죄였을지 모르나, 근대적 자유연애 시대에서는 그것을 죄라고 규정하기 어렵다. 베르터는 바보 같은 짝사랑 로맨티시스트가 아니라, 시대의 고정관념에 균열을 일으키는 적극적 캐릭터다. 이러한 태도는 괴테가 세상을 대하는 파격적인 방식이었다.

괴테는 아시아 문학을 소개한 『서동시집』을 내면서, 게르만 중심주의를 강조했던 당시 독일 정권에 반대한다. 『괴테와의 대화』에서는 세계문학의 범주를 유럽 중심이 아닌, 전 세계 문학으로 확대했다. 그것은 전통적인 문학 양식을 살리면서도, 지나친 화폐주의, 부패한 정권의 '카니발(축제)'를 비판하고, 식민주의를 반대하고, 개발독재 정책으로 빈자를 죽음에 몰아넣는 정책에 반대하는 이야기로 가득 찬 『파우스트』 2권에 잘 나타난다.

뿐만 아니라, 베르터가 보여주는 자연 친화적이고 자급자족하는 모습은 산업혁명 이후 도시 문화로 향하는 유럽 문명에 대해 반항하는 인간의 모습이었다. 바로 이 지점을 통해 『젊은 베르터의 고뇌』에 나오는 표면적 주제인 사랑 너머에서 이면적 주제인 혁명적 개인의 모습을 볼 수 있다.

"훌쩍 떠나온 것이 나는 얼마나 기쁜지 모른다!"는 첫 문장은 바로 괴테의 혁명적 변화를 예고하는 것이라 할 수도 있겠다.

▶ 유튜브 〈융합 상상력으로 글을 쓴다-괴테, 정약용, 윤동주, 유발 하라리〉 참조

방황하는 인간을 구원하는 사랑

자네들 다시 다가오는구나, 희미하게 흔들리는 형상들아

괴테 『파우스트』

82세의 노인이 완성한 비극의 첫 부분치고는 너무도 경쾌하다. 이 첫 문장을 썼던 괴테의 뛰는 가슴이 생생하게 느껴진다. 『파우스트』는 헌사로 시작한다. 괴테는 『파우스트』를 25세에 쓰기 시작하여 세상을 뜨기 한 해 전인 82세에 완성했다. 이 문장은 정열을 다해 창작하며 살아온 문사 괴테가 자기 자신에게 바치는 헌사가 아닐까.

　당시에는 연극을 시작하기 전에, 이 연극을 누구에게 바친다는 멘트를 하거나 시를 낭송했다. 헌정사가 낭송되고 곧 이번 연극은 어떤 연극이라고 힌트를 주는 짧은 서막이 간막극처럼 이어졌다. 『파우스트』는 당시 연극의 일반적 구성을 따르고 있다. 이제 헌사를 읽어보자.

"자네들 다시금 다가오는구나, 희미하게 흔들리는 형상들아"라는 첫 문장은 괴테가 얼마나 창작 욕구에 불타며 살아왔는지를 보여준다. 괴테에게는 끊임없이 어떤 "형상들(Gestalten)"이 흔들리며 다가왔다. 작가의 눈에 어른거리며 다가오는 형상들은 파우스트, 메피스토펠레스, 그레트헨 같은 등장인물들이었을 것이다. 괴테에게 다가온 것은 사건이 아니라 어떤 상像으로의 실존들이었다. 그 실존들이 『파우스트』의 등장인물이다.

일찍이 "내 흐릿한 눈앞에" 나타났다고 하는 이어지는 문장은 노안으로 제대로 앞을 보기 힘들었던 노인 괴테를 생각하게 한다. 25세부터 82세에 이르기까지 괴테는 첫 문장을 끊임없이 수정했을 것이다. 스쳐지나갈 형상들을 "이번엔 내가 너희를 꽉 붙잡아볼까?"라며 글감으로 쓰겠다고 다짐한다.

"내 마음 아직도 그 환상에 집착하고 있을까?"에서 "아직도(noch)"라고 한 까닭은 괴테가 이 작품을 수십 년 동안 써왔기 때문이다. 쓰다가 중지하고 쓰다가 중지하기를 크게는 네 차례 반복했다고 한다. 자신에게 다가오는 환상을 괴테는 거부하지 않고, '마음대로' 다가오라고 한다.

다음 문장은 괴테 자신의 모습뿐 아니라, 주인공 파우스트의 열정을 느끼게도 한다. 파우스트는 "아! 나는 철학도 법학도 의학도 심지어는 신학까지도 온갖 노력을 다 기울여 철저히 공부했다. 그러나 지금 여기 서 있는 나는 가련한 바보. 전보다 똑똑해진 것은 하나도 없구나!"라고 고백한다.

"너희 무리가 피워내는 마법의 숨결로 인해"에서 "마법의 숨결"

은 괴테가 평생 체험했던 여러 문예사조를 떠올리게 한다. 괴테는 젊은 시절 질풍노도 시대라는 자유분방한 낭만주의 예술을 거쳤고, 나이가 들면서 그리스 사상을 동경하는 고전주의 정신에 경도했다. 『파우스트』에서 그레트헨을 사랑하는 1부가 괴테의 젊은 시절인 질풍노도기라 한다면, 전설의 그리스 미녀 헬레네가 등장하는 2부는 그리스 문화를 동경했던 노년의 괴테가 품었던 고전주의 정신의 예지를 형상한다. 수천 년 전 그리스 시대로 타임머신처럼 돌아가는 『파우스트』는 퓨전 판타지 역사 드라마다.

"내 가슴이 젊은 영혼으로 떨리는구나"라고 했는데, 이 소설은 파우스트가 젊은이로 변해서 늙은 노인이 되기까지 하나의 긴 순례기이기에 '젊은'이라는 말을 강조하고 있다.

「헌사」는 『파우스트』를 계속 쓰라는 프리드리히 실러의 간곡한 부탁이 있었던 1794년 48세 때 작성된 것으로 알려져 있다. 「헌사」에 이어 막간극 같은 성격의 「무대 위에서의 서연序演」이 놓여 있다. 이 부분은 이제부터 시작할 너무도 긴 이야기를 시작하기 전에 잠깐 준비운동을 시작하는 듯한 인트로다.

곧이어 「천상의 서곡」에서는 주님과 악마 메피스토펠레스가 서로 내기를 거는 장면이 나온다. 메피스토펠레스는 **"주님이 허락만 해주신다면 녀석을 슬쩍 나의 길로 끌어내리리다"**라고 제안한다. 메피스토펠레스는 파우스트를 두고 **"지상에서는 최상의 쾌락을 모조리 맛보게"** 하겠다고 말한다. 주님은 파우스트가 아무리 타락한다 해도 결국은 주님 품으로 돌아온다고 주장한다. 이 부분은 성경 욥기의 구조와 거의 같다.

> "이제 주의 손을 펴서 그의 모든 소유물을 치소서. 그리하
> 시면 틀림없이 주를 향하여 욕하지 않겠나이까. 여호와께
> 서 사탄에게 이르시되 내가 그의 소유물을 다 네 손에 맡기
> 노라. 다만 그의 몸에는 네 손을 대지 말지니라 사탄이 곧
> 여호와 앞에서 물러가니라."(욥기 1:11~12)

1부에는 파우스트가 사랑한 연인 그레트헨 이야기가 나온다. 그녀의 본명은 '마르가레테'. 대본에는 그레트헨과 마르가레테로 같이 나와 혼동할 수 있다. 그녀가 어머니를 살해했으며 파우스트와의 사이에서 낳은 영아를 죽였다는 얘기는 나오지 않지만, 옥중에 갇혀 사형 집행을 당하기 전 정신이 혼미해진 그레트헨이 파우스트에게 말하는 대사에서 짐작할 수 있다. 파우스트는 그레트헨의 오빠를 결투하다가 찔러 죽이는데, 메피스토펠레스가 찌르라고 하여 찌른다. 결국은 파우스트 자신의 욕망과 메피스토펠레스의 꾐에 의해 그레트헨의 엄마, 오빠, 유아가 죽는다.

2부에서 파우스트는 과거의 시간과 공간을 자유롭게 오가는 오디세이가 된다. 왜 이렇게 썼을까. 장황한 그리스신화와 현실의 조합이 황당하기까지 하다. 파우스트가 행정가로 토지 개발 등 대사업을 벌이는 부분에 이르면, 바이마르의 행정가로

도 10여 년을 일했던 정치인 괴테의 모습이 떠오른다.

"**인간은 노력하는 한 실수하게 마련이다**(Es irrt der Mensch, solange er strebt)"라는 문장은 파우스트의 생애를 요약하는 문장이다. 그의 전 생애는 실수하는 삶이었고, 노력하는 삶이었다. 이 문장은 도전적인 삶을 살아가려는 사람들에게 잉걸불이 되어준다.

『파우스트』의 마지막 부분에서, 메피스토펠레스가 도깨비들과 함께 파우스트의 영혼을 빼앗아가려 하는 부분은 무섭기까지 하다. 그 시도는 실패하고 마는데, 그레트헨의 사랑이 파우스트를 구원하기 때문이다. 이 대목에서 이상한 울림이 가슴에 퍼진다. 파우스트는 한 여성이 베푼 사랑의 힘으로 구원받는다.

"**영원히 여성적인 것이 우리를 구원한다.**(Das ewig Weibliche zieht uns hinan.)"『파우스트』의 가장 마지막에 나오는 이 문장은 괴테의 여성관을 대표한다. 괴테의 문학에는 가부장적 남성주의보다는 모든 존재와 사물이 어우러져 공동의 생태계를 이루는 평화가 돋보인다.

욕망을 참지 못하고 한계에 부닥치고, 다시 끊임없이 성찰하는 모습은 현대인의 모습이기도 하다.『파우스트』는 근대 이후 쉬지 않고 자기 길을 만들어나가는 '파우스트적 인간'에게 보내는 괴테의 헌시일 것이다.

다른 사람이 되어본다는 것

아침, 눈을 뜰 때 기분은, 재밌다.

다자이 오사무 「여학생」

다자이 오사무는 1939년 30세 때 소설 「여학생」을 발표한다. **"아침, 눈을 뜰 때 기분은, 재밌다."**라는 첫 문장은 경쾌하다. 이 소설은 처음부터 끝까지 쉼표가 많이 찍힌 경쾌한 리듬의 문장으로 가득하다. 한 여학생이 아침에 일어나자마자 하는 독백으로 이 소설은 시작한다.

　뒤이은 문장을 보면 이상하게도 희망이어야 할 아침을 여학생은 지겹다고 표현한다. 여학생에게는 아침이 희망으로 기능하지 않는다. 아침은 희망이기는커녕 다시 상실을 반복해야 하는 시간의 시작인 것이다. 그건 뒤에 나오겠지만 죽은 아버지, 시집간 언니, 기쁨을 잃은 어머니와 마주 대해야 하는 상실감을 반복해야 하기 때문이다. 아침이란 상자를 열면 또 상자가 있고, 그 속에 또 상자가 있고, 나중에 주사위만 한 상자가 있어

열면 **"텅 비었다"**는 상실감만 깨닫게 하는 시간의 시작이다.

어른이 된다는 것은 상실감과 마비麻痺된 상태에 익숙해져 가는 것이라는 사실을 이 첫 문장은 암시한다. 마비된다는 것, 습관으로 굳어진다는 것은 얼마나 무서운가. 어른이 된다는 것은 바로 마비된 채 습관으로 사는 삶이다. 그래서 **"거짓말이다"** 라며 반복되는 문장은 저항적이면서 염세적인 화자의 성격을 느끼게 한다.

오이의 푸름이 여름을 데려오는 5월의 어느 아침, 여학생은 잠옷 차림으로 화장대 앞에 앉아, 안경의 장점과 단점, 아름다운 눈의 조건, 그리고 돌아가신 아빠를 생각한다.

아빠가 죽었다는 사실이, 이상하기만 하다. 죽어서, 없어진다, 라고 하는 것은, 이해하기 어려운 일이다. 아무래도 납득이 가지 않는다.

주인공인 여학생은 아버지는 죽고, 언니는 결혼 뒤 출가하여 현재 어머니와 단둘이 산다. 죽은 아버지를 안타까워하며 떠올리는 장면은 소설에서 열 번 이상 나온다. 단편치고는 많이 나오는 편인데, 아버지의 부재는 여학생이 느끼는 허무의 결정적인 원인이다.

다자이 오사무는 육신의 아버지는 살아 있었으나, 자신이 믿고 따르고 싶은 아버지가 없다는 상실감에 휩싸여 있었다. 가족에게 버림받은 다자이 오사무는 여러 책에서 아버지와 가족에 대한 기억이 없다고 쓰곤 했다. 주인공 여학생이 경험하는 아버지의 상실과 작가 다자이 오사무가 느끼는 아버지의 상실은 비슷한 부재의식不在意識일지도 모른다.

「여학생」은 한 여학생이 아침에 일어나 잠들 때까지, 모든 내면의 생각을 독백으로 들려주는 1인칭 소설이다. 버지니아 울프의 『자기만의 방』에서 살펴보았던 의식의 흐름 기법으로 서술되어 있다. 여학생은 자신의 자아를 응시하고 싶어 한다.

스스로, 내가 안경 쓴 모습이 싫다고 생각하고 있기 때문인가, 눈이 아름다운 것이, 제일 좋다고 생각한다. 코가 없어도, 입이 감춰져 있어도, 눈이, 그 눈을 보고 있으면, 스스로 더 아름답게 살지 않으면 안 된다고 생각하게 하는 듯한 눈이라면, 좋다고 생각한다. 나의 눈은, 단지 크기만 할 뿐이어서 아무것도 안 돼. (…) 거울을 향하면 그때마다 촉촉하고 예쁜 눈이 되고 싶다고 절실히 생각한다. 푸른 호수와 같은 눈, 푸른 초원에 누워 하늘을 바라보는 듯한 눈, 가끔 구름이 흘러서 비친다. 새의 그림자까지, 선명하게 비친다. 아름다운 눈을 가진 사람과 많이 만나보고 싶다.

여학생은 어른으로 성장해가는 과정에서 **"하늘"**과 **"흐르는 구름"**, **"새의 그림자"**와 같은 깨끗하고 순수한 모습의 자아, 자신이 본래 갖고 있는 고유성을 잃지 않기를 바란다. 그렇지만, 자신의 눈은 **"크기만 할 뿐이어서 아무것도 되지 않는다"**라며 안타까워한다. 여학생은 큰 눈으로 삶의 본질을 읽고 싶은 것이다. **"그 눈을 보고 있으면 스스로 더 아름답게 살지 않으면 안 된다고 생**

각하게 하는 듯한 눈"을 갖고 싶다고 말한다.

다자이 오사무는 의식의 흐름 기법에 따라 사춘기 여학생이 어떤 생각을 하면서 여인으로 성장하는지 그 과정과 불안감을 보여준다. 남성에 대한 미묘하고 독특한 여성 심리를 묘사한 부분도 돋보인다.

이렇게 마음이 지저분한 나를 모델로 삼기도 한, 선생님의 그림은, 분명히, 낙선이다. 아름다울 리가 없는걸. 안 될 일이지만 이토 선생님이 바보로 보여 어쩔 수가 없다. 선생님은 나의 팬티에 장미꽃 자수가 있다는 것조차 모른다.

소설에는 여학생을 모델로 그림을 그리는 미술 선생님이 등장한다. 마지막 밑줄 친 문장을 어떻게 해석해야 할지 미묘하다. "시타키下着"는 속옷, 즉 팬티를 말한다. 팬티에 새겨진 장미 자수와 마찬가지로 내면에 깊이 숨어 있는 여학생의 자아 또한 남들이 알 수 없다는 표현으로 읽힌다. 여학생은 내면의 가치를 알지도 못한 채 자신을 모델로 삼아 겉모습만을 그리고 있는 이토 선생을 비판하는 걸까. 어떻게 읽으면 유혹적으로도 읽힌다. 어쩌면 자신의 내면에서 순수성을 잃어가는 모습을 그대로 표현한 문장 같다. 때문에 **"이렇게 마음이 지저분한 나"**라고 자학하는 것이 아닐까. 성장하는 과정에서 성적 욕망은 하나의 요소이기도 하다.

여학생은 상실감을 극복하려고 "나는 지금 신을 믿습니다"라고 말하기도 한다. 성서와 관련이 있는 작품을 다수 남긴 다자이 오사무이지만, 정작 그는 성서를 통해 상실을 극복하지는 못했다. 「여학생」에서도 "나는 지금 신을 믿습니다"라는 고백은 공허하게 들린다. 그는 다시 상실감과 마주해야 한다.

내일도 또, 같은 날이 오겠지. 행복은 평생, 오지 않는 것이다. 그 것은, 알고 있다. 하지만, 꼭 온다, 내일은 온다고 믿고 자는 것이 좋겠지. (…) 안녕히 주무세요. 나는, 왕자님이 없는 신데렐라. 내가 도쿄의 어디에 있는지, 알고 계신가요? 이제, 다시는 만나지 못할 거예요.

소설의 마지막은 하루 동안 작은 성장을 체험하고, 오지 않는 행복, 또 반복해 다가올 상실을 명랑하게 대하겠다는 여학생의 다짐으로 끝난다.

소설을 읽으면 생각이 깊은 한 여학생의 하루를 들여다보는 기분이다. 남성 소설가 다자이 오사무가 완전히 여학생이 되어 그녀의 심리를 설명한 소설이다. '관찰하기'가 아니라 '되기'의 소설이라 할 수 있겠다. 처음엔 남성인 작가가 연상되어 혼동되고 어색하지만, 조금 읽다 보면 독자도 화자를 다자이 오사무가 아닌 여학생으로 받아들이는 것을 체험한다. 여성 독자가 보내준 일기를 보고 소설 「여학생」을 쓰기 시작했다고 알려져 있다.

「여학생」의 1인칭 시점은 이후 다자이 오사무가 10년 뒤 발표한 『인간 실격』과 같은 방법이지만, 『인간 실격』보다 훨씬 밝은 이미지를 보여준다. 「여학생」은 겉으로는 밝고 발랄한 여학생의 일상이지만, 그 이면에는 깊은 허무 의식이 역설적으로 나타나 있다. 다자이 오사무의 작품은 대체로 우울하고 어둡다고 평가받는데, 그 우울은 당시 절망적인 일본 사회를 드러냈다고 보아야 하겠다. 그의 다른 작품에 비해서 「여학생」은 "**아침, 눈을 뜰 때 기분은, 재밌다**"라는 첫 문장처럼 섬세하고 담백한 작품이라 할 수 있다.

3 　　　동물·사물로 비유한다

명랑을 품은 환상의 세계

북쪽 바다(北冥)의 곤(鯤)이라는 물고기는 머리에서 꼬리까지 몇천 리가 되는지 모를 만큼 크다.

北冥有魚, 其名爲鯤. 鯤之大, 不知其幾千里也.

장주 『장자』

『장자莊子』의 저자로 알려진 장주莊周는 맹자와 비슷한 시기의 사람으로 추정된다. 전국시대(B.C. 403~B.C. 221) 초기 가옥에 칠을 했던 수공업자로 추정되고 있다. 사마천의 『사기열전』에서 장주는 송나라 몽 지방 사람으로 동산을 관리하는 동산지기라고 나온다. 당시 현실에서 어떻게 처세해야 하는지 고민하고 이상 국가를 꿈꿨던 공자의 정통 계보와 달리, 장자는 현실과 거리를 두고 초연한 삶을 누리려 하는 독특한 자리를 차지하고 있었다. 그의 판타지는 **"북쪽 바다에 물고기가 있었다(北冥有魚)"**라는 구절로 시작하는 첫 장 「소요유逍遙遊」 편에서부터 등장한다. 이 이야기를 몇 가지로 나누어 생각해볼 수 있다.

첫째, '깊은 바다'라는 것이 중요하다. 북쪽 '깊은 바다'에 물고기 한 마리가 있다. 완전한 자유체가 되려면 어둠과 설움과 비애와 절망의 과정을 거쳐야 한다. 맹자라는 인물이 공동묘지 근처에서 자라며 눈물이 무엇인지 보았듯이, 시장통에서 사람들이 먹고살기 위해 애쓰는 것을 보고 자란 후에 자기 사상을 만들 수 있었듯이, '깊은 바다'의 어둠에서 변화의 혁명은 시작된다.

둘째, 물고기 이름이 **"곤鯤"**이라는 것이 인상 깊다. 물고기 어漁에 알 곤鯤이 더해졌다. 물고기 알에는 가능성이 있다. 보잘것없는 것도 모두 가능성이다. 노예로서의 '알'이 아니라, 들뢰즈가 말했던 늘 새로운 것을 생산하는 분리자로서의 '알'이다. 가능성을 품고 있는 기관 없는 신체 말이다.

셋째, 물고기 '곤'에서 거대한 새인 '붕'으로 변신한다. 날개를 펼치면 길이가 수천 리여서 하늘을 까맣게 덮어버린다. 화이위조化而爲鳥, 곧 변하여 새가 되었다. 화化는 사람人이 쪼그리고 죽어 있는 비匕의 상태다. 곧 과거의 존재가 죽고 완전히 새로운 존재로 변화는 화학적化學的 변화를 말한다. 변한다는 것은 가치 혁신Value Innovation이다.

넷째, 큰 새 대붕을 자유롭다고들 하는데 과연 자유로운 존재일까. 그렇지 않다. 거대한 붕새가 날아가려면 그 몸을 띄울 수 있는 강력한 바람이 있어야 한다. 게다가 날개를 펴서 9만 리나 날아오를 공간이 필요하다. 바람은 시련을 상징한다. 진정한 단독자는 바람, 곧 시련을 즐겨야 한다. 행글라이더는 바람이 불어와야 날 수 있다. 고수들은 시련을 두려워하지 않는다. 예수가 풍랑 이는 갈릴리 호수에서 잠에 취해 있을 때의 모습은 두려움에 떨던 제자들 모습과 대비된다. "나다. 두려워 말라"(마태 14:27)는 말처럼 시련을 각오하라는 암시의 시간이 아니었을까.

다섯째, 장자는 사소한 것을 트집 잡는 메추라기를 꾸짖는다. 메추라기가 어떻게 저 위대하고 고독한 대붕을 이해할 수 있는가? 메추라기는 현실에 안주하고 만족한다. 누가 더 자유로울까. 대붕이 더 자유롭지 않을까. 대붕이 되려면 정말 고독한 노력이 필요하다. 대붕이 되려면 어마어마한 노력이 필요하다. 대붕이 참된 자유를 얻으려면 하잘것없는 물고기에서 변하여 새가 되고, 거기서 시련을 이길 수 있어야 하고, 숱한 비아냥도 견뎌야 한다. 메추라기는 바로 전국시대에서 비루하게 살아가는 백성의 모습, 노예형 인간의 모습이다. 반면 거대한 대붕의 자유는 장주가 권하는 자유일 것이다.

"붕이 남쪽 바다로 옮겨갈 때에는 물을 쳐서 3천 리나 튀게 하고, 빙빙 돌며 회오리바람을 타고 9만 리나 올라가며, 6개월을 날고서야 쉰다." 6개월은 날아야 쉴 수 있는 자유, 진짜 자유는 이런 것이다. 감나무 밑에서 입 벌리고 있는 여유가 아니다. 거대한 대붕이 되려면 쉬지 않고 6개월을 날아야 한다고 장주는 썼다.

흔히 『장자』에 나오는 이야기를 우언寓言이라고 한다. 우언이란 다른 사물에 빗대어서 의견이나 교훈을 은연중에 나타내는 이야기를 말한다. 알레고리라고도 한다. 『장자』를 우언으로 보는 한편 나는 무협을 뛰어넘는 무한한 상상력을 품고 있는 판타지라고도 생각한다. 이 판타지는 어떤 의미가 있을까.

첫째, 어떤 형식에서 벗어난 자유로운 사유를 담고 있다. 곤어나 붕새와 같은 판타지의 동물이 현실성을 넘어서고 있다. 아무 쓸데없는 헛것들이 인간에게 새로운 자유를 제공하는 것이다. 장자라면 유령처럼 벽을 뚫고 나가는 판타지의 존재를 제시했을 것이다. 판타지, 이 헛것들은 그 유명한 무용지용無用 之用의 자유를 우리에게 주는 것이다.

둘째, 변신 이야기가 많다. 「소요유」편 이후 「제물론齊物 論」편에도 '호접지몽胡蝶之夢'의 판타지가 등장한다. **"내가 꿈에 서 나비가 된 것인지, 나비가 꿈에서 내가 된 것인지"**라는 이야기는 꽉 막혀 있던 전국시대에 그나마 자유로운 삶을 단독자로서 추구하도록 자극하고 있는 것이다. 인간은 스스로 변하고 싶을 때가 많다. 일탈하고 싶을 때가 많다. 일탈하고 돌아오면 지겨 웠던 곳이 새롭게 느껴지는 것이 변신의 에너지다. 그런데『장 자』의 변신은 부분성형이 아니라 완전변신이다. '곤'이 '붕'으 로 바뀌는 것이다.

셋째, 이러한 판타지가 전국시대라는 야만의 시대에 탄생 했다는 것도 중요하다. 수없이 사람을 살해해야 했던 전국시대 에 '산다'라는 자기보존의 명제는 최대 과제였다. 국가라는 조 직들이 생겨나던 시기에 제자백가들은 어찌할지 고민해야 했 다. 공자는 군자 곧 귀족들이 어떻게 행동해야 공공성이 세워 질 수 있을지 논했다. 이에 대해 장자는 국가라는 조직에 갇히 지 않고 압제하는 의무로부터 어떡해야 자신을 지킬 수 있을지 판타지와 우화로 가르친다. 그 환란기에 장자만 판타지를 꿈꾼

것은 아니다. 맹자에게 판타지라면 호연지기라고 할 수 있을 것이다. 온 세상에 꽉 차야 하는 의를 쌓은 기운 말이다. 이렇게 본다면 공자나 맹자와 다른 시각에서 장자 또한 대단히 정치적인 반응을 보였다고 할 수 있겠다.

넷째, 장자의 판타지에서 가장 중요한 요소는 명랑성이다. 배고픔과 궁핍함과 치욕적인 삶 속에서도 장자에게는 은근한 명랑성이 있다. 눈물의 반대로서의 명랑이 아니다. 중요한 것은 대상과의 거리다. 대상과 공감할 때는 눈물이 나오지만, 장자의 명랑성은 공감이 아니라 거리감에서 나오는 반응이다. 장자의 명랑은 슬픔을 품고 있다. 장자의 명랑은 허무를 품고 있다.

소포클레스의 비극에는 명랑이 있다고 니체는『비극의 탄생』에서 썼는데 바로 그 명랑성과 비교할 수 있지 않을까. 설움을 알고 죽음을 아는 사람이 웃는 웃음이다. 떠나가는 사람이 이 지상의 비극을 살아가려는 사람에게 전하고 싶은 명랑성이다. 비극적 개그라고 할지 고독한 유머라고 할지.

대붕 이야기는『장자』의 일부분에 불과하다. 대붕 이야기로 이 책 전체를 규정하면 안 된다. 일단 대붕 이야기의 판타지는 현실에서 출발한다. 공자나 맹자나 묵자 같은 사회개혁론은 『장자』에는 없다. 그렇다고 가벼운 현실 탈출이 아니다. 장자는 새로운 자유를 주장한다. 메추라기처럼 태풍을 피하는 것이 아니라, 태풍과 마주하는 거대한 대붕의 자유를 독자에게 권하고 있다.

현실적인 배경에서 초현실적인 것이 느닷없이 나타날 때

환상이 펼쳐진다. 환상의 힘은 견고하게 보였던 보편적 법칙을 넘어 현실의 안정성을 뒤흔든다. 판타지는 옆방에 뭔가 이상야릇uncanny, Umheimlichkeit하거나, 놀랍거나marvelous 혹은 성스러운the sacred 뭔가 있을 법한 두근거리는 갈망의 표현이다. 뻔한 일상에서 벗어나 완전히 다른 세계를 추구하려는 욕망을 말한다.

영화 〈모노노케 히메〉에서 주인공 아시타카가 방랑을 떠나는 숲길, 〈센과 치히로의 행방불명〉에서 통과하는 터널, 〈해리 포터〉에서의 플랫폼, 〈나니아 연대기〉에서 루시가 들어가는 장롱은 판타지로 들어가는 터널이다. 히치콕의 영화 〈새〉에서 여주인공이 자동차로 가도 될 집을 나룻배를 타고 건너가는 장면, 역시 히치콕 영화인 〈사이코〉에서 언덕 위에 있는 집으로 올라가는 층계들은 모두 판타지로 입궁하는 터널이다.

시인이나 소설가나 예술가의 임무는 진정한 판타지를 만드는 것이다. 판타지는 희망 없는 현실에서 일탈하게 한다. 현실에서 떨어져 현실을 보면 새로운 가능성을 볼 수 있다. 이런 의미에서 판타지는 인간에게 꿈을 주고 희망을 준다.

고통을 주는 판타지도 있다. 조지 오웰의 『1984』는 전체주의 사회가 한 인간을 어떻게 말살시키는지 보여주는 판타지 소설이다. 『1984』는 판타지를 통해서 다가오는 미래에 대해 경고하고 있다. 판타지가 유용한 경우는 그것이 고통스럽든 재미있든 인간의 상처에 진정한 위로와 치유가 될 때일 것이다.

새로운 존재가 될 수 있다는 절망

어느 날 아침 그레고르 잠자가 불안한 꿈에서 깨어났을 때, 그는 스스로 침대 속에서 한 마리 흉측한 벌레로 변한 것을 알았다.

카프카 『변신』

첫 문장부터 당혹스럽다. 사건은 "**어느 날 아침**(eines Morgens)" 에 일어난다. 운명의 날은 갑작스럽다. 예고 없이 다가온다. 카프카 소설은 아침에 일어나자마자 바뀐 운명을 말한다. 그의 첫 문장에서 "**어느 날 아침**"은 사건이 일어나는 시점이다. 장편 소설 『소송』에서 요제프 카(K)도 아침에 일어나자마자 어떤 이 유도 없이 체포된다. 인간은 '되기'의 운명이다. 누구든 하루아 침에 벌레가 될 수 있다. 어느 날 아침에 실직하거나, 어느 날 아침에 사고를 당할 수 있다. 아침이 아닌 경우도 있다. 장편소 설 『성』의 첫 문장은 다음과 같다. "카(K)는 밤 늦은 시각에 도 착했다. 마을은 깊이 눈 속에 파묻혀 있었다."

주인공은 고레고르 잠자Gregor Samsa라는 출장 외판원이다. 그레고르 잠자는 카프카 자신이라고도 볼 수 있다. 잠자Samsa

에서 S를 K로 바꾸고, M을 F로 바꾸면 카프카Kafka다. 잠자는 체코어로 '고독하다'라는 뜻이다. 철자를 바꾸는 애너그램을 통해 주인공 잠자가 작가 카프카라는 것을 암시한다.『소송』에서도 주인공을 카(K)라고 썼는데 이 이니셜도 카프카 자신을 뜻한다고 볼 수 있겠다. 카프카가 중국 고전『장자』를 좋아했기에, 또 『장자』에도 인간이 나비로 변하는 변신 이야기가 나오기에 '장자'를 음차한 것이라는 주장도 있다. 무라카미 하루키는 「사랑하는 잠자」(『여자 없는 남자들』)라는 소설을 쓰기도 했다.

잠자는 **"불안한 꿈(unruhigen Träumen)"**을 꾸고 있다. 디아스포라 유대인이라는 주변인으로 자란 카프카, 보험회사 직원이면서도 밤새 소설을 쓰며 이중생활을 하던 카프카의 내일은 꿈속에서도 불안했을 것이다. 꿈이란 늘 불안하다. 꿈은 확실한 기획서가 아니라, 구체적이지 않은 몽상이기 때문이다. 모두 잠든 밤중에 끊임없이 원고지와 씨름했던 카프카의 삶은, 그의 육체는 얼마나 힘들었을까. 잠자, 그리고 카프카의 삶은 소설가로서도 법률가로서도 불안했다.

불안한 꿈에서 벗어나 **"깨어나자(erwachte)"**면, 악몽에서 벗어난 현실이 새로워야 하는데 이야기는 전혀 그렇지 않다는 점에서 당혹스럽다. 깨어났는데 인간이 변해버린 것이다.『장자』에 나오는 호접몽과 비슷하다. 꿈이 현실인지, 현실이 꿈인지 구별할 수 없는 상황에 처해버렸다.

끔찍한 경험을 **"자기 침대에서(in seinem Bett)"** 당했다는 사실도 카프카의 무의식을 드러낸다. 카프카는『아버지에게 쓴 편지』에 사망하기 5년 전인 36세 때 침대에서 경험한 일을 썼다. "어느 날 밤 거인의 모습을 한 아버지가 느닷없이 최후의 심판관이 되어 나타나서는 나를 침대에서 들어내 파블라취로 끌고 나갈 수도 있다. 그만큼 나라는 존재는 아버지한테 아무것도 아닌 존재이다"라고 카프카는 적었다. 침대처럼 가장 행복해야 할 공간에서 카프카는 늘 불안했고, 공포를 느껴야 했다. 아버지 헤르만 카프카에 대한 공포는 그의 어린 시절을 지나 평생을 지배했다. 아무것도 아닌 존재라는 감정, 그것이 곧 벌레와 같다는 감정이다. 그가 겪었던 '아무것도 아닌 존재'라는 공포를 독자는 자신의 것으로 공감하며 읽는 것이다. 아무것도 아닌 존재가 아니기에 카프카는 아버지를 무서워했고, 아무것도 아닌 존재가 아니라는 사실을 인정받으려고 카프카는 아버지가 바라는 대로 법학을 공부하고 최고의 보험회사에서 일하기도 했다.

여러 마리의 벌레가 아니라 **"한 마리(einem)"**의 벌레라는 사실이 중요하다. 카프카 소설에는 어떤 소설이든 고독한 '한 마리' 개인이 등장한다. 그의 소설은 모두 운명 속에서 살아가는 '한 마리'의 실존 이야기다. 그의 장편소설 『소송』『성』『실종자』는 고독 3부작이라 할 수 있다. 카프카 소설은 실존주의Existentialism를 그대로 드러낸다. 카프카는 끊임없이 자신과 독자에게 묵직하고 명랑하게 묻는다. 나는 누구인가. 나는 한 마리 벌레가 아닌가.

『변신』의 잠자는 **"흉측한 벌레로(ungeheueren Ungeziefer)"** 변해버렸다. 독일어로 **"벌레(Ungeziefer)"**는 유해한 해충을 말한다. 여기서 'un'은 부정하는 접두어가 아니라, 뭔가 불길한 상황을 강조하는 접두어다. 하루아침에 혼자 힘으로 살아갈 수 없는 존재로 변해버린 것이다. 이 끔찍한 존재를 카프카는 자본주의 속의 인간으로 유비시키고 있다. 사람이 벌레처럼 학살되며 죽어간 제1차 세계대전(1914~1918)이 발발한 다음 해인 1915년에 카프카가 『변신』을 썼다는 사실도 유념할 만하다. 카프카가 보았던 당시의 벌레는 유대인, 노동자, 그리고 전쟁에서 죽어간 병사들이 아닐까.

"**변했다**(verwandelt)"라는 말도 중요하다. 주인공 잠자는 인간에서 벌레로 변했다. 소설에서 잠자가 인간이었을 때의 이야기는 등장하지 않는다. 독자는 잠자가 인간이었을 때 무엇을 했을지 상상해야 한다. 잠자는 인간이었을 때 돈을 벌어오는 아들로, 여동생의 바이올린 강습비를 대주는 오빠로 성실하게 살았다. 슬프게도 어느 날 그가 벌레로 변했을 때, 그 순간부터 그는 혐오와 경멸의 대상이 된다. 필요한 사람이었던 그가 벌레로 변하자 혐오의 대상이 된다. 가족들은 이 사태에 빨리 적응한다. 잠자의 직장 상사가 바로 집으로 찾아와서 해고를 통고하자, 곧 아버지는 은행 경비원으로 취직하고, 어머니는 바느질을 하며, 여동생은 점원 일을 한다. 돈을 벌어오는 가족은 필요한 사람이지만, 밥만 축내는 '밥벌레'가 되면 경멸의 대상이 되는 세상이다. 자본주의 사회에서 돈을 못 벌어오면 가족이 아니라 벌레일 뿐이다.

두 번째 문장 "**고개를 약간 쳐들어보니, 껍데기에 활 모양으로**

볼록한 귀갑무늬가 있는 거무스름한 배가 보였다. 볼록한 배 위에 이불이 간신히 덮여 있었으나 그나마 벗겨질 것만 같았다. 전날까지 그렇게 굵던 다리에 비해서 비참하게도 가느다란 여러 개의 다리가 힘없이 눈앞에 간들간들 허우적거리고 있었다"까지 읽으면, 비위가 상한다. 명작으로 알려졌기에 참고 읽지만, 고전이라는 사실을 괘념치 않는다면 책을 덮을 수도 있겠다.

이 필요 없는 벌레를 혐오하다 못해 아버지는 잠자를 지팡이로 때리고, 끝내 사과를 던져 죽인다. 벌레가 죽고 온 가족이 여행을 떠나는 마지막 장면은 인간의 일상을 떠올리게 한다.

그런 다음 그들은 함께 집을 나섰다. 벌써 몇 달째 그래 보지 못하던 일이었다. 그러고는 전차를 타고 야외로 나갔다. 타고 있는 사람이라고는 그들밖에 없는 전차간에는 따스한 햇살이 들어오고 있었다. 그들은 의자에 편안히 기대고 앉은 채, 장래의 전망에 대해서 얘기했다. 그 전망이라는 것도 잘 생각해 보면 조금도 나쁘지 않았다……. 그리고 전차가 목적지에 도달하자 딸이 맨 먼저 일어나 젊은 육체를 쭉 폈는데, 그것이 그들에게는 마치 새로운 꿈과 훌륭한 계획에 대한 확인처럼 여겨졌다.

해피엔딩치고는 엄청 우습고도 잔인하고도 부끄럽고도 방법이 없는 오싹한 시니컬함이다. 너무도 복잡한 현실을 카프카가 써냈기에 문장이 이토록 길어진다. 기괴하면서도 재밌다는 의미의 '카프카에스크kafkaesk'의 특성을 가장 잘 보여주는 소설이 『변신』이다. 카프카의 모든 소설은 잔혹한 세계에 던져진 한 개인이 웅전하는 흥미롭고 섬뜩한 이야기다. 다만 카프카 작품을 모두 읽고, 산재 당한 노동자나 빈자, 장애인의 고통에 아파했던 카프카의 일기를 읽고 나면, 『변신』에 나오는 벌레 이야기는 신기하거나 재미있기보다는, 부조리한 현실을 슬프게 깨닫게 한다.

▶ 유튜브 〈카프카 『변신』「굴」 그리고 봉준호 감독 영화 기생충〉 참조

막다른 길로 돌진하는 인간의 어리석음

"아!" 쥐가 말했다. "세상은 매일매일 좁아진다. 처음에는 하
도 넓어서 걱정됐는데, 내가 더 달리니 드디어 좌우로 멀리에
서 벽이 보여 행복했다. 하지만 이 긴 벽들이 얼마나 빨리 양쪽
에서 좁아지는지 나는 어느새 마지막 방에 있고, 저기 저 구석
에는 덫이 있어, 나는 그리로 달려 들어가고 있다."—"너는 달리
는 방향만 바꾸면 돼."라고 말하며 고양이가 쥐를 잡아먹었다.

카프카 「작은 우화」

카프카는 인간을 인간이 아닌 특이한 것들에 비유한다. 그의 글
에서 인간은 갑충(『변신』), 원숭이(「학술원에 드리는 보고서」), 두
더지(「굴」), 오드라덱(「가장의 근심」), 개(「어느 개의 연구」『소송』),
나무(「나무」) 등으로 변한다. 중요한 것은 익명성이다. 지금 이
책을 읽고 있는 누구라도 이런 존재가 될 수 있는 것이다.

「작은 우화」에 등장하는 쥐를 처음 회사에 입사한 직원으
로 생각해보자. 처음 조직 사회에 들어간 사원은 방향을 정하
면 달려만 가는 쥐로 살아가야 한다. 처음에는 하도 넓어서, 마
치 내 길이 성공하는 것으로 보여서 행복한 듯하다. 안타깝게
도 한 방향으로 달리며 그 길이 익숙해지면, 내 일이 조금씩 지
루해지고 일상은 매일 점점 좁아진다. 문제는 내가 받은 훈장
이 족쇄일 수 있다는 것이다. 내가 평생 달려간 그곳에는 덫이

있고, 고양이가 있을 수 있다는 얘기다.

　여기서 고양이는 무엇일까. 카프카에게 고양이는 아버지 권력이었고, 유대인을 억압하는 유럽인이었고, 소수자를 무시하는 자본주의 체제의 상관들이었다. 어쩌면 고양이는 인간을 잡아먹는 죽음의 상징일 수도 있다. 쥐 같은 우리는 의미 없이 고양이를 향해 달려가야만 할까. 이 짧은 이야기는 무서운 리얼리즘이다.

　이 짧은 이야기의 핵심은 **"너는 달리는 방향만 바꾸면 돼(Du mußt nur die Laufrichtung ändern)"**라는 문장에 있다. 고양이는 잡아먹기 전에 살 방도를 말해준다. 방향을 바꿨더라면 나에게 잡아먹히지 않았잖아. 얼마나 끔찍한가.

　덫에 물리지 않고, 고양이에게 잡아먹히지 않으려면 빨리 반성해야 한다. 나는 돈의 덫으로 달려가고 있지 않은지, 나는 욕망의 덫으로 달려가고 있지 않은지. 내가 달려가는 일방통행로, 그 패러다임을 바꾼다 해도 그것이 의미 없는 죽음으로 끝날 수 있다. 이럴 때 내가 생각하는 모든 패러다임을 완전히 새롭게 생각할 필요가 있지 않을까. 역사를 보면 한평생 그 방법밖에 없다는 욕망에 잡혀 덫에 물려버리는 정치가, 재벌, 연예인, 유명인 등이 얼마나 많은가. 그들은 방향을 돌리지 않고 같은 방법으로 재벌에게 돈을 갈취하고, 정치가에게 뇌물을 바치고, 섹스와 마약을 탐닉하다가 고양이에게 먹혀버린다. 선한 일인 줄 알고 평생 한 방향으로 달렸는데 보람 없이 덫에 덜컥 물리는 경우도 있지 않은가.

첫 문장은
마지막
문장이다
김응교

책을 문장으로 지은 집이라고 한다면, 첫 문장은 문이라고 할 수 있습니다. 문의 무게와 생김새, 문이 열릴 때 나는 소리가 집의 첫인상을 결정하는 것처럼, 첫 문장은 책을 대표하는 이미지로 오래 기억에 남습니다.

김응교 작가는 『햄릿』 『파우스트』 『위대한 개츠비』 같은 고전뿐 아니라 『아몬드』 『채식주의자』 『아버지의 해방일지』와 같은 당대의 작품들 속 첫 문장을 모아 독자에게 건넵니다. 첫 문장을 열고 들어가면 책이라는 세계가 보입니다. 책 너머에서는 인간과 사회가 모습을 드러내지요. 작가의 곡진한 시선을 통과한 책은, 고통과 허무를 피하지 않고 함께 견뎌내는 힘을 이야기합니다.

『첫 문장은 마지막 문장이다』에서 첫 문장은 열한 가지 유형으로 구별됩니다. 가볍게 풍경을 묘사하며 시작하는 첫 문장이 있는가 하면 처음부터 묵직한 사건을 제시하는 첫 문장도 있지요. 글을 시작하기 두려워하는 사람들에게 김응교 작가는 첫 문장의 자리를 잠시 비워두라고 조언합니다. '처음'이라는 걱정을 제쳐놓고 일단 쓰다 보면 어느새 첫 문장이 마지막 문장으로 완성될 것이라고 합니다.

"한 편의 공연이 시작되고, 극장 안은 깜깜한 어둠으로 채워진다." 이 책의 첫 문장입니다. '첫 문장'이 주연을 맡은 연극으로 독자님을 초대합니다.

마음산책 드림

역사상 자신의 길을 바꾸어 전혀 다른 평가를 받은 사람은 누가 있을까.

워터게이트 사건으로 1974년 닉슨 대통령이 사임하자, 지미 카터는 다음 대통령으로 당선되었다. 아쉽게도 에너지 위기와 이란 사태를 해결하지 못해 레이건 후보에게 완전히 패배하고 낙향했다. 그의 삶에서 가장 절망적인 순간이었다. 하지만 1984년 뉴욕을 지나던 지미 카터는 자원봉사자들이 빈자를 위해 집을 짓는 모습에 감동받고, 국제 해비타트 운동을 시작한다. 노구를 이끌고 지미 카터는 자원봉사자와 함께 전 세계의 재해 지역에 집을 지어주었다. 정치가 아닌 시민운동으로 **"방향"**을 바꾸었을 때 지미 카터는 이전과 다른 긍정적인 평가를 받기 시작했다.

항룡유회亢龍有悔, 즉 '높이 나는 용은 후회한다'는 말이 있다. 하늘 끝까지 올라가서 내려올 줄 모르는 용도 어느 날 곤두박질쳐서 후회할 수 있다는 말이다. 극히 존귀한 지위에 올라간 오이디푸스 왕은 교만한 휘브리스에 휩싸여 살다가 실패하고 후회한다. 높이 올랐을 때 이것이 바른 길인지 성찰해야 한다. 이 소설에 나오는 쥐는 길이 넓다고 신나서 달리지만 결국은 고양이에게 먹힌다. 신나서 행복할 때 멈춰서 과연 이 길이 바른 길인지 성찰해야 한다.

"너는 달리는 방향만 바꾸면 돼." 불안하고 부조리한 세계에서도, 카프카보다 1년 일찍 태어난 제임스 조이스의 소설에 나오듯, 잠깐 희망을 비추는 에피파니가 있다. 달리던 방향을 바꾸는 것, 이것이야말로 어마어마한 속도로 달리며 살아가는 현대인들에게 필요하다.

달리는 방향을 완전히 바꾸는 혁명은 가능할까. 달리던 길에서 잠깐 멈추기만 해도 희망은 보인다. 나의 모든 습관을 뒤집는 패러다임의 변화. 가정과 사회의 혁명은 불가능할까. 무의식에서부터 내가 갖고 있는 모든 고정관념의 **"방향"**을 새롭게 생각해보는 혁명적인 인식은 불가능한가. 진정한 민주사회란 지도자만을 바꾸는 것이 아니라, 성찰을 통해 삶의 방향을 잘 정하고 참된 나를 찾아 살아가는 시민들이 있어야 가능할 것이다.

덫에 걸리기 전에, 고양이에게 먹히기 전에, 방향만 바꾸면 된다. 덫이 없고, 고양이가 없는 블루 오션으로 가면 된다. 내가 가보지 못한 천국의 길은 너무 많다. 이제 다시 읽어보자.

"아!" 쥐가 말했다.(»Ach«, sagte die Maus.)**"**

이미 죽은 쥐의 발언이다. 이 짧은 아포리즘은 죽은 쥐가 말하는 사후주체의 이야기인 것이다. 마치 유언처럼, 이미 죽은 유령이 산 사람들에게 전해주는 전갈이다. 온 인생을 깨달은 무서운 탄식으로 들린다. 죽었을 때에야 깨닫는 것이 인생일까. 짧지만 정말 무서운 아포리즘이다.

▶ 유튜브 〈플라톤 '동굴의 우상', 영화 트루먼 쇼와 카프카 「작은 우화」의 실존주의〉 참조

4 주요 인물을 소개한다

부끄럼 많은 생애를 고백한다는 것

나는 그 남자의 사진을 세 장 본 적 있다.

다자이 오사무 『인간 실격』

『인간 실격』 서문에 등장하는 '나'는 소설을 출판하려는 사람이다. 서문 이후 본문에 등장하는 '나'는 실제 주인공 요조다. 요조에 대한 자료를 받은 소설가인 '나'는 서문에서 **"그 남자의 사진을 세 장 본 적 있다"**라고 한다. 깊은 회한에 잠긴 형사가 읊조리는 대사 같다. 이 문장은 내용 전체를 요약한다. 세 장의 사진은 주인공 요조의 성장을 압축한다.

첫째 사진은 주인공 요조의 유년 시절이다. 사진 속 그는 웃고 있으나 실은 전혀 웃고 있지 않은 괴상하고 흉측한 표정이다. 서문에서 그 아이는 **"굵은 줄무늬 하카마(はかま)를 입고"**서 있다고 하는데, '하카마'는 겉에 입는 아래옷으로, 허리에서 발목까지 덮으며, 넉넉하게 주름이 잡혀 있는 전통적인 일본 의상이다. 바지처럼 가랑이진 것이 보통이나 스커트 모양도 있

다. 하카마를 입고 있다면 부잣집 도련님으로 보였을 것이다. 첫 번째 사진으로 풀어낸 첫 번째 수기가 시작되면서 가장 인상에 남는 구절이 등장한다.

나는 부끄럼 많은 생애를 보내왔습니다. 나는 인간의 삶이라는 것을 도무지 알 수가 없습니다.

"**사진을 세 장 본 적 있다**"로 시작하는 서문의 첫 문장과 "**부끄럼 많은 생애를 보내왔다**"는 첫 번째 수기의 첫 문장은 바통 터치하듯 인상적이다. 책을 다 읽고 나면 이 두 문장이 소설 전체를 꿰뚫는 표현이라는 사실을 독자는 무릎을 탁 칠 정도로 깨달을 것이다.

첫 번째 수기에서 독자는 요조가 인간 세계에 쉽게 속하지 못하는 상황을 본다. 요조는 꾸중을 들어도 말대꾸를 하거나 화를 낼 줄 모른다. 그저 주체성을 잃고 "**부끄럼 많은 생애를 보내**"면서 살아간 것이다. 요조는 "**나는 인간의 삶이라는 것을 도무지 알 수가 없**"다고 고백한다. 현실에 잘 적응하지 못하는 요조는 평범한 인간들에게 접속하기 위해 '익살'이라는 것을 생각해낸다. 서문에 나오듯 그저 "**여러 여자들에게 둘러싸여**" 자신의 모습을 숨기고 자기가 아닌 익살꾼으로 살아간 것이다. 하녀와 머슴에게 익살꾼으로만 보였는지 무시받기도 하고 순결을 잃기까지 한다. 서문의 화자인 소설가는 요조의 어린 시절 사진을 보면서 "**뭐야, 불쾌한 아이군**"이라며 비극적인 아우라를 짚어낸다.

요조는 어린 시절, 시골 마을의 대지주인 가정에서 허기를 잘 모를 정도로 유복하게 자란다. 하지만 어른들의 겉과 속이 다른 모습을 보고 인간을 불신하기에 이른다. 중학생이 되어 도쿄로 갔을 때는, 사회에 섞이지 못하고 익살을 무의식적으로 일삼는 호리키를 만나게 된다. 호리키는 요조에게 술, 담배, 매춘 등을 알려주는데, 요조는 인간에 대한 공포와 소외감을 잊는 수단으로 사용하며 중독이 되는 수준에 이르게 된다. 요조의 어린 시절은 작가 다자이 오사무의 어린 시절과 유사하다.

다자이 오사무의 여러 소설과 산문에는 어릴 적의 자신을 하대하는 문장이 많다. 그는 가족이 자신을 못생겼다는 이유로 무시한다고 생각했고, 자신이 친자식이 아닐 수 있다고까지 생각했다. 여기에 더해 다자이 오사무는 어린 시절에 겪었던 트라우마가 컸다. 죄의식의 근원에는 고리대금으로 부당하게 성장한 가문 출신이라는 배경이 있다. 심지어 다자이 오사무는 11남매 중 6남으로 태어나, 부모의 사랑을 받지 못한 유년기를 지냈다.

두 번째 사진은 요조의 고교 또는 대학 시절이다. 이 사진에서 요조는 미남으로 변해 능란한 웃음을 짓지만 역시 사람이라는 느낌이 들지 않는다. 요조는 타향에서 다른 사람들에게 자신을 숨기기 쉬우리라 생각하지만, 공부를 못하고 교련이나 체육 시간에 그냥 가만히 있기만 하는 백치 비슷한 다케이치라는 학생에게 자신이 사람들을 속인다는 사실을 간파당한다.

요조는 방탕한 생활 때문에 금전적인 어려움에 시달리게

되고, 처음으로 행복이라는 감정을 느끼게 해준 여자와 자살 시도를 하지만 혼자 살아남고 만다. 이를 계기로 요조는 고향과의 연이 아예 끊어지고, 돈이 없어지자 호리키와 하숙집 주인 등에게 무시를 당한다. 견디지 못하고 하숙집에서 나온 요조는 잡지사의 이혼한 기자 시즈코와 만나 만화를 그리며 산다. 그럭저럭 만화를 그리고, 술과 담배를 하며 기자의 딸과 함께 살아가던 중, '세상은 개인이다'라고 생각하고, 자신이 기자와 딸의 인생에 방해만 될 것이라는 생각을 하며 그들을 떠난다.

공산주의에서 구원을 찾으려 했던 작가 다자이 오사무처럼 요조도 공산주의 운동에 참여한다. 책에는 다자이 오사무의 공산주의 운동에 대한 고뇌가 담겨 있다. 지주계급으로 태어난 요조는 늘 괴로워하다 결국 인간 존재와 죄의식에 좌절하며 자살하기에 이른다. 경제공황으로 인한 세기말적 현상에 대한 탈출 욕구, 계급적 한계를 결국 뛰어넘지 못한다.

부자는 모두 나쁘다. 귀족은 모두 나쁘다. 돈이 없는 천민만이 옳다. 무장봉기에 찬성했다. 기요틴이 없는 혁명은 의미가 없다. 그러나 나는 천민이 아니었다. 기요틴에 내걸리는 쪽이었다. 나는 19세의 고등학교 생도였다.[•]

• 다자이 오사무, 「고뇌의 연감 苦悩の年鑑」, 〈신문예 新文藝〉, 1946.

세 번째 사진은 나이를 짐작할 수 없는 사진이다. 이 사진이 가장 기괴하다. 웃고 있지 않다. 아무런 표정이 없다. 무턱대고 역겹고 짜증 나는 얼굴이다.

시즈코를 떠난 요조는 교바시 스탠드바의 마담과 다시 정부 생활을 한다. 교바시로 이사한 요조는 손님에게 술을 얻어 마시고, 음란한 잡지에 저질 만화나 춘화를 그리며 타락해간다. 이무렵 바 건너편 담배 가게 아가씨 요시코를 만난 요조는 곧 요시코와 결혼한다. 집에 호리키가 놀러오고 둘이 대화를 나누는 사이, 요시코가 집에서 상인과 정사를 벌이는 것을 본 요조는 요시코와의 신뢰가 더럽혀졌다는 사실에 고뇌한다. 이후 요조는 알코올중독에 빠지고, 수면제를 먹고 자살을 시도한다. 몸이 쇠약해진 요조는 각혈을 하고 약을 사러 약국에 들어가는데 그곳에서 불행한 삶을 살고 있는 약사를 통해 모르핀 주사액을 처방받는다. 모르핀에 중독된 요조는 모르핀 구입을 위해 춘화를 그리고 약사와 정사를 갖는다. 절망감에 죽기로 결심한 그날, 넙치와 호리키가 나타나 요조를 정신병동에 가둔다.

요조처럼 다자이 오사무는 실제로 정신병원에 갔었다. 정신병원에서 성서를 읽고 죄의식과 구원을 고민했다. 다자이 오사무가 지낸 아오모리현은 종교적 엄숙성이 강한 지역이다.

저는 하느님조차 두려워하고 있습니다. 하느님의 사랑은 믿지 못하고 하느님의 벌만을 믿었던 겁니다. 신앙, 그건 단지 하느님의 채찍을 받기 위해 고개 떨구고 심판대로 향하는 일처럼 느껴졌어요. 지옥은 믿

을 수 있다 해도 천국이 존재하는지는 아무래도 믿을 수 없었던 겁니다.

요조는 정신병원에서 성경 읽기에 집중한다. 성경을 해석하면서 원죄 의식에 강하게 사로잡힌다. 그가 가장 행복했을 때의 사진을 본다. 요조가 느꼈던 것들은 전부, 그가 괴로워했던 것이었다. 겉과 속이 다른 어른들이 자신과 같은 인간이라는 사실에 대한 위화감과 그 위화감으로 인해 생기는 인간에 대한 소외감, 공허함을 외면하기 위해 억지로 꾸며낸 익살이나 회피 수단으로 사용되는 자극적인 것들에 대한 집착, 사람을 신뢰하면 별로 돌아오는 세상의 부조리함 등을 모두 살아가면서 느끼고 있다. **"존경받는다는 것 또한 저를 몹시 두렵게 했어요"**라며 그는 존경받는 것까지도 두려워한다.

우리는 세상에서 인간의 자격을 실격당하지 않기 위해, 원래의 '나'를 접어두고 살아간다. 요조의 아버지가 세상을 떠나고 형은 요조를 시골집에서 요양하도록 한다. 요조는 이곳에서 식모한테 겁탈을 당한다. 그는 모든 것은 지나간다는 것을 느낀다. 그는 스물일곱 살이지만 백발이 늘어 사람들은 그를 마흔 살 이상으로 본다고 하며 이야기는 끝난다.

서문에서 등장했던 '나'는 후기에 다시 나와 스탠드바의 마담을 만나 요조의 사진과 수기를 받아 읽으며, 이를 작품으로 출판하기로 다짐한다.

세 장의 사진으로 요약되는 요조의 생애를 회고하면 **"나는 부끄럼 많은 생애를 보내왔습니다"**라는 구절이 아프게 이해된다.

술과 여자에 얽힌 타락, 반복된 자살 시도, 정신병원 감금 등 철저하게 인간 세계에서 말종 인간으로 살 수밖에 없던 한 인간의 고백인 것이다. 결국은 **"태어나서 죄송합니다"**라는 고백까지 한다. 이 소설은 작가 다자이 오사무 자신의 자서전이기도 하다. 소설에 나오는 자살 미수 사건은 모두 실제 작가 자신의 체험이다.

다자이 오사무는 1947년 몰락한 화족의 이야기를 다룬 장편소설『사양』이 베스트셀러가 되며 인기 작가의 반열에 오르게 되었다. 1948년 6월 13일, 다자이 오사무는 요조가 자살하는 원고 분을 연재하라고 보내놓고 자살을 택한다. 그는 자살을 통해 일본 문학의 한 형식인 사소설私小說, '와타쿠시 쇼세츠'를 완성시켰다.

『인간 실격』은 왜 지금도 고전으로 읽히고 있을까. 이 소설은 '무엇이 인간인지' 그 가치를 묻는다. 인간 존재의 의미와 죄의식을 묻는 실존주의 소설이다. 요조만치 자기 자신을 잃고 살아가는 사람들이 요조의 아픔에 공감하는 것이 아닐까. 자신의 목표가 뭔지도 모른 채 무조건 공부만 할 수밖에 없는 인간들, 자기가 하고 싶은 것을 못 하고 일만 할 수밖에 없는 회사원들, 요조처럼 자기 자신을 잃고, 낙타처럼 무릎 꿇은 채 살아가는 인간이 얼마나 많은가.

다시 첫 문장에 나오는 **"그 남자의 사진을 세 장"** 본다. 이 이야기는 요조의 삶이고, 다자이 오사무의 생애였으며, 우리 내면에도 똬리 틀고 있는 숨은 비극이다.

　　지금까지 이렇게 괴상한 표정의 소년을 본 적이 없다.

　　지금까지 이렇게 이상한 미남을 본 적이 없다.

　　지금까지 이렇게 기묘한 얼굴의 남자를 역시 본 적이 없다.

바다에서 홀로 싸워야 하는 숙명

그는 멕시코 만류에서 조각배를 타고 홀로 고기잡이하는 노인인데, 팔십사 일이 지나도록 고기 한 마리 잡지 못했다.

헤밍웨이 『노인과 바다』

"그는 멕시코 만류에서 조각배를 타고 홀로 고기잡이하는 노인"이라는 첫 문장은 이 소설의 주인공을 명료하게 소개한다. 그는 어떤 사람인가. 노인은 **"멕시코 만류에서(in the Gulf Stream)"** 작은 배를 타고 있다. 바다 안에 존재하는 실존이라는 사실이 중요하다. 인간은 누구나 망망대해에서 조각배를 타고 홀로 존재한다. 부모님도 있고, 친구도 있지만, 결국은 끝없는 바다에 던져진 존재다.

이 바다는 인간을 덮치는 해일이 되기도 하지만, 노인은 **"늘 바다를 여성으로 생각했으며, 큰 은혜를 베풀어주기도 하고, 빼앗기도 하는 무엇"**이라고 말한다. 우리가 던져진 이 바다라는 세상은 어머니처럼 푸근하기도 하고 때로는 빼앗기도 하는 무엇인 것이다.

다음은 **"홀로(alone)"**라는 단어에 주목해야 한다. 이 소설은 처음부터 끝까지 광활한 바다에서 홀로 청새치와 상어 떼의 습격에 맞서 싸우는 인간 운명에 관한 이야기다. '홀로'라는 부사는 고독한 실존을 다루는 이 소설의 주제를 정확히 표현하는 단어다.

어니스트 헤밍웨이(1899~1961)는 1935년에 쿠바의 어부인 카를로스 구티에레즈에게 어렵게 청새치를 잡은 노인 이야기를 듣고 이 소설을 쓰기로 했다고 한다.

"84일 동안 고기 한 마리 잡지" 못했다고 하는데, 어부들은 물때를 보고 고기를 잡고 음력으로 28일이 주기이기 때문에 세 달이 된다. 세 달 동안 고기를 못 잡았다 하니 운이 없어도 대단히 없다.

풍랑이 치거나 때로는 평온하기 이를 데 없는 바다 위에 던져진 실존이 인간이다. 헤밍웨이의 장편소설들은 모두 거대한 역사, 혹은 야만적인 전쟁을 배경으로 하고 있으나, 결국은 개인의 자유와 주체성을 묻는다는 점에서 실존주의를 보여준다.

"처음 40일 동안은 한 소년이 그와 함께 있었다." 두 번째 문장에서 한 소년이 등장한다. 소년은 주인공 노인의 삶을 조금씩 풀어내는 역할을 한다. 몇 페이지 넘겨보면, 소년의 입을 통해 노인의 이름이 나온다.

"산티아고 할아버지."

산티아고Santiago는 사도 요한의 형인 '야고보'를 스페인어

식으로 표현한 것이다. 야고보도 가난한 어부였고, 소설의 산티아고도 궁핍한 어부다. 야고보를 스페인에서는 '이아고lago'라고 하는데, 앞에 성인을 뜻하는 '산토Santo'를 붙여 '산토 이아고'라 불렀고, 산티아고가 되었다. 산티아고는 곧 성 야고보라는 뜻이다.

소년의 부모는 실패한 노인을 **"살라오, 곧 스페인 말로 가장 재수 없는 사람"**이라 한다. 재수 옴 붙은 인생이다. 84일간 고기를 잡으러 나갔지만 한 마리의 고기도 낚지 못한 노인의 삶이 얼마나 재수 없을지 독자는 이제부터 읽어야 한다. 늙고 가난하고 외롭고 재수 없는 인간의 모습은 모든 인간이 언젠가는 피할 수 없는 처지다.

소년의 이름은 소설이 시작되고 한참 뒤에 나온다. 소년의 이름 마놀린Manolin에는 '빛나는lin 상어mano'라는 뜻이 숨어 있다. 소년의 이름은 이후 청새치를 습격하는 상어와 연관되는 사건을 암시하는 복선이다.

소년과 노인에게 커피를 주는 테라스 식당의 주인 마르틴Martin이 나온다. 이 이름은 가난한 사람을 위해 애썼던 성인 세인트 마르틴Saint Martin으로부터 왔다. 가톨릭 신도였던 헤밍웨이는 소설 곳곳에 가톨릭 상징을 넣었다.

작가가 그리스도와 쿠바의 성녀에 관한 성화를 묘사하고, 성모경과 천주경을 암송하는 장면을 그려냈던 것은 천주교 신자였던 헤밍웨이에게는 자연스러운 표현이었을 것이다.

드디어 홀로 바다에 나간 노인은 어느 날 5.4미터 길이의 청새치라는 대어를 낚시로 낚는다. 그 대어는 너무도 커서 늙은 어부의 배를 끌고 다닌다. 지친 노인은 회상한다. 노인이 젊은 시절 흑인과 팔씨름을 하거나 아프리카에서 사자를 본 일화는 이야기를 흥미 있게 만드는 활력소로 작용한다.

3일 밤낮을 거대한 청새치와 씨름하며 노인은 날치와 작은 새와 태양과 별을 **"형제"**나 **"친구"**로 여긴다. 청새치나 상어까지도 친구로 여기는 행동은 우주와의 일치를 통한 화합과 자기 극복을 보여준다.

노인은 소년 마놀린의 도움 없이 혼자 사투를 벌인다. 이때 노인은 마놀린을 그리워하고, 야구 시합도 그리워한다. 이 소설처럼 헤밍웨이는 인간이 연대해야 하며, 극복하는 공동체를 만들어가야 한다고 삶을 통해 웅변했다.

지친 청새치가 바다 위로 떠올랐을 때, 노인은 청새치를 배 옆에 밧줄로 붙들어 매고 항구로 향한다. 돌아오다가 상어 떼의 공격을 받아서 청새치는 살이 모두 뜯겨나가고 커다란 뼈만 남는다. 결국 빈손으로 입항한 노인 산티아고는 어깨에 돛대를 메고 오두막이 있는 언덕길을 오르다가 몇 번 넘어진다. 이 장면은 예수 그리스도가 십자가를 짊어지고 골고다 언덕을 오르며 넘어지는 장면을 연상하게 한다.

사실 헤밍웨이가 쓴 대표작의 제목은 성경 구절과 관계가 있다. 『태양은 다시 떠오른다』(1926)는 '태양은 다시 뜨고 다시 지며, 뜬 곳으로 서둘러 돌아간다'(전도서 1:5)라는 구절에서 왔다. 이 성경 구절은 소설 시작하기 전 맨 앞에 제사題詞로 쓰여 있다. 『무기여 잘 있거라』(1929)라는 제목은 '칼과 창을 녹여서 쟁기를 만들 것이다'(미가서 4:3-4)라는 문장에서 끌어왔다. 『누구를 위해 종을 울리나』(1940)라는 제목은 영국 성공회 사제이며 시인인 존 던(1572~1631)의 시에서 따온 구절이다.

헤밍웨이는 자신의 창작기법을 빙산이론Iceberg Theory이라고 명명했다. 그는 소설에서 스토리는 써도 감정적인 부분은 잘 쓰지 않았다. 마치 빙산이 물속에 거의 잠겨 있듯이, 소설의 이야기도 빙산이 떠 있는 부분인 8분의 1만 보여줘야 한다고 소설 『오후의 죽음』(1932)에서 설명했다.

> 만약 작가가 자기가 무슨 글을 쓰고 있는지 충분히 알고 있다면 자신이 알고 있는 바를 생략할 수 있으며, 작가가 충실히 글을 쓴다면 독자는 마치 작가가 진술한 바와 마찬가지로 강렬하게 느낄 겁니다. 움직이는 빙산의 위엄은 오직 8분의 1에 해당하는 부분만이 물 위에 떠 있다는 데 있으니까요.

작가가 표현하지 않는 감정적인 부분을 독자가 상상력으로 완성해가는 것이다. 8분의 7은 독자가 상상할 수 있도록 배려하는 방식이 좋은 창작이라고 헤밍웨이는 강조한다. 말라르메는 시를 암시暗示의 예술이라 하며, 시인이 암시하면 독자는 암시되지 않은 부분을 상상력으로 채워야 한다고 했다. 본래

시를 썼던 헤밍웨이의 시적 문체라고 할 수도 있겠다.

헤밍웨이의 문체는 1917년 고등학교를 졸업하자마자, 대학에 진학하는 대신 캔자스시티에 있는 〈스타STAR〉지의 기자로 채용되면서 만들어졌다. 헤밍웨이는 단문만 쓴다 하여 많은 글쓰기 책에서 좋은 단문의 예로 헤밍웨이 문체를 드는데, 사실은 다르다.

정확하게 말하면 헤밍웨이는 단문에 쉬운 복문을 섞어 썼다. 길이가 아니라 '읽기 쉬운 문체'가 포인트다. 『노인과 바다』의 첫 문장은 조금 길지 않은가. 우리말 번역서들이 왜 헤밍웨이의 긴 문장을 짧게 잘랐는지 이해가 되지 않는다. 아마 짧게 끊어 쓰는 헤밍웨이 문체를 돋보이게 하고, 도입부를 쉽게 읽게 하려고 문장을 잘라 번역했을 것이다.

영어 원문을 보면 '복문 + 단문 + 복문'으로 쓰여 있어서, 그대로 직역해서 읽어본다. 작가는 긴 복문 사이에 단문을 넣어 읽기 쉽게 만들어 놓았다. 복문을 쓸 경우에는 읽기 쉽게 접속사and로 연결시킨다. 첫 문단에서 중문을 만드는 관계대명사which는 두 번 나오는데, 헤밍웨이 소설에는 관계대명사로 연결된 중문은 자주 나오지 않는다. 작가가 안 쓰려고 피하는 느낌마저 든다.

소위 하드보일드hard-boiled, 곧 냉혹하고 비정한 현실을 최대한 감정을 억제하여 묘사하는 간결하고 힘찬 강건체剛健體라고 할 수 있겠다. 강건체를 쓰면서도 헤밍웨이는 간결한 단문과 우아한 복문을 섞어 썼지 단문만 쓴 작가는 아니다.

돌아온 노인은 **"사자 꿈을"** 꾼다. 이때의 사자는 굳건하면서도 가족을 살피는 사자다. 사자 떼를 살피는 사자의 자세는 이 소설에서 자주 언급되는 야구 경기와도 비슷하다. 야구 경기는 서로 협조하여 만드는 하나의 건강한 공동체인 것이다. 패배나 승리가 아니라, 공동체와 함께 굴하지 않는 극복을 꿈꾸는 이 소설로 헤밍웨이는 1953년 퓰리처상과 1954년 노벨문학상을 받았다.

원작의 의도를 충실히 각색한 영화 〈노인과 바다〉(1958)도 볼 만하다. 작가 헤밍웨이가 적극적으로 제작에 참여한 이 영화는 원작의 스토리를 변형시키지 않는다. 소설에 나오는 사소한 장면, 예를 들면 청새치를 어부들이 도살해서 운반하는 장면이나, 산티아고 노인이 기운 내려고 드럼통에 담아둔 상어 간을 떠먹는 장면, 또는 그가 배를 타고 바다 위에 떠 있을 때 하늘에서 비행기가 지나가는 장면 등을 제외하고는 소설과 영화의 스토리는 거의 일치한다. 소설이든 영화든 헤밍웨이는 완벽을 기하려 했다.

"모든 문서의 초안은 끔찍하다. 글 쓰는 데에는 죽치고 앉아서 쓰는 수밖에 없다. 나는 『무기여 잘 있거라』를 마지막 페이지까지 총 39번 새로 썼다."

그 긴 장편소설을 39번이나 새로 썼다는 헤밍웨이의 투쟁은 산티아고 노인만치 고단한 투쟁이었을 것이다. 고단한 투쟁을 통해 헤밍웨이가 이 소설에서 말하고 싶었던 문장은 이 문장이 아닐까.

"그래도 인간은 패배하기 위해 창조된 게 아니다." 그가 말했다. "인간은 파괴될 순 있지만, 패배하지는 않는다." ("But man is not made for defeat," he said. "A man can be destroyed but not defeated.")

『노인과 바다』는 언뜻 실패한 늙은이 이야기로 읽힐 수도 있다. 왜 이 소설을 읽지? 왜 이런 소설이 노벨문학상을 받지? 물을 수도 있다. 헤밍웨이는 무엇을 말하고 싶었을까. 살아가면서 비록 실패가 많았을지라도, 순간순간 최선을 다해 노력하는 삶은 패배가 아니며 아름답다는 사실을 전하고 싶지 않았을까.

만점짜리 결과에 이르지 못했더라도 최선을 다한 인생은 위로받을 가치가 있지 않은가. 『노인과 바다』는 세상이라는 거친 바다에서 공동체와 함께 치열하게 애써온 이들에게 헤밍웨이가 전하는 선물이다.

▶ 유튜브 〈헤밍웨이 『노인과 바다』 첫 문장, 실존주의와 종교적 상상력〉 참조

폭력에 대한 느리지만 푸른 저항

> 아내가 채식을 시작하기 전까지 나는 그녀가 특별한 사람
> 이라고 생각한 적이 없었다.
>
> 한강 『채식주의자』•

너무도 무덤덤한 도입부다. 어둡고 강렬한 이야기를 펼치기 전의 무척 평범하고 평이한 색깔 없는 문장이다. 수월하고 술술 읽히는 문장은 너무도 잔잔하여 오히려 도발적이다.

  "아내가 채식을 시작하기 전"이라는 시점이 나온다. '채식'이 인간을 구분하는 기점이다. 이 소설 어디에도 주인공인 영혜 자신이 스스로 채식주의자라고 말하는 부분은 없다. 영혜는 채식을 좋아하는 것이 아니라, 육식을 거부하는 인물이다. 그 배경에는 육식주의자들의 폭력이 있다. 남편과 가족은 상처에 갇혀 있는 영혜를 배려하거나 이해하려고 하지 않는다.

  "특별한 사람이라고 생각한 적이 없었다"라는 문장은 아내를

• 한강, 『채식주의자』, 창비, 2007.

대하는 남편 '나'의 태도를 드러낸다. 결혼 이후 5년 동안 아내를 특별하게 생각하지 않았다는 말이다. 세상에서 가장 가까운 아내를 특별한 존재로 생각하지 않았다니, 조금 썰렁한 문장이다. **"처음 만났을 때 끌리지도 않았"**던 아내를 왜 선택했을까. **"세련된 면을 찾아볼 수 없는 그녀의 무난한 성격이 나에게 편안했다"**는 정도가 결혼을 결심한 이유였다. 아내를 위해 어떤 역할을 해야 한다는 생각 따위는 아예 없다. 그저 편해서, 혹은 만만해서 결혼한다면, 그 사랑은 얼마나 헐거운 인연일까. 평범한 인생을 살고 싶어 하는 남편은 걸출하기는커녕 그저 적당히, 그럭저럭 살고 싶어 한다.

　책 앞부분에 **"특별"**이라는 단어가 세 번 나온다. 영혜는 고기를 먹지 않는다고 **"특별한"** 광인 취급당한다. **"나는 술기운에 기대어 아내를 덮쳐보기도 했다. 저항하는 팔을 누르고 바지를 벗길 때는 뜻밖의 흥분을 느꼈다"**는 '나'를 아내는 어떻게 느꼈을까. 남편은 평범을 바란다. 특별에 반대되는 평범이란 무엇인가. 누가 평범을 강요하는가. 『광기의 역사』(1961)에서 미셸 푸코가 말했듯, 광인과 마녀로 처분하는 논리는 권력을 가진 자들이 만든 것이다. 가부장제를 따르는 이들은 '채식주의자'라는 이름으로 영혜를 광인 취급한다. **"특별한 매력이 없는 것과 같이 특별한 단점도 없어 보였"**던 아내에게서 도대체 어떤 이야기가 펼쳐질까. 첫 문단은 독자를 궁금증이라는 빨대로 흡입한다.

　　"뭐 하고 서 있는 거야?"

새벽 4시쯤, 회식에서 마신 소주 반 병 덕분에 요의와 갈증을 함께 느끼고 깨어난 남편은 어둠 속 냉장고 앞에 서 있는 아내를 보고 깜짝 놀란다. 이때부터 남편이 보는 아내의 이상한 이야기가 아프게 펼쳐진다.

첫 문단에서 남편 '나'가 평범함 때문에 영혜를 선택했다고 하는데, 영혜가 왜 이 남자를 선택했는지는 단 한 줄도 나오지 않는다. 영혜가 본 남편은 어떤 사람이었을까. 소설은 설명하지 않는다. 여성의 견해를 묻지 않는 사회에 대한 표시일까. 영혜의 무의식은 남편에 대한 태도가 아닌 이탤릭체로 표현된다.

"내가 믿는 건 내 가슴뿐이야. 난 내 젖가슴이 좋아. 젖가슴으론 아무것도 죽일 수 없으니까. 손도, 발도, 이빨과 세 치 혀도, 시선마저도, 무엇이든 죽이고 해칠 수 있는 무기잖아. 하지만 가슴은 아니야. 이 둥근 가슴이 있는 한 난 괜찮아. 아직 괜찮은 거야."

기우뚱한 글씨 모양처럼 영혜의 정신 상태는 불안하지만, 영혜가 생각하는 세상은 젖가슴 같은 사회다. 젖가슴은 갓난아기를 먹여 살리는 생명의 원천이다. 생명을 살리고 성장시키는 모성의 생명력을 그녀는 희구했지만, 그녀에게 닥친 것은 육식의 폭력이었다. 영혜의 근본적인 상처를 '나'는 전혀 이해하지 못한다.

육식을 거부하는 아내를 견디지 못한 '나'는 아내 문제를 처가 식구들에게 알린다. 어린 영혜가 좋아하던 개를 죽여 먹었던 아버지는 베트남 전쟁에서 베트콩 죽인 것을 자랑하는 인물이다. 처가 식구들이 모인 날 영혜 아버지는 억지로 영혜 입에 고기를 쑤셔 넣으려 한다. 아버지의 폭력에 견디다 못해 영혜는 과도로 자신의 손목을 긋는다. 아내를 특별한 인물로 생각하지 않는 '나'는 아내와 이혼했는지 이후 등장하지 않는다. 강한 비바람을 견뎌본 적이 없는 인연은 오래 가지 못한다. '나'는 아내의 무난한 성격 때문에 결혼했는데, 이제 별난 인간이 되었으니 함께 살 수 없는 거다. 여기까지가 남편이 '나'로 등장하여 화자로 증언하는 1부 「채식주의자」다.

2부 「몽고반점」에서는 영혜의 형부가 화자다. 아내 인혜 덕을 보며 살아오던 자칭 비디오 예술가 형부는 어느 날 아내가 아들을 목욕시키다가 말한 처제의 몽고반점을 강하게 기억한다. 아내에게는 비밀로 하고 결국 처제를 설득해 누드 크로키를 한다. 직접 모델이 되어달라 하다가, 처제와 성급한 관계를 맺는다. 그날 바로 아내에게 발각되어 이혼당하고, 영혜는 또다시 정신병원에 갇힌다.

3부 「나무 불꽃」에서는 언니 인혜가 '그녀'로 등장한다. 인혜를 관찰하는 3인칭 관찰자 시점이다. 동생 영혜와 간통한 후 종적 없이 사라진 남편 대신 생계를 책임져야 했던 인혜는 가족들이 모두 등 돌린 영혜의 병수발을 한다. 정신병원의 연락을 받고 찾아간 인혜는, 식음을 전폐하고 링거조차 받아들이지 않아 나뭇가지처럼 말라가는 영혜를 만난다. 영혜는 자신이 이제 곧 나무가 될 거라고 말한다. 강제로 음식을 주입하려는 의료진의 시도를 보다 못한 인혜는 영혜를 큰 병원으로 데리고 가기로 결심한다. "**이 진창의 삶을 그녀에게 남겨두고 혼자서 경계 저편으로 건너간 동생의 정신을, 그 무책임을 용서할 수 없었다**"는 말은 인혜의 말인 동시에 작가의 말일 것이다.

조용히, 그녀는 숨을 들이마신다. 활활 타오르는 도로변의 나무들을, 무수한 짐승들처럼 몸을 일으켜 일렁이는 초록빛의 불꽃들을 쏘아본다. 대답을 기다리듯, 아니, 무엇인가에 항의하듯 그녀의 눈길은 어둡고 끈질기다.

소설의 마지막 문장에 나오는 인혜야말로 이 소설의 주인공이 아닐까. 인혜는 남편에게 버림받고, 동생은 정신병동에 있고, 아들 지우를 키우는 엄마로 어렵게 살아간다. 인혜는 힘든 세상 속에서 동생 영혜를 외면하지 않고, 아들 지우도 책임지며 고통 곁으로 다가간다.

"**도로변의 나무들을, 무수한 짐승들처럼**" 인혜 자신도 영혜와 다름없는 여성이며 인간이다. 그녀의 눈길은 어둡지만 "**끈질기다**"는 말이 작가가 영혜, 인혜, 세상의 모든 약자에게 주는 응원일 것이다.

세상을 다 살아버린 듯한 그늘진 문장을 독자는 게걸스럽게 탐닉한다. 술술 읽었는데, 뭔가 불편하며 마침내 마지막 장을 넘기고 나면 따끔하다. 목구멍에 커다란 가시가 걸린 듯 오랫동안 괴롭다.

서로 다른 우리를 위로하는 공간

염영숙 여사가 가방 안에 파우치가 없다는 걸 알았을 때 기차는 평택 부근을 지나고 있었다.

김호연 『불편한 편의점』[•]

첫 문장 첫 글자는 **"염영숙 여사"**라는 이름이다. 영화각본을 쓰던 시나리오작가였기 때문일까. 이 책은 여덟 개의 연작소설로 읽히는데, 주인공이 돌아가면서 바뀌는 여덟 개의 단편영화로 만들 수도 있겠다. 여덟 개의 소설이 바뀔 때마다 첫 문장에서 그 소설의 주인공이 나온다. 작가 김호연은 짧은 문장으로 실생활을 영상처럼 소설에 잘 표현한다. 이 소설은 세상의 모든 인물을 주인공으로 모시려 한다.

　첫 소설 「산해진미 도시락」의 첫 문장에서 **"파우치가 없다"**는 사건의 동기가 나온다. 파우치 때문에 편의점 사장과 서울역 노숙자가 만나면서 이야기가 시작된다. 고등학교에서 역사

[•]　김호연, 『불편한 편의점』, 나무옆의자, 2021.

를 가르치다 정년 퇴임하여 매사에 교사 본능이 발동하는 칠십 대의 편의점 사장 염 여사는 교회 권사이며 늘 좋은 일을 생각한다. 실제 작가의 어머니를 모델로 했다고 한다.

노숙자가 편의점 사장의 지갑을 찾아주면서 인연이 시작되고 그 인연이 이어지는 내용이다. 노숙자의 이름은 독고인데, 염 여사의 파우치를 지키려 다른 노숙자들과 싸우기도 하고 매맞기도 한다. 여기서 작가가 민중을 영웅 혹은 우상화하는 묘사는 없다. 독고는 '박찬호 도시락'을 좋아한다. 파우치를 지켜준 노숙자에게 감사하며 염 여사는 노숙자 독고에게 저녁에 와서 도시락을 하나씩 먹으라고 권한다.

여덟 편의 단편소설에서 각기 다른 주인공을 첫 문장부터 내세운 작가는 마치 독자에게 그 주인공의 입장이 되어보라고 권하는 듯하다.

두 번째 소설 「제이에스 오브 제이에스」의 주인공은 알바생 '시현'이다. 이 소설에서도 첫 줄에 '시현'이 이름이 나온다.

시현의 수많은 알바 인생의 종착점이 편의점 된 것은 어쩌면 자연스러운 결과였다.

'Js Of Js'는 '진상 중의 진상'을 뜻한다. 본래 '진상進上'이란 각 도에서 임금에게 바치는 공물이다. 각 지방 수령들이 백성들에게 임금에게 보내는 공물을 세납으로 받기 시작하면서, '진상'은 공물을 강제로 뜯어가는 나쁜 관리를 뜻하는 말로 바꿰었고, 이후 '타인을 하대하고 괴롭히는 사람'이라는 의미로 정착했다. 경우가 바르고 공무원을 준비하는 알바생 시현에게 막 대하는 진상 손님이 있다. 어눌하기만 한 노숙자 출신 알바 직원 독고는 시현을 괴롭히는 진상을 물리친다.

세 번째 단편 「삼각김밥의 용도」의 주인공은 오선숙이다. **"오선숙, 그녀에게는 도무지 이해할 수 없는 남자가 셋 있다."** 신경 질적인 오선숙도 편의점 알바를 하면서 독고를 무시한다. 늘 아들과 갈등을 겪는 오선숙은 독고에게 아들과 대화가 통하지 않는다고 울면서 토로한다. 아들도 똑같을 거라며 독고는 오선 숙에게 아들과 대화하는 방법을 가르쳐준다. 컴퓨터게임을 하 는 사람들이 좋아한다는 '삼각김밥'을 건네며 편지와 함께 대 화를 시도하라고 권한다.

네 번째 소설 「원 플러스 원」의 주인공은 '경만'이다. **"경 만은 마음속으로 그 편의점을 '참새방앗간'이라 부르곤 했다."** 쌍둥 이 딸을 둔 직장인 경만은 싸늘한 겨울에도 편의점 밖 탁자에 서 참참참(참깨라면, 참치김밥, 참이슬)을 먹는다. 술에 전 경만 에게 독고는 술 대신 옥수수수염차를 권하고 히터를 틀어준다. 독고는 경만이 쌍둥이 딸들과 대화하도록 도와준다.

다섯 번째 소설 「불편한 편의점」의 주인공은 '인경'이다. **"인 생은 문제 해결의 연속이다. 인경은 트렁크를 끌기엔 너무 낡은 보도 를 힘겹게 나아갔다."** 배우였고 지금은 극작가인 인경을 바라보는 시점이 김호연 작가의 입장으로 보인다. 좋은 글을 쓰지 못하는 인경은 늘 안타깝다. 밤낮을 바꾸어 생활하는 인경은 편의점에서 독고를 지켜보며 자신감을 회복한다.

　　여섯 번째 소설 「네 캔에 만원」의 주인공은 '민식'이다. **"민식은 자신의 불운에 대해서 생각했다."** 편의점 주인 염 여사의 아들인 민식은 이혼하고 사기당한다. 이제는 아버지의 재산으로 산 편의점을 팔고 자기 사업 자금을 대라고 엄마 염 여사를 윽박지른다. 독고는 이런 예의 없고 인정투쟁에 빠져 있는 주인집 아들 대하는 법도 잘 안다.

　　일곱 번째 소설 「폐기 상품이지만 아직 괜찮아」의 주인공은 '곽씨'다. **"이럴 거면 차라리 편의점 알바를 하는 게 낫겠네. 편의점을 나와 서울역 방향으로 향하는 타킷의 뒤를 따르며 곽은 혼잣말했다."** 흥신소를 하는 전직 경찰 곽씨는 환갑이 넘었지만 은퇴 준비도 못한 늙은이다. 오선숙의 대책 없는 아들 민식이 의뢰하여 곽씨는 독고를 미행하는 탐정 역할을 한다. 그 과정에서 곽씨는 노숙자들에게 먹을 것을 주는 독고에게 오히려 위로받는다.

　　마지막 여덟 번째 소설 「ALWAYS」의 제목은 소설의 배경이 되는 편의점 이름이다. 이번 이야기의 주인공은 '독고'다. '독고'라는 이름은 세 페이지가 넘어서야 나온다. **"독고 노인은 자신을 독고라고 밝히며 기억해 달라고 했다. 젠장, 그는 독고가 이름인지 성인지 덧붙일 기력이 없었고 나 역시 물어볼 의욕이 없었다. 다음 날 아침, 독고는 죽었고 나는 그를 이거하기 위해 독고가 되었다."**

　　이제 주인공 '나'의 이름이 왜 '독고'인지 설명이 나온다. 독고는 '나'의 본명이 아니고 알코올중독으로 사망한 다른 노인 노숙자의 이름이었다. 불편한 편의점에서 일하면서 술을 끊고 서

서히 기억을 회복한 독고는 본래 성형외과 페이 닥터였다. 얼굴마담 식으로 환자와 상담하고 유령 의사가 대신 수술하는 방식으로 돈을 벌었던 그는 환자가 사망하는 의료 사고를 겪는다. 어떻게든 의료사고를 덮으려다가, 가족이 해체되고, 실직한다. 고통을 잊으려 매일 술을 마시다가 알코올중독이 되고, 기억력이 상실된 채 노숙자이 된 것이다. 우연한 일로 염 여사는 독고를 만나 절망의 밑바닥에서 구해준다.

하지만 지금은 알 것 같다.
강은 빠지는 곳이 아니라 건너가는 곳임을
다리는 건너는 곳이지 뛰어내리는 곳이 아님을.

겨울을 편의점에서 보내고 마포대교, 원효대교에서 뛰어내리려 했던 독고는 이제 알코올중독자에서 벗어나 기억을 되찾는다. 독고는 이제 '나만 살리려던 기술로 남을 살리기 위해 애쓸 것이다'라고 다짐한다.

옴니버스처럼 꼬리를 물고 이어지는 이 연작소설을 읽을 때 각 챕터마다 반복되는 공통점이 있다. 첫째, 중요 인물들은 세상의 변두리에 있는 인물이다. 은퇴하거나, 실패했거나, 집 나간 청소년이거나, 실직했거나, 이혼했거나, 노숙자들이다. 세상의 미물들이 주인공이다. 이들이 부조리한 세상을 극복해나간다.

둘째, 중요한 것은 불편이다. 다양한 불편이 이들에게 닥친다. 불편을 감수하면서, 자신이 맞아가면서 상대를 이해하고 공감할 때 그 불편은 화합과 눈물로 승화된다. 불편을 극복할 때 순식간에 인간관계는 더 나은 방향으로 나아간다.

셋째, 편의점은 사람이 변하는 기적의 장소다. 편의점 사장님과의 인연으로 편의점 야간 알바를 하며 보고 느낀 사람들의 이야기는 각 챕터에서 불편을 극복하는 감동적인 인간관계로 승화된다. 불편한 편의점은 사실은 사람을 변화시키는 기적의 '놀라운 편의점'이다.

우리나라는 어떤 의미에서는 '잘 살아보세'식의 1970년대와 다른 생존적 궁핍사회에 들어섰다. 이제는 모두 잘 살아보자는 것이 아니라, 혼자라도 먹고살기 위해 아등바등해야 한다. 청년은 청년대로, 노후대책이 없는 노인은 노인대로 이기적으로 생존 투쟁을 해야 하는 사회다.

서울대학교 사회발전연구소가 조사한 7차 세계가치관조사 (2017~2020) 자료에 따르면 "자녀에게 나보다 못한 사람과 더불어 살아야 한다는 관용성을 가르치겠는가"라는 물음에 가르치겠다는 부모가 45.3퍼센트로 나온다. 놀랍게도 52개국 중에 52등으로 꼴찌다. 못 사는 사람들과 함께 살겠다는 관용성은 르완다(56.4퍼센트)보다 낮다는 충격적인 결과다.

6차 세계가치관조사(2010~2014)에 따르면 한국인은 평등을 23.5퍼센트가 선호하고, 불평등을 58.7퍼센트가 선호한다. 7차 조사에 따르면 더 극단적인 수치가 나온다. 한국인은 평등을

12.4퍼센트만 선호하고, 불평등은 64.8퍼센트가 선호한다. 놀랍게도 한국인의 주류는 서울대와 강남 아파트를 열망하면서 능력자가 되기 위해, 입으로는 평등을 말하면서 실은 평등을 반대한다. 생태 위기에 무관심하고, 장애인이나 동성애자 등 소수자에 대한 차별을 당연하게 생각한다.

이 극단적인 능력이기주의 사회에서 이웃과 더불어 살겠다며 나선 이들은 평등을 찬성하는 12.4퍼센트에 든 남은 자Remnant들이 아닐까. 『불편한 편의점』처럼 따스한 소설이 베스트셀러가 되는 이유는 그런 이야기가 사라졌기 때문 아닐까. 아직 우리가 인간다운 공동체를 희망하기 때문 아닐까.

5 공간을 소개한다

죄지은 청년의 구원을 향한 여정

찌는 듯이 무더운 7월 초의 어느 날 해질 무렵, S골목의
하숙집에서 살고 있던 한 청년이 자신의 작은 방에서 거
리로 나와, 왠지 망설이는 듯한 모습으로 K다리를 향해
천천히 발걸음을 옮기고 있었다.

도스토옙스키 『죄와 벌』 •

도스토옙스키의 다른 소설들이 그렇듯이 첫 문장은 늘 소설 전
체의 주제를 암시한다. 도스토옙스키는 『죄와 벌』의 첫 문장을
수백 번 고쳤다고 한다. 끝내 그는 어려운 단어나 표현이 없는
평범한 첫 문장을 완성한다.

살인자가 나중에 밝혀지는 『카라마조프가의 형제들』(1880)
과 달리 『죄와 벌』은 주인공이 살인하는 장면이 앞부분에 나온
다. 작가는 그 장면에 돌입하기 전 육하원칙에 따라 차분하게
배경을 설명한다. 첫째, '언제'가 나온다. **"찌는 듯이 무더운 7월
초"**라는 시기는 당시 술과 땀에 찌든 끈적끈적한 사회를 재현
한다. 찌는 듯이 덥고 역겨운 냄새가 풍기는 선술집, 술꾼들의

•　　표도르 도스토옙스키, 『죄와 벌』, 홍대화 옮김, 열린책들, 2009.

모습을 연상시킨다.

도스토옙스키는 『죄와 벌』을 1866년 잡지 〈러시아 통보〉에 연재했다가 이듬해인 1867년에 단행본으로 출간한다. 이 작품의 '언제'인 1860년대는 러시아에서 이른바 전환기였다. 1861년 농노해방을 겪으면서 러시아인들은 전혀 다른 세계로 진입했다. 안타깝게도 알렉산드르 2세의 개혁은 성공하지 못하고, 과거보다 빈부의 차이는 더 심해졌다. 뻬쩨르부르그에는 거리마다 빈민으로 넘쳤고, 특히 매춘, 알코올중독이 만연했다.

거리는 지독하게 무더웠다. 게다가 후텁지근한 공기, 혼잡, 여기저기에 놓인 석회석, 목재와 벽돌, 먼지, 근교에 별장을 가지지 못한 뻬쩨르부르그 사람이라면 누구나 다 알고 있는 독특한 여름의 악취, 이 모든 것들이 그렇지 않아도 혼란스러운 청년의 신경을 한꺼번에 뒤흔들어 놓았다. 이 지역에 특히 많은 선술집에서 풍기는 역겨운 냄새와 대낮인데도 끊임없이 쏟아져 나오는 술 취한 사람들이 거리의 모습을 더욱 불쾌하고 음울하게 만들고 있었다.

술 취한 사람들이 얼마나 많으면 **"대낮인데도 끊임없이 쏟아져"** 나올 정도였을까. 도스토옙스키가 『죄와 벌』을 쓰던 뻬쩨르부르그에는 농민들의 도시 이주가 폭발적으로 증가한다. 『죄와 벌』에 등장하는 뻬쩨르부르그 센나야 광장 주변은 창녀촌이 운집했고, 거리와 골목은 도시 빈민과 술주정뱅이들로 벅적였다. 술에 취해 비틀거리는 사람, 아무 데나 토하는 사람,

욕지거리 하는 사람 등 짜증 나는 풍경을 그리려면 **"찌는 듯이 무더운 7월 초"**가 제격이다.

둘째, '어디서'다. 공간적 배경은 **"S골목의 하숙집"**, **"자신의 작은 방"**, **"K다리"**, **"5층 건물의 지붕 바로 아래에 있었는데, 방이라기보다는 벽장 같은 곳"**이다. 도시 이름이나 장소도 그저 **"S골목의 하숙집"**, **"K다리"**다. S골목은 스톨랴르니 골목이고, K다리는 코쿠슈킨 다리로 알려져 있다. 왜 실제 지명을 쓰지 않았을까. 이런 기표는 이 소설의 비극이 세계 어디에서나 일어날 수 있다는 가능성을 말하는 것이 아닐까. 소설의 주제인 '죄와 벌'은 러시아뿐만 아니라 서울 변두리이든, 도쿄 시타마치든, 뉴욕 슬럼가이든 관계없이 어디에서든 일어날 수 있다는 뜻이다.

5층 건물의 지붕 아래 **"작은 방"**이라는 부분도 중요하다. 주인공 라스콜니코프는 몇 개월째 관처럼 비좁은 방에서 칩거하며 먹지도 않고 영양실조와 빈혈에 시달리다 가까스로 밖으로 나온다. 그는 작은 방에서 나와 전당포에 찾아가 끔찍하게도 도끼로 노파의 정수리를 내리찍는다. 운 없이 그때 들어온 그녀의 배다른 여동생도 찍어 죽인다. 이후 그가 시달리는 죄의식을 작가는 '벌'로 표현한다. 두 사람이나 죽이고 나서 '한 청년'은 열병을 앓고, 낮밤 없이 악몽에 시달리고, 시도 때도 없이 쓰러지는 이상한 벌에 시달린다.

셋째, '누가'이다. 첫 구절에서 『죄와 벌』의 주인공은 이름이 나오지 않는다. **"한 청년"**만 등장한다. '한 청년'이라는 기표도 이런 인물은 어디에든지 있을 수 있다는 가능성을 열어준다.

"이 모든 게 헛소리야." 그는 희망적으로 말했다. "당황할 이유라 곤 전혀 없어! 그냥 몸이 약해져서 그래! 맥주 한 잔과 설탕 한 조각, 이거면 금세 정신력도 강해지고, 생각도 분명해지고, 의지도 견고해지 지! 뭐! 이 모든 게 얼마나 쓸데없는 짓인가…"

　"맥주 한 잔과 설탕 한 조각"으로 하루를 버텨야 하는 '한 청 년'의 슬픔은 1865년 『죄와 벌』을 쓰기 시작하던 44세의 도스토 옙스키의 것이었다. 그는 바로 전해인 1864년 4월에 첫 아내 마 리아를, 6월에는 형 미하일을 잃었다. 술을 마시지 않으면 견딜 수 없었고, 간질과 발작은 시도 때도 없이 그를 덮쳤다. 막대한 빚을 갚기 위해 쓰기 시작한 소설이 이 소설이었다.

　주인공은 모든 사건과 관계되어 있다. 도스토옙스키의 소설 에는 늘 독특한 '문제적 개인'이 등장한다. 『죄와 벌』에서도 중심 에는 라스콜니코프가 있다. 이 소설이 묻는 것은 살인자가 누구 인가가 아니라, 살인자가 어떤 괴로움을 겪고 있는가라는 문제다. 소설은 여러 가지 꿈 혹은 혼잣말과 같은 무의식을 통해 살인자 가 겪고 있는 괴로움을 치밀하게 엮어간다. 알코올중독자인 마르 멜라도프, 매춘부 소냐, 스비드리가일로프 등 부차적 인물은 모두 중심인물 라스콜니코프에 연결되어 있다. 이미 살인자의 정체를 독자는 알고 있는 가운데, 살인자 라스콜니코프가 파멸하다가 부 활을 경험하는 사회 심리적 드라마가 이 소설이다.

육하원칙 중 언제, 어디서, 누가, 이렇게 세 가지를 넌지시 전하고 무엇을, 어떻게, 왜, 세 가지는 뒤에 설명하겠다고 작가는 선택했다. 다시 첫 문장을 보자. 주어와 서술어를 연결시키면, **"한 청년이 작은 방에서 거리로 나와, 발걸음을 옮기고 있었다"**라는 첫 문장이 소설 전체를 요약하는 격이다. 주인공 라스콜니코프는 감옥 같은 작은 방에서 나와, 에필로그에서 마침내 자신의 비극적 운명을 벗어던진다. **"정말 모든 것이 이제는 변해야만 하는 것이 아닐까?"**라며 사랑과 자유를 깨닫는 순례자의 여정pilgrimage road이 소설의 주제다. 소설 『죄와 벌』은 끔찍한 죄를 저지른 한 청년이 자유와 사랑을 찾아 힘겹게 **"작은 방에서 거리로 나와, 발걸음을 옮기"**는 이야기다.

▶   유튜브 〈도스토예프스키-김웅교 교수의 문학 속의 숨은 신〉 참조

사라진 고향에서 발견하는 새로운 길

나는 냉혹한 추위를 무릅쓰고, 2천여 리 떨어진 곳에서,
20여 년 동안 떠나 있던 고향으로 돌아왔다.

我冒了严寒, 回到相隔2000余里, 别了20余年的故乡去。

루쉰 「고향」

이 소설에서 '나'는 루쉰(1881~1936) 자신으로 보인다. 이 소설
의 주인공은 작가 루쉰의 필명과 이름이 같은 쉰迅이라는 일인
칭 화자다. 루쉰의 다른 소설은 첫 문장부터 풍자성이 강한데,
「고향」은 서정성이 강하게 보인다.

첫 문장에 나오는 단어들은 '나'라는 인물이 고향에서 얼
마나 멀리 떨어져 있었고, 얼마나 오랜만에 돌아왔는지 보여
준다. '나'는 혹독한 추위를 무릅쓰고 고향으로 돌아온다. 이때
'무릅쓰고'의 중국어 원문에 나오는 한자 무릅쓸 모冒는 눈目 위
쪽까지 씌운 모자 모양을 말한다. 이 한자는 동사로 '덮다'라는
의미를 나타내기도 한다. 루쉰이 이 단어를 골라 쓴 데에는 모
자를 푹 눌러 쓴 모습으로 돌아오는 '나'를 시각적으로 나타내
는 효과도 있었을 것이다.

거리는 2천여 리, 시간은 20여 년으로 2를 반복해 강조하여 첫 문장에서부터 강한 임팩트를 전한다. **"떨어진"**의 원어는 '서로 격리되어 떨어진相隔'이란 뜻으로 가고 싶어도 못 갔던 안타까움을 표현한다. **"돌아왔다(回到~去)"**에서 결과보어 '到'는 동작의 완료를 나타내는 표현으로, 고향을 너무도 그리워했던 '나'의 심정을 강하게 보여준다. 돌아왔지만 '나'는 다시 떠나야 한다.

귀향이라는 모티프는 근대 작가에게 중요한 작품 소재였다. 오랫동안 고향에 떨어져 있다가 돌아왔을 때 고향은 새롭게 느껴진다. 특히 봉건제에서 근대로 넘어가는 풍경을 보는 작가에게 고향이란 상실을 체험하는 장소이기도 하다. 루쉰은 귀향을 모티프로 「고향」(1921), 「복을 비는 제사」 「술집에서」 (1924)를 썼다.

'나'는 잔뜩 찌푸린 하늘, 선실 안으로 불어오는 차가운 바람을 맞으며 고향으로 향한다. 뿌옇게 흐린 하늘 아래 고향 풍경은 쓸쓸하고 황폐하다. 이 묘사는 시대가 달라졌는데도 변하기는커녕 더욱 낙후되어가는 봉건적인 중국의 상태를 미리 복선으로 보여주는 대목이다. '나'는 한탄한다.

"아! 여기가 내가 20년 동안 늘 기억하며 그리워하던 고향이란 말인가?"

이 질문은 소설 주인공 혼자 하는 물음이 아니다. 소설가가 독자에게 묻는 질문이기도 하다. 루쉰은 우리에게 묻는다. 인간이 고향으로 삼아야 할 곳은 어디인가. 이야기는 '나'의 어린 시절로 돌아간다.

'나'는 어릴 때 하인의 아들인 룬투와 죽마고우로 즐겁게 지냈다. 서로 말을 트고, 룬투는 바다를 얘기해주고 조가비를 선물해주고 새 잡는 방법을 가르쳐주었다. '나'는 온갖 신기한 경험을 룬투에게 배웠다.

루쉰의 동생 저우쭈어런周作人은 「고향」에 나오는 룬투와 비슷한 인물이 루쉰에게 실제로 있었다고 증언했다. 루쉰 집안에서 일한 하인의 아들이 있었는데 그의 이름은 '짱원수이'였다고 한다. 전기적 사실은 참조할 만하지만, 너무 집착하면 창작적 허구가 주는 진실과 멀어질 수 있다. 루쉰이 작품을 통해 말하고자 하는 고향이란 무엇일까.

20년 만에 고향에 돌아갔을 때, 어른이 된 룬투는 주인공을 친구가 아니라 이상한 용어로 부른다.

"나으리!"

이 말을 듣고 '나'는 충격받는다. 찢어진 손마디와 흙빛 얼굴로 변해버린 룬투는 '나'에게 굽실대기만 한다. 이때 쉰은 **"소름이 끼치는"** 것을 느끼고, **"우리 사이에 이미 슬픈 장벽이 두텁게 가로놓였다"**라고 토로한다. 게다가 쉰과 룬투 사이가 결정적으로 멀어지는 사건이 생긴다. 룬투가 잿더미 속에 있던 10여 개의 그릇을 숨겨 훔쳐가려 했었다는 이야기를 들은 것이다. 쉰은 **"그 수박밭의 은목걸이를 한 작은 영웅의 형상도"** 사라졌다고 슬퍼한다. 룬투는 당시 농촌에서 흔히 볼 수 있는 빈곤한 농민일 뿐이었다. 쉰과 룬투 사이에는 더 이상 만날 수 없는 균열이 생긴다.

중국을 상징하는 고향은 아직 신분격차가 지배하는 중세형 농촌이었다. 어디서도 희망을 찾을 수 없는 상태였다. 생각해보면 지금 우리나라에도 '나'와 룬투 같은 계급 관계가 있지 않은가. 재벌집의 운전사는 그 집 아들을 도련님이라고 부르지 않는가.

쉰은 자신의 조카 홍얼과 룬투의 아들 수이성 사이에는 신분격차의 관계가 형성되지 않기를 바란다. 어린 시절 쉰이 룬투를 좋아했듯이, 홍얼은 룬투의 아들 수이성을 좋아한다. 쉰의 기억 속에 남아 있는 아름다운 고향이 홍얼에게도 형성된 것이다. 쉰은 조카 홍얼에게 형성된 아름다운 고향이 자신처럼 깨지지 않기를 바란다. 이 순간 고향 상실의 이야기는 고향 회복의 이야기로 바뀐다.

바로 여기에 루쉰이 바라는 진정한 고향의 모습이 있다. 고향은 1881년 9월 25일 그가 태어났던 저장성 사오싱만이 고향일까. 루쉰에게 진정한 고향은 룬투와 함께 계급 차별 없이 하늘과 땅을 놀이터로 삼아 즐기던 그 시공간일 것이다. 결국 루쉰에게 고향이란 지리적 공간을 넘어선다. 인간과 인간이 인간답게 만나는 순간이 루쉰에게 고향인 것이다. 소설에서 '나'는 인간에게 필요한 고향을 구체적으로 제시하기도 한다.

"그들이 룬투처럼 고난에 시달리면서 아무 희망도 없는 생활을 하는 것을 원하지 않는다. 그들에게는 마땅히 우리가 누려보지 못한 그러한 새로운 생활이 있어야 한다." 이것은 농민들, 나아가 모든 인간이 마땅히 누려야 할 새로운 생활을 영위해야 한다는 루쉰의 진정한 신념이며 또한 간곡한 희망이기도 하다. 쉰, 즉 작가 루쉰은 성찰한다. 마지막 문장에서 보듯, 루쉰은 부정적 현실에서 포기하지 않고, 새로운 길을 만들어야 한다는 다짐으로 소설을 마무리한다.

희망이란 본래 있다고도 할 수 없고 없다고도 할 수 없다. 그것은 마치 땅 위의 길과 같은 것이다. 본래 땅 위에는 길이 없었다. 걸어가는 사람이 많아지면 그것이 곧 길이 되는 것이다.

마지막 문장에서 루쉰이 말하는 고향의 의미는 확장된다. 길은 단 한 명에 의해 만들어지는 것이 아니다. **"사람이 많아지면"** 비로소 길이 열린다. 희망의 길은 한 명의 지도자에 의해서가 아니라 많은 사람, 곧 다중multitude에 의해 열리는 것이다. 역사는 한 명의 지도자가 아니라, 다중이 변혁시킨다. 루쉰은 엘리트적 계몽주의보다 다중의 실천을 신뢰한다. 희망을 만들어내는 다중이 있는 순간, 그들이 길을 만드는 곳이야말로 고향이라는 뜻일 것이다.

「고향」은 루쉰이 1918년으로부터 1922년 사이에 쓴 소설 열네 편이 수록된 단편소설집 『납함』에 실려 있다. 이 소설집에서 루쉰은 선전성을 중시한 나머지 내용이 없는 표어와 구호만을 강조하는 혁명문학을 넘어서려 했다. 간판이나 제목이 아무리 훌륭할지라도 내용이 문학적으로 충실하지 못하다면 문학 작품일 수 없다고 루쉰은 주장했다.

루쉰의 소설은 일제강점기인 1927년부터 소개되어왔다. 루쉰을 좋아하던 시인 이육사는 루쉰의 「고향」을 잡지 〈조광〉 (1936.12)에 추도문과 함께 번역 소개했다.

루쉰의 묘지는 윤봉길 의사가 거사했던 상하이 홍구공원에 있다. 필자는 2018년 가을 루쉰 묘소를 처음 보았을 때 숭고함보다는 엄중함을 느꼈다. 거대한 석벽에 적힌 "루쉰 선생의 묘魯迅先生之墓"라는 금빛 글씨를 마오쩌둥이 썼다고 한다. 떠들썩한 홍구공원 입구와는 달리 루쉰의 묘역은 조용했다. 묘지 앞에서 사진을 찍는 중국인들의 모습에 묘한 경건함이 우러나왔다.

낯선 고장의 투명한 아름다움

국경의 긴 터널을 빠져나오니 설국이었다.

가와바타 야스나리 『설국』

『설국』은 사실 읽기에 여간 불편하지 않다. 이야기의 배경인 니가타에 가본 경험이 없다면 상상하기도 쉽지 않다. 털어놓고 말하면, 무위도식하는 시마무라가 도쿄에 있는 가족을 떠나 니가타 온천에서 일하는 게이샤 고마코와 나누는 불륜 이야기 아닌가. 시마무라가 게이샤 고마코와 청순한 시골 아가씨 요코를 연민의 대상으로만 바라보고, 술자리에서 남자의 흥이나 맞추는 기한제 소모품으로 살아가는 고마코를 주인공으로 삼은 것은 요즘 페미니즘의 잣대로 보면 처음부터 거부감을 준다. 그러나 이상하게도 책에서 손을 놓을 수 없다. 읽으면 읽을수록 독특한 매력이 있는 이 작품, 어떻게 읽어야 할까.

　『설국』의 전설적인 첫 문장은 하이쿠俳句의 운율을 살려낸 문장으로 알려져 있다. "こっきょう[国境]の/ながい[長い]トンネ

ルを/ぬける[抜ける]と/ゆきぐに[雪国]であった。"원어로 읽었을 때 '5/7/5/7'의 음수로 되어 있는 이 문장은 5, 7, 5조라는 17음의 하이쿠 운율을 이용했다. 우리로 말하면 "살으리 살으리랏다. 청산에 살으리랏다" 같은 느낌이다.

첫 단어로 쓰인 '국경'은 중요하다. 일본인에게 국경은 '다른 지역'을 뜻한다. 일본은 고대부터 여러 나라쿠니로 나뉘어 있었다. 가령, 10세기경 나라현 일대에는 13개 대국이 있었다. 15세기 중반부터 16세기 후반까지 펼쳐졌던 센고쿠 시대(전국 시대) 당시엔 68개의 나라가 있었다. 전국戰國시대라는 말 자체가 여러 나라國가 싸운다戰는 뜻이다. 근대에 들어 '쿠니'가 정식 행정구역으로 쓰인 적은 없으나 일본인의 의식에는 아직도 60여 개의 상상의 나라가 존재한다. 아직 일본 철도의 역 이름을 보면, 역 앞에 '쿠니'를 붙여 구분하기도 한다.

가와바타 야스나리(1899~1972)가 '국경'이라는 단어를 선택한 것은 전혀 다른 나라에 들어간다는 의미이다. 전혀 다른 나라는 어떤 나라인가. 그곳은 **"밤의 밑바닥이 하얘졌다"**는 판타지의 세계다. 국경 너머에서 인간의 욕망을 솔직하게 풀어낼 수 있는 무의식의 솔직한 세계. 힘들게 살다 보면, 새로운 일탈의 공간을 찾는다. 어릴 때는 다락방, 나이가 들면 노래방을 찾는다. 세상을 떠난 부모를 만나는 공간으로 잘 꾸며진 묘지를 찾기도 한다. 이 공간들은 현실에서 유토피아를 찾기 어렵기 때문에 유토피아를 대신해서 찾아낸 공간이다. 이 공간은 사회 안에 존재하면서 유토피아적인 기능을 일시적으로 수행하는,

실제로 현실화된 대체 유토피아다. 미셸 푸코는 『말과 사물』에서 이러한 태도를 '헤테로토피아heterotopia'라고 했다. 유토피아 대신 현실에 일시적인 가짜 유토피아를 설정하는 다른heteros 장소topos인 것이다.

시마무라가 살아가던 현실, 도쿄의 세계는 소설에 거의 나오지 않는다. 도쿄는 고마코와 유코가 적응하지 못하고 떠나온 공간이기도 하다.

시마무라가 찾는 '설국'은 바로 전혀 다른 헤테로토피아의 세계다. 설국은 **"먼 세계"**였던 것이다. 도쿄라는 번잡한 세상에서 만날 수 없는 흰 눈의 다른 세계, 전혀 다른 나라이다. 그래서 첫 문장의 "雪国であった。"를 '눈의 나라였다'로 의역하는 것보다 '설국이었다'으로 직역하는 것이 강력하고 저자의 의도에 맞을 것이다. 따라서 『설국』의 첫 문장에서 '국경'과 '설국'이라는 한자는 그대로 직역하는 편이 좋겠다.

비교해보면 무라카미 하루키의 『노르웨이의 숲』(1987)도 비슷한 구조를 보인다. 『노르웨이의 숲』은 전혀 일본적이지 않은 것 같으면서도 일본인 특유의 상실과 치유의 문제를 담고 있다. 구조적으로 보면 가와바타 야스나리의 『설국』과 비교할 만하다.

『설국』에서 시마무라가 혼돈에 쌓인 도쿄를 떠나 고마코가 있는 니가타로 향한다면, 『노르웨이의 숲』에서는 와타나베가 과거의 트라우마로 고통을 겪는 나오코를 보기 위해 요양원을 찾는다. 니가타와 요양원은 보편적인 일상에서 벗어난 가장 솔직한 무의식의 공간이다. 두 소설 모두 비슷한 판타지 구조를 갖고 있고, 자기를 찾으려는 등장인물의 주체적 성찰이 소설의 내용을 채운다.

『설국』에서 결론처럼 나오는 구절이 있다. 소설에서 아름다운우츠쿠시이라는 단어는 열두 번 나온다. 모두 두 여인의 아름다운 목선, 아름다운 눈, 아름다운 목소리, 아름다운 노래, 잔주름으로 만드는 천인 지지미縮를 줄지어 눈 위에 말리는 아름다운 풍경을 묘사할 때 그 명사의 앞에 쓰이지만 딱 한 경우에만 독특하게 쓰인다.

그러나 요코가 이 집에 있다고 생각하니 시마무라는 고마코를 부르기가 어쩐지 어색했다. 고마코의 애정은 그를 향한 것인데도 불구하고, 그것을 아름다운 헛수고처럼 생각하는 그 자신이 지닌 허무가 있었기에, 하지만 오히려 그럴수록, 고마코가 살아가려는 생명력이 벌거벗은 맨살처럼 와닿았던 것이다. 그는 고마코가 가여웠고 동시에 자신도 가엽게 생각했다. 이러한 모습을 무심히 꿰뚫어 보는, 빛을 닮은 눈이 요코에게 있을 거 같아, 시마무라는 이 여자에게도 마음이 끌렸다.

가와바타 야스나리는 시마무라의 사랑이 '아름다운 헛수고美しい徒労'라고 표현한다. 이 소설에서 헛수고徒労라는 단어도 여러 번 나온다. 이 소설은 단순히 가정에서 탈출한 무위도식하는 사내와 게이샤 고마코의 사랑이 헛수고라고 말하는 것일까.

이야기 이전에 허무로 살았던 가와바타 야스나리의 삶을

떠올려보자. 그는 두 살 때 아버지가, 세 살 때 어머니가, 일곱 살 때 할머니가, 열다섯 살 때 할아버지가 사망한다. 천애고아 중의 고아로 자라난다. 그에게 삶이란 **"그 자신이 지닌 허무가 있었기에(彼自身の虚しさがあって)"**라는 표현이 그대로 맞을 것이다.

가와바타 야스나리는 부조리한 세계에서 도피하려고만 하지는 않았다. 그는 1967년 2월 중국 문화대혁명에 반발해 학문과 예술의 자유를 옹호하는 성명을 아베 코보, 미시마 유키오 등과 발표했다.

도쿄 고마바에 있는 일본근대문학관 현관에 들어서면 가와바타 야스나리 사진이 여러 군데 걸려 있다. 1963년에 일본근대문학관 감사역을 맡을 때 가와바타 야스나리는 군국주의를 택했던 일본 정부와 군국주의를 도왔던 재벌들의 지원금을 절대 받으면 안 된다며, 자신의 재산을 일본근대문학관에 헌납했다. 도쿄도에서 토지 지원만 받고 세운 일본근대문학관의 허름한 건물 내부 낡은 층계를 보면, **"아름다운 헛수고"**들에 대항하고자 했던 가와바타 야스나리의 노력이 떠오른다. 허무에도 아름다움이 있다. 한국전쟁의 비극 이후에 시인 김종삼은 세상을 "내용 없는 아름다움"이라고 표현했다.

일본이라는 문화의 원형에는 죽음과 허무에 익숙한 아름다움이 있지 않은가. 『설국』은 벚꽃과 같은 삶을 상찬하는 일본 문학의 특징을 잘 살려낸 작품이다.*

---

*   김응교, 『일본적 마음』, 책읽는고양이, 2017.

시마무라가 마지막으로 돌아가겠다고 할 때, 화재가 난다. 그 화재에서 요코가 추락한다. 작가가 제시하고 싶었던 참 인물은 요코가 아닐까. 생각해보면,『설국』은 요코로 시작해서 요코로 끝난다. 소설이 시작되고 네 번째 문장에 나오는 아가씨가 요코다.

맞은편 자리에서 처녀가 일어나, 시마무라 앞의 유리창을 내렸다. 차가운 냉기가 밀려 들어왔다. 처녀가 창문 가득 온통 내밀고, 멀리 외치듯,

"역장님, 역장님!"

요코는 처음부터 끝까지 남을 위하는 인물이다. 첫 장면에서 요코는 역장에게 소리를 치며 기차 일을 보게 될 동생을 부탁한다. 요코는 기차에서 죽어가는 사내 유키오를 간호한다. 도쿄에 가서 간호사가 되기를 원한 그녀는 죽어가는 유키오의 최후까지 보살피고, 그의 무덤을 매일 찾는다. 온천장에서도 카운터 여주인과 고마코의 심부름을 하고 마지막 장면에서는 화재 현장에서 죽어간다.

타다 남은 불꽃 쪽에 펌프 한 대가 비스듬히 활 모양으로 물을 뿌리는 가운데, 그 앞으로 문득 여자의 몸이 떠올랐다. 그런 추락이었다. 여자의 몸은 공중에서 수평이었다. 시마무라는 움찔했으나 순간, 위험도 공포도 느끼지 않았다. 비현실적인 세계의 환영 같았다. 경직된 몸

이 공중에 떠올라 유연해지고 동시에 인형 같은 무저항, 생명이 사라진
자유로움으로 삶도 죽음도 정지한 듯한 모습이었다.

　　요코葉子는 이름 그대로 꽃잎葉 떨어지듯 추락한다. 2층에서
추락하는 장면을 시마무라는 **"무저항, 생명이 사라진 자유로움으
로 삶도 죽음도 정지한 모습"**으로 그려낸다. 요코가 추락하는 장
면을 보면서 시마무라는 **"이 온천장으로 고마코를 만나러 오는 기
차 안에서 요코의 얼굴 한가운데 야산의 등불이 켜졌을 때"**의 첫 순
간을 회상한다.

　　『설국』 외에도 가와바타 야스나리는 『강이 있는 변두리 이
야기川のある下町の話』 『도쿄 사람東京の人』 『여자라는 것女であること』
에서 여성을 주인공으로 등장시켰다. 전쟁 전후에도 가와바타
야스나리는 여성에 주목한다. 어머니를 잃고 자랐기 때문일까.
꿈을 잃은 주체에 대한 연민의 시각일까. 가와바타 야스나리는
『설국』에서 자신의 한계에도 불구하고 열심히 살아가겠다는
고마코, 시마무라에 대해 **"그 고독은 애수를 짓밟고 야성의 의지력
을 품고 있었다"**라고 표현한다. 타자에게 헌신적인 요코도 그려
낸다.

　　헤르만 헤세가 전쟁의 한복판에서 환상적인 학술공동체를
그린 『유리알 유희』(1946)를 써냈듯이, 가와바타 야스나리는 연
이은 전쟁의 폐허와 허무 속에서도 인간이 살아갈 아름다움, 아
름다운 허무를 표현해냈다. 전쟁 후 모든 것이 허물어져도 인간
에게는 은하수를 닮은 아름다운 허무가 있다.

끝나지 않는 전쟁의 후유증

> 만기 치과의원萬基齒科醫院에는 원장인 서만기 씨와 간호원
> 홍인숙 양 외에도 거의 날마다 출근하다시피 하는 사람
> 둘이 있다.
>
> **손창섭 「잉여인간」** •

첫 문장에서 이 소설의 배경인 '만기 치과의원'이 첫 단어로 나온다. 소설이 발표된 1956년경 당시 전국에 등록된 치과의사 수는 1,040명이었다. **"원장인 서만기 씨와 간호원 홍인숙 양"**으로 의사 1인, 간호사나 직원 1~2인을 채용한 형태는 당시 개인병원의 가장 보편적인 형태였다. 다만 이 소설에서 '만기 치과의원'은 개인병원의 의미를 넘어선다. 주인공 서만기 원장의 이름을 딴 '만기 치과의원'이라는 공간은 경제적 불만, 애정 결핍 등 모든 갈등이 폭발하는 공간이다. 그 갈등은 단순히 하나의 병원에서 벌어지는 개인사가 아니라, 한국전쟁 이후 한국인들이 겪고 있던 전쟁 후유증이었다. 그 전쟁 후유증이 펼쳐지는

•   손창섭, 「잉여인간」, 『잉여인간』, 민음사, 2005.

무대가 바로 이 소설의 첫 단어인 '만기 치과의원'이다.

소설의 주인공인 의사 서만기, 그를 깊이 사랑하는 간호원 홍인숙이 나온다. 만기 치과의원에 **"거의 날마다 출근하다시피 하는 사람 둘"**은 '비분강개파' 친구 채익준, 늘 절망하여 말이 없는 천붕우다. **"두 사람은 다 같이 서만기 원장의 중학교 동창생"**이고 여기에 부차적 인물로 서만기의 아내와 처제, 채익준의 아들, 천붕우의 바람난 아내가 등장한다.

주인공은 서만기이지만, 무능력한 두 인물 채익준과 천붕우에 의해 이야기는 진행한다. '잉여인간剩餘人間'이란 쓸모없는 인간을 뜻한다. 소설에서 제시하는 잉여인간은 채익준, 천붕우, 천붕우의 아내로 보이지만, 나머지 인간들도 모두 시대에게 버림받은 잉여인간들이다. 인간을 잉여인간으로 만드는 배경에는 부조리한 사회가 있다.

인체에 해로운 위조품을 밀수입한 외국제 포장 갑에 넣어 외국 약인 듯 장사하는 사회를 채익준은 **"옛날처럼 네거리에 효수를 해야 돼요. 극형에 처해야 마땅하단 말요!"**라며 분통해한다. 서만기는 채익준을 **"남달리 정의감과 의분이 강한 자네니까 남보다 몇 배 격분하지 않을 수 없으리란 말일세. 그렇지만 혼자 흥분해서 펄펄 뛰면 뭘 하나!"**라고 평가한다. 채익준은 아내가 죽어가는 줄도 모르고, 열한 살짜리 아들 채갑성이 굶어 지내는 것도 모르는 무능한 아비다.

한편 병적인 스토커 천붕우가 등장한다. 피란 갈 기회를 놓친 천붕우는 인민군 치하에서 3개월을 꼬박 숨어살면서 언제 죽을지 두려워한다. 전쟁 통에 양친과 형제를 잃어 실어증에 걸린 듯한 그는 완전히 의욕을 잃고 오직 간호사 홍인숙만 따라다니는 스토커로 등장한다.

이 소설, 아니 손창섭의 소설에 등장하는 인물들은 대부분 전쟁으로 인해 후유증을 겪고 있다. 그 증세를 보여주는 것이 채익준과 천봉우이다. 채익준에게 전쟁 후유증은 경제적인 무능력으로 나타나고, 천봉우에게 전쟁 후유증은 애정 상실로 나타난다.

두 인물은 1950년대 작가들이 많이 사숙했던 니체의 인간형을 떠올리게 한다. 한국에서 니체는 〈개벽〉 창간호(1920. 6. 25)에 소개된 뒤, 서정주, 유치환, 이육사, 김동리, 조연현 문학에 녹아든다. 1945년 해방 이후 크게 일어났던 니체 붐은 김수영 문학에서도 강하게 나타난다.

니체가 『차라투스트라는 이렇게 말했다』(1885)에서 말한 세 가지 인간 유형에 비교하면, 채익준은 대책없이 불만만 토로하는 '사자형 인간'이고, 천봉우는 모든 일에 굴종하는 '낙타형 인간'이다.

니체는 창의적인 인간을 "어린아이는 순진무구요 망각이며 새로운 시작, 놀이, 제 힘으로 돌아가는 바퀴이며 최초의 운동이자 거룩한 긍정이다"•라고 표현한다. 니체는 아이와 같은 창의적인 인간을 위버멘쉬Übermensch라고 썼다.

•   프리드리히 니체, 『차라투스트라는 이렇게 말했다』, 정동호 옮김, 책세상, 2015, 40쪽.

「잉여인간」에 위버멘쉬 같은 인물 유형은 등장하지 않는다. 의사 서만기는 긍정적인 인간일까. 쓸모없어 보이는 두 친구와 달리 의사라는 안정된 직업을 가진 그는 독립적인 자유인이 아닐까. 아니다. 많은 가족을 먹여 살려야 하는 그는, 노골적으로 건물주의 아내에게 유혹받으면서도, 병원의 임대 공간을 지켜야 하기에 제대로 거부하지도 못한다. 서만기 또한 두 친구처럼 불안한 사회에서 설 자리를 찾지 못한 잉여의 존재다. 이들은 모두 한국전쟁 이후 1950년대의 무너진 남성상의 자화상이다.

손창섭의 「잉여인간」은 전쟁 이후 무너진 가부장 체제를 해체시킨다. 손창섭의 소설을 읽으면, 독자에게서 비극과 더불어 극복으로 향하려는 재구성Reconstruct의 힘이 생긴다. 해체에서 끝나지 않고 재구성의 반작용을 떠올리게 하는 희미한 슬픔이 그의 소설에 내장돼 있다.

손창섭은 1950년대의 비극적 현실과 난민의 정신적인 증환을 심각하게 그려냈다. 한편 손창섭의 소설을 '수치심'과 기독교적 영향관계에서 살펴보면, 유년기에 겪었던 충격적인 수치심을 자아 파괴와 자아 분열의 위태로운 경계선상에서 기독교를 통해 극복하는 면도 보인다. 손창섭의 단편소설 「비 오는 날」은 처음부터 부조리한 세상에 제대로 대응하지 못하는 기독교에 대한 비판적 태도를 보여준다.

기독교 가정에서 성장했을 뿐 아니라 몇몇 교회에서 다년

간 찬양대를 지도해 온 동욱의 과거를 원구는 생각하며, 요즈음은 교회에 나가지 않느냐고 물어보았다. 동욱은 멋쩍게 씽긋 웃고 나서 이따금 한 번씩 나가노라고 하고, 그런 때는 견딜 수 없는 절망감에 숨이 막힐 것 같은 날이라는 것이었다. 동욱은 소매와 깃이 너슬너슬한 양복저고리에, 교회에서 구제품을 탄 것이라는, 바둑판처럼 사방으로 검은 줄이 죽죽 간 회색 바지를 입고 있었다.●

제목처럼 「비 오는 날」은 40일이나 계속 장맛비가 내리는 날씨에서 시작한다. 줄곧 비가 내리는 우울한 나날이다. 한국전쟁 이후 무기력한 삶을 살아가는 김동욱과 여동생 김동옥, 그리고 동욱과 소학교부터 대학까지 동창인 정원구가 등장한다. 기독교 신자였고 영문학을 공부한 동욱은 미군 부대를 다니며 초상화 주문을 받아 먹고산다. 신학교에 들어가 목사가 되겠다는 정원구는 두 남매를 연민의 눈으로 본다. 그의 시선을 통해 작가는 전쟁 이후의 우울한 내면과 허무를 재현한다. 신체적, 정신적 장애를 가진 남매와 비가 내리는 분위기를 통해 그 시대 인물의 허무한 내면을 표현한 소설이다. 가난과 절망에 찌들어 사는 동욱과 동옥 남매에게 원구는 어떤 도움도 줄 수 없다. 기독교는 이 우울한 이들에게 희망이 되지 못한다. 비 오는 날만 되면 원구는 두 남매를 떠올린다.

●　위의 책, 7~8쪽.

삶을 극복하려는 적극적인 의지가 없는 무기력한 작중 인물들의 모습을 통해 전쟁이 낳은 패배적이고 부정적인 인간상을 보여주고 있다. 손창섭의 소설에는 말도 안 되는 엉뚱한 상황과 현실에 무능력한 인물들이 등장한다.

1922년에 태어난 작가인 선우휘, 김춘수 등과 비교해도, 손창섭의 소설은 정신분석학으로 접근해야 할만치 별종적 개성을 보여준다. 1942년 스무 살 때 태평양전쟁, 1945년 스물세 살 때 해방, 그리고 1950년 스물여덟 살 때 한국전쟁을 경험하면서, 작가로서 최고의 활동기에 손창섭은 전후문학의 특징을 정신분석학적으로 보여준 것이다.

1958년 〈사상계〉 9월호에 발표된 손창섭의 단편소설 「잉여인간」은 '민기 치과의원'을 무대로 하여 전후소설의 특징을 잘 보여준다. 그의 독특하고 병리적인 창작 활동은 당대의 사회상을 소설로 복원했다. 그의 작품으로 인해 전쟁으로 무너진 상상력의 공간은 그나마 허기虛飢를 다소 면할 수 있었고, 1960년대 이후 새로운 기운의 시민문학으로 나아갈 수 있었다.

6   풍경, 날씨를 인유한다

참회로 그려낸 속죄의 풍경

몇 십만의 인간이 한곳에 모여 자그마한 땅을 불모지로 만들려고 갖은 애를 썼어도, 그 땅에 아무것도 자라지 못하게 온통 돌을 깔아 버렸어도, 그곳에 싹트는 풀을 모두 뽑아 없앴어도, 검은 석탄과 석유로 그슬려 놓았어도, 나무를 베어 쓰러뜨리고 동물과 새들을 모두 쫓아냈어도, 봄은 역시 이곳 도시에도 찾아들었다.

톨스토이 『부활』 •

소설의 첫 문장이 무척 길다. '—어도'로 열거되는 문장 앞에는 온갖 부정적인 요소가 표현되어 있다. 불모지, 깔아놓은 돌, 검은 석탄과 석유. 온갖 자연 파괴는 모두 인간이 저질러놓은 짓이다. 어떤 짓이 펼쳐지더라도 결국 **"봄은 역시"** 인간의 도시로 찾아온다는 『부활』의 첫 문장은 소설에서 말하고자 하는 주제를 확연히 드러낸다. 간단히 말하면, '그럼에도, 봄은 찾아든다'라는 결론이다.

특정 도시 이름을 쓰지 않고 **"이곳 도시"** 라고 한 표현은 봄이 비단 러시아만이 아니라, 독자가 살아가는 어떤 도시에도 찾아든다는 언표다. 독자들은 첫 구절부터 소생의 기쁨을 노래

• 레프 니콜라예비치 톨스토이, 『부활 1』, 박형규 옮김, 민음사, 2003.

하는 봄의 향연에 초대된다.

톨스토이(1828~1910)는 50세 무렵 귀족 문화를 버리고 민중에게 관심을 돌린다. 이 시기 이후 톨스토이는 참회를 하며, 71세에 후기 대표작『부활』(1899)을 완성한다.

『부활』은 첫 문장에 나오는 '—어도'처럼 온갖 부정적인 짓거리들을 나열하면서 시작한다. 이후 **"봄은 역시"**라는 구절처럼 주인공인 귀족 청년 네흘류도프가 과거의 잘못을 뉘우치고 영혼의 부활을 이루는 과정으로 이루어진다.

1부는 법정과 감옥을 중심으로 한 사법 형벌의 세계를 다룬다. 하녀 카츄샤는 자신이 일하는 집의 장손이자 여주인의 조카인 열아홉 살의 네흘류도프와 순수한 풋사랑을 나눈다. 사회 개혁을 바라던 네흘류도프는, 군대에 입대한 뒤 유부녀와 불륜을 저지르고 폭력을 배운다.

이 소설에서 군대란 사람을 타락시키는 곳이다. 군대는 인간의 지적 활동을 무시하면서 대신 명예라든가 군복, 군기軍氣등의 형식적인 가치만을 내세운다. 어떤 사람에게는 무한한 권력을 주고, 어떤 사람에게는 윗사람에 대한 절대적인 복종을 강요한다. 톨스토이가 보는 군대는 '살인을 용인'하고, 인간을 '완전한 에고이즘의 발광 상태'에 이르게 하며, 마침내 '광란적인 에고이즘의 만성적 증세'에 빠져들게 하는 집단이다.

네흘류도프는 군 생활 3년 만에 고모네 집에 들른다. 거기서 부활절에 욕정을 이기지 못하고 '동물적 자아'를 분출하며 카츄샤를 농락한다. 그로부터 7년의 세월이 지나 상류 귀족과 어울리며 화려하고 사치스럽게 생활하던 네흘류도프는 코르챠긴 공작의 아름다운 딸과 약혼한 상황에서 법정에 선 카츄샤를 본다.

톨스토이는 카츄샤의 순진한 첫사랑 장면, 네흘류도프가 카츄샤를 유혹하는 안개 긴 부활절의 밤, 캬튜사가 네흘류도프를 만나려고 달려가는 비바람 치던 심야의 정거장, 변기에 앉아 있는 여죄수들의 모습, 감옥 안에서 진행되는 허식적인 종교의식, 죄인 면회소의 광경, 영지에서 목격한 농민들의 궁핍한 생활까지 생생하게 묘사한다.

다만 톨스토이는 시베리아로 가는 유형길이나 처절한 감옥을 체험한 적이 없었기에, 도스토옙스키의『죽음의 집의 기록』(1862) 등을 참조하고 취재했다고 한다. 그 결과, 감옥에서의 잔혹한 일상을 그대로 묘사한 도스토옙스키에 비해, 톨스토이는 감옥에서 지내는 죄수들의 심리 묘사에 집중한다. 시베리아 감옥에서 정치범과 일반 죄인의 심리를 잘 드러낸 톨스토이는 그의 주인공은 물론 한 번 등장했다가 두 번 다시 나오지 않는 사소한 인물들, 예를 들어 재판관, 배심원, 시골 촌장 같은 사소한 인물들까지 각자의 성격을 두드러지게 부조한다. 그뿐 아니라, 톨스토이는 인간 육체의 모든 비밀을 꿰뚫고 있어서 심리적인 뉘앙스를 그에 대응하는 육체의 움직임으로 드러낸다.

그녀가 들어온 순간 법정 안에 있던 모든 남자들의 눈이 그쪽으로 쏠렸다. 요염하게 빛나는 검은 눈에 흰 얼굴, 죄수복 밑으로 풍만하게

솟아오른 앞가슴에서 그들은 한동안 눈길을 떼지 못했다. 헌병들도 자기 앞을 지나가는 마슬로바의 뒷모습을 피고석까지 눈길로 좇다가 그녀가 자리에 앉고서야 자신이 직무에 태만한 것을 알아차리기라도 한 듯 황급히 눈길을 돌려 머리를 흔들고는 양쪽 창문 쪽을 똑바로 바라보기 시작했다.

카츄샤의 육체적인 외견을 다른 사람의 시각을 빌려 표현하는 장면이다. 먼저 카츄샤의 풍만한 앞가슴에 쏠린 '남자들의 눈'으로, 다음은 카츄샤의 뒷모습을 좇는 '헌병들의 눈'으로 묘사한다. 『부활』에는 이렇게 이중, 삼중으로 하나의 대상을 묘사하는 시각이 나타난다. 그녀가 도덕적인 정신 상태에 따라 점차 변해가는 모습이 여러 번 묘사된다. 그녀는 임신한 채 하녀 겸 양녀로 있던 집에서 쫓겨나 타락하고 창녀로 전락해버린다. 네흘류도프는 그 타락의 원인이 자기의 무책임한 행동에 있음을 깨닫는다.

2부에서 그는 자신이 저지른 죄, 지극히 순수했던 한 여인의 일생을 송두리째 앗아가버린 죄를 회개한다. 네흘류도프는 자기의 세계관을 하나씩 반성한다. 여성에 대한 태도, 귀족과 농민에 대한 태도 등 모든 것을 해체하며 돌아보기 시작한다. 이 과정에서 네흘류도프와 작가 톨스토이의 비판은 러시아 사회의 총체적 부조리를 드러낸다. 가령 러시아정교회에 대한 비판을 보자.

정교회 사제들은 성찬식의 빵과 포도주는 그리스도의 살

과 피라고 설교한다. 네흘류도프는 사제들이 실상은 그리스도가 아닌 신자들의 살과 피를 마시는 것이라고 비판한다. 정교회에서 진행하는 성만찬의 화체설化體說을 얘기하면서, 예수가 아닌 신자들의 살과 피를 마시는 것이라는 비판은 섬뜩하다.

카츄샤의 감형 운동을 위하여 감옥에 드나드는 동안, 네흘류도프는 도움을 바라는 무고한 죄인들을 발견하고 냉혹한 불합리를 목격한다. 그는 일신상의 정리를 위해서 자기 영지에 내려가 농촌의 궁핍을 보고, 뻬쩨르부르그에 가서 유력자들을 찾아다니는 동안 귀족 사회의 경박함과 부패를 다시금 인식한다. 또한 '토지는 어느 누구의 전유물이 될 수 없다'는 헨리 조지의 사상에 따라 부친으로부터 물려받은 토지를 소작농들에게 모두 나누어 주려 한다. 1862년에 러시아는 비록 농노제를 폐지하였지만, 실제로 농민과 지주와의 관계에 변한 건 없었다. 네흘류도프는 지주에 의한 토지 독점과 지대 횡포가 농민들에게 불공평하고 잔인하기 때문에 반드시 시정되어야 한다고 믿었다.

"나의 헨리 조지가 쓴 글을 읽었소."

1885년, 톨스토이는 우연히 헨리 조지의 책을 처음 읽고, 아내에게 쓴 편지에 그 놀라움을 '나의 헨리 조지'라는 말로 표현했다. 『부활』2부에 '나의 헨리 조지'가 주장한 지대공유론이 자세하게 설명되어 있다. 『부활』의 주인공 네흘류도프는 러시아 사회의 총체적인 부패, 곧 부조리한 토지제도를 목도한다. 네흘류도프는 농노제에 가까운 토지제도를 극복하기 위해 헨리 조지를 택한다. 『부활』에 왜 헨리 조지가 나와야 하는지 모르겠다며, 그래서 이 작품을 실패라고 하는 문학평론가도 있지만, 톨스토이는 강력하게 '나의 헨리 조지'를 반복하고 있다. 헨리 조지의 토지 사상을 건너뛰고 『부활』을 이해한다는 것은 과일의 껍데기만 핥는 것이 아닐까.

톨스토이의 사상을 담지하고 있는 네흘류도프는 헨리 조지의 토지가치세 제도를 당차게 설명한다. 잡지에 연재할 당시에 이 부분은 하얗게 빈 공간으로 간행되었다고 한다. 이 인용문은 농민들에게 토지를 빌려주되 거기에서 발생하는 지대를 농민들의 공동 재산으로 인정하고 그 돈으로 세금을 지불하고 마을의 공공사업에 투자할 수 있도록 하자는 것이었다.

네흘류도프의 제안에 농민들은 적극 찬성을 표시한다. 비록 네흘류도프가 영지에서 실시한 방법은 헨리 조지의 토지가치세와 명확하게 일치하는 것은 아니지만 그 본질을 전달하는 데는 부족하지 않다.

1896년, 헨리 조지는 자신에게 칭찬을 아끼지 않은 톨스토이에게 감사하면서, 유럽 여행 기간 동안 톨스토이를 방문해도 좋을지 허락을 구했다. 아쉽게도 헨리 조지가 뉴욕 시장 선거 출마를 위해 준비하던 중 사망하여, 두 사상가의 만남은 끝내 이루어지지 못했다.

문학평론가들은 톨스토이 문학작품들을 1880년을 기준으로 전기, 후기로 나누곤 한다. 전기 대표작 『전쟁과 평화』는 1865년부터 발표했고, 『안나 카레리나』는 1873년에 시작해서

1877년에 완성했다. 1899년『부활』을 완성하기 전인 1880년경 헨리 조지의『진보와 빈곤』과의 만남이 있었다. '나의 헨리 조지'와의 만남은 톨스토이 문학을 전기와 후기로 나누는 분기점이 되는 것이다.

3부는 시베리아로 호송되는 죄인의 여행 이야기다. 네흘류도프라는 한 귀족이 카츄샤라는 한 여인을 따라 괴로운 시베리아 유형을 자청한다. 시베리아 황막한 벽지에서 끝없이 바라던 용서의 정신으로 영혼의 부활을 발견한다는 내용이 전개된다. 회개의 구체적인 형태는 카츄샤와 결혼해야겠다는 결심으로 나타난다. 시베리아에서 겨우 판결 취소의 결정이 내려진다. 네흘류도프는 그 소식을 가지고 카츄샤를 찾는다. 비로소 자유의 몸이 된 그녀와 결혼을 할 생각이다.

"말로써가 아니라 실제 행동으로 속죄하고 싶소. 당신과 결혼할 생각이오."

얼마 안 가 네흘류도프는 이러한 생각이 자기 욕심에 불과하다는 사실을 깨닫는다. 카츄샤와 나눈 대화는 이내 그의 이기심을 수치스럽게 만든다. 그는 유죄 선고를 받고 시베리아로 유배되는 카츄샤를 따라나선다.

네흘류도프는 시베리아 혹한 속에서 새롭게 성경의 힘을 발견한다. "남에게 대접을 받고자 하는 대로, 너희도 남을 대접

하라"(마태 7:12). 그는 하나님의 사랑과 용서와 화평의 말씀을 몸소 실천해야 하는 사람이 바로 자신이라는 점, 그럼으로써 이 세상의 어두움과 맞설 수 있으며 자기모순에서 벗어나 완전히 새로운 의미의 삶으로 부활할 수 있다는 사실을 깨닫는다.

톨스토이가 거대한 인물 회심기인 『부활』을 쓴 동기는 세 가지로 볼 수 있다. 첫째, 러시아 국교에 속하지 않은 약 4,000여 명의 두호보르Dukhobor 교도를 캐나다로 이주시키기 위한 자금을 구하기 위해 썼다고 한다. 1740년경 창시된 이 종교는 성직자, 성찬, 세례 의식을 모두 폐지하고 빵과 소금, 물을 차려놓은 탁자 주위에서 기도하는 모임만을 행했다. 19세기 말 두호보르 교도들은 톨스토이가 제안한 영적靈的 원칙들을 받아들였고, 톨스토이는 러시아 황제에게 이들이 해외로 이주할 수 있도록 청원했다.

둘째, 『부활』의 줄거리가 될 만한 실제 사건을 접하면서, 여기에 상상력을 더하여 집필했다. 법률가 A. F. 코니는 1887년 여름, 톨스토이와 대화를 나누다가 자신이 관계한 '불쌍한 로잘리야 오니와 그녀의 유혹자' 사건을 말한다. 유혹자가 자신 때문에 파멸한 처녀의 판결에 어쩔 수 없이 배심원으로 참가하게 된 뒤 괴로워하며 그녀와 결혼하기로 결심하지만, 안타깝게도 그녀가 죽고 만다는 이야기였다.

셋째, 무엇보다도 네흘류도프의 이야기는 톨스토이 자신의 고백이다. 소설 『부활』은 톨스토이가 겪은 러시아 사회의 부조리와 자기 체험을 모두 담아낸 총체적인 이야기이다. 톨스토이도 네흘류도프처럼 귀족으로 태어났다. 톨스토이는 1828년 남러시아 근처의 야스나야 폴랴나의 부유한 명문 귀족 가정의 4남으로 태어났다. 철저한 사실주의자였던 그는 자기 체험을 소설 속에 묘사했다. 네흘류도프가 군대에서 타락하는 과정, 그리고 회심하는 장면은 바로 그 자신의 투영이었다.

『부활』에 나타나는 정교회 비판은 톨스토이의 생각 그대로다. 1880년대에 그는 위선적인 러시아의 귀족사회와 러시아의 정교에 회의를 품어 초기 기독교 사상에 몰두한다. 이른바 '톨스토이 성경'도 이때 썼다.

『부활』뿐 아니라 톨스토이 작품에는 작가 자신이 등장인물이 되곤 한다. 그의 초기작『유년 시대』(1852),『12월의 세바스또뽈리』(1855)에서 톨스토이는 자기를 니콜렌까라는 이름으로 묘사했고,『카자흐 사람들』(1863)에서는 올레닌으로,『전쟁과 평화』(1869)에서는 피에르 등으로 나타난다.

정부와 교회, 그리고 지주들에 대한 톨스토이의 반격 때문에 그는 주위 친구들로부터 적대적인 말을 많이 들었지만, 그중 가장 열렬한 반대자는 정작 톨스토이의 아내 소피아 안드레예브나였다.

세상을 떠나기까지 마지막 25년 동안, 톨스토이는 가정보다는 헨리 조지의 주장을 전파하는 데 모든 노력을 다했다. 자녀와 가정을 돌보아야 했던 소피아로서는 어찌 보면 당연한 행동이었는지 모르지만 매사에 그녀의 반대를 들어야만 했던 톨스토이는 자신의 생각을 그녀에게 숨긴 채 지닐 수밖에 없었다. 톨스토이의 아내는 『부활』을 "혐오스러운 작품"이라며 싫어했다고 한다. 『부활』의 네흘류도프가 카츄샤에게 성경을 건네주려고 하지만 그녀가 이미 읽은 적이 있다며 거절했듯, 톨스토이는 외롭게 자기 길을 다짐한다. 톨스토이는 저작권 문제로 아내와 불화를 겪었다. 『부활』의 프롤로그와 에필로그에서 외롭게 구도자의 길을 다짐하는 네흘류도프는 곧 톨스토이 자신이었다.

▶ 유튜브 〈톨스토이, 케노시스의 삶과 문학〉 참조
    유튜브 〈톨스토이 『부활』에서 만나는 헨리 조지와 윤동주〉 참조

암흑에서 별빛을 찾아 헤매는 인간

별이 총총한 하늘이 갈 수 있고 또 가야만 하는 길들의 지도
인 시대, 별빛이 그 길들을 훤히 밝혀주는 시대는 복되도다.
게오르크 루카치 『소설의 이론』•

헝가리에 가면 찾아가는 묘지가 있다. 헝가리 출신 유태계 문
학사가이자 철학자인 게오르크 루카치(1885~1971)의 묘지다. 우
리처럼 성을 먼저 쓰는 헝가리에서는 '루카치 죄르지'라고 부
른다. 아직 우리는 '죄르지' 대신 '게오르크'라고 쓴다.

첫 문장의 **"별이 총총한 하늘"**을 나는 희망 혹은 이상으로
읽었다. 희망은 캄캄한 밤하늘에 반짝이는 별과 같다. 별이 보
이지 않는 세계에는 희망도 이상도 보이지 않을 것이다.

"별빛이 그 길들을 훤히 밝혀주는 시대는 복되도다"라는 첫 문
장은 얼마나 아름다운가. 희망과 이상이 가야할 길을 훤히 밝
혀주는 시대는 얼마나 행복한가. 내비게이션이 없어도, 그냥

• 　게오르크 루카치, 『소설의 이론』, 김경식 옮김, 문예출판사, 2007.

별빛만 보고 목적지를 갈 수 있는 시대였다.

　첫 문장 이후에 **"세계는 넓지만 마치 자기 집과 같은데, 영혼 속에서 타오르고 있는 불이 하늘에 떠 있는 별들과 본질적 특성을 같이하기 때문이다"**라는 문장이 이어지는데, 무슨 말인가. 내면의 불꽃과 세상의 별빛이 같은 구조라는 뜻일까. 내면의 불꽃이 개개인이 바라며 옳다고 여기는 이상이나 양심을 말한다면, 세상의 별빛은 공동체가 나아가고자 하는 이상일까. '개인의 가치관=공동체의 가치관'이라고 읽을 수 있을까.

　또 이어지는 **"세계와 나, 빛과 불은 서로 뚜렷이 구분되지만, 서로 영구히 낯설게 되는 일은 결코 없다"**라는 문장은 '우주=나'가 구분 없이 일치된 상황을 말한다. 루카치는 이 상태를 총체성이라는 용어로 개념화한다. 그 시대 사람들은 하나의 총체성이라는 개념 아래에서 삶과 이상이 유리되지 않았다.

　"영혼의 모든 행동은 이 같은 이원성 속에서 의미 충만하게 되고, 원환적(圓環的) 성격을 띠게 된다"는 시대는 그리스 시대를 말한다. 루카치가 설정한 그리스 시대의 문화는 형식이 필요 없는 완전히 자족적인 세계다. 고대 그리스의 예를 드는 루카치는 명확하게 자신의 학문적 방법론을 헤겔적 미학과 역사관에 기초를 두고 있다고 선언하는 셈이다. 헤겔이 찾고자 했던 총체성은 바로 그리스 시대에 있었던 것이다.

　그리스 시대의 이상은 서사시를 통해 문학적으로 구현되었다고 루카치는 평한다. 당시의 영웅들, 혹은 등장인물들은 절대 고립되거나 괴리되거나 유리되는 경우가 없다. 그러나 우주와 인간이 분리되고, 자연과 인간이 분리된 근대 이후에 파편화된 인간은 갈 길을 몰라 방황한다.

왜 루카치는 소설을 이야기하면서, 제일 먼저 그리스 얘기를 썼을까. 여기엔 루카치와 헤겔 미학 그리고 독일 낭만주의자 사이의 관계가 존재한다. 루카치는 소설이라는 장르를 처음 언급한 독일 낭만주의자 슐레겔, 노발리스에게 영향을 받았다. 그들에게 그리스는 아름다운 영혼들이 꿈꾸던 완벽한 평화와 영웅의 전범이 존재하는 원초적 공간이었다. 『파우스트』 2부에서 괴테의 그리스에 대한 열망 또한 충분히 볼 수 있다. 루카치가 소설을 논하면서 '그리스 문화의 완결성'을 설정한 것은, 루소가 근대문명을 논하면서 '자연'을 설정한 것과 유사하다.

『소설의 이론』은 두 부분으로 구성되었다.

1부에서는 소설이라는 장르를 정의한다. 루카치는 소설을 기존 장르인 서사시(비극)와 비교한다. 그리스적 총체성이 사라진 이후 루카치는 소설을 총체성을 구현할 가장 적합한 서사 장르로 봤다. 총체성이 깨진 르네상스 이후, 사람들은 '나는 누구인가'라는 질문을 던지기 시작했다. 루카치는 소설을 '문제적 개인이 자신을 찾아가는 여행'으로 정의한다. 사라진 총체성을 찾아 모험하는 '문제적 개인'의 이야기가 소설이다.

2부는 1부에서 설명한 소설 양식의 특성을 네 가지 유형으로 제시한다. 루카치는 소설을 '부르주아 시대의 서사시'라고 본 헤겔의 미학에서 기본 발상을 빌려온다. 그리스의 서사시가 총체성이 지배하는 역사철학적 상황의 산물이라면, 소설은 잃어버린 총체성을 다시 찾으려는 부르주아 사회 속 문제적 개인에 대한 이야기라고 규정한다.

2부 1장에서 루카치는 돈키호테 이야기를 한다. 추상적 이상주의가 무너진 필연성 속에서 서사시가 더 이상 서사시로서 역할을 하지 못하는 예로 돈키호테라는 인물을 소개한다. 2장에서는 외부 세계에 대해 자신을 지키려는 자기방어가 드러나는 '환멸의 낭만주의' 소설의 대표로 플로베르(1821~1880)의 『감정 교육』(1869)을 든다. 3장에서는 『빌헬름 마이스터의 수업시대』(1796)를 통해 괴테가 개인과 세계의 화해를 그려내려 했다고 루카치는 분석한다. 이 소설의 주인공은 자신의 이상을 사회에 구현하기 위해 사회와 어느 정도 타협한다. 4장에서 루카치는 톨스토이를 소개하면서 도스토옙스키의 리얼리즘 문학을 옹호한다.

루카치는 허무적 세계관 아래에서 자아의 심리를 따라가는 제임스 조이스나 카프카의 모더니즘을 싫어했다. 사회현상에 대한 모방에 그치는 에밀 졸라의 자연주의도 비판했다. 루카치가 소설의 다양성을 무시하고 지나치게 재단했다는 비난도 받지만, 이 책을 집필했던 당시 상황을 참조하고 비판해도 늦지 않겠다.

루카치는 1914년 제1차 세계대전과 이에 대한 독일 사회민주당의 지지를 보고 이 책을 구상한다. 루카치는 전쟁을 전면 거부했다. 『소설의 이론』은 절망적인 세계상황 속에서 쓰인 저서였다. 소련 문예계를 지배한 속류 사회과학주의와 싸우는 동시에 서방세계의 퇴폐적 문학과 싸워야 했던 루카치는 문학의 대안으로 **"도스토옙스키적인 세계에 대한 전망"**을 내놓았다. 루카치 자신이 이후에 발표한 '1962년 서문'을 읽어보기 바란다. 그 어떤 타인의 비판보다 날카롭게 자신의 청년기 저작을 비판하는 '1962년 서문'은 우리말 번역본 맨 앞에 실려 있다.

부잣집 아들로 태어난 루카치는 음울한 동유럽에서 서유럽의 문화와 북유럽의 철학에 깊이 빠져든다. 1910년에는 '희망의 철학자' 에른스트 블로흐에게, 1912년에는 게오르그 지멜의 강의를 들었다. 1916년에는『프로테스탄트 윤리와 자본주의 정신』(1905)의 저자 막스 베버의 가르침을 받고 제자가 된다.

제1차 세계대전의 혼돈 속에서 루카치는 헤겔의 영향을 받은 초기작『소설의 이론』을 썼다. 이 책을 집필했던 1914년 여름부터 1915년 초에 루카치는 겨우 30세였다. 18세기부터 발흥한 소설이라는 장르에 최초로 철학적 체계를 부여했다는 점이 중요하다. 이 책은 루카치의 다른 어떤 저서보다도 강력한 영향력을 발휘해왔다.

혁명의 혼란에 빠져든 헝가리에서 루카치는 1918년 12월 공산당에 입당한다. 혁명이 실패하자 빈으로 피신한다. 오스트리아 당국은 루카치를 헝가리로 추방하려 했지만, 다행히 소설가 하인리히 만과 토마스 만 형제, 스승 막스 베버 등이 구명운동을 벌여 1931년까지 빈에서 머문다. 이후 모스크바와 베를린에서 방황하다가 1933년에 소련으로 떠난다.

루카치는 제2차 세계대전이 끝난 1945년 여름, 26년 동안의 망명 생활을 마치고 귀국한다. 공산주의의 종주국에서 활동했던 경력 때문에 그는 곧바로 부다페스트대학 교수와 헝가리 과학아카데미 회원이 된다. 놀랍게도 1948년 헝가리 인민공화국이 선포되고 숙청 작업이 진행되면서 그는 다시 딜레마에 빠진다. 루카치가 보는 미학과 공산당 이론가의 미학에는 차이가 있었다. 헝가리의 당 이론가들로부터 비판을 받은 루카치는 1950년에 자아비판을 했고 이후 그의 강좌는 제한적으로만 개설되었다.

1951년 스탈린의 〈언어학에 관한 서한〉이 공개되자 그는 열렬한 스탈린주의자로 변신한다. 하지만 1956년에 스탈린 체제가 몰락하자 루카치는 스탈린주의자였던 자신의 행적을 청산해야만 살아남을 수 있었다. 스탈린을 비판하고 레닌주의마저 포기한다고 선언하여 마침내 마르크스주의의 대열에서 이탈한다. 결국 자신의 삶 자체를 부정하게 된 것이다. 자신을 부정한 덕에 루카치는 소련에 반대하는 임레 나지 정권의 교육부 장관에 오른다.

소련에 맞서 독자적인 길을 모색했던 임레 나지 정권이 몰락하자 루카치도 체포당한다. 이번에도 루카치는 절충주의 견해를 밝히며 목숨을 건진다. 헝가리의 특수성은 인정하지만 헝가리가 소련에 반하여 독자적인 길을 추구하는 것에는 반대하는 게 그의 입장이었다. 1956년 헝가리 혁명 이후 한때 루마니아로 망명했다가 귀국하여 출생지인 부다페스트에서 1971년 사망한다.

현재 극우 세력이 정권을 잡고 있는 헝가리에서 루카치는 극좌 사회주의자로 분류되었다. 2017년 루카치 동상은 철거되고, 그의 자료를 모은 아카이브도 사라졌다.

2018년 1월에 나는 헝가리 부다페스트에 강연하러 갔고, 2019년 10월에는 그때 만난 헝가리 사람들을 다시 만나러 갔다. 부다페스트에서 여성 시인이면서 가수이자 배우인 커러피아트 오르쇼아Karafiáth Orsolya 씨를 만났다. 헝가리 말로 시를 쓰며 산다는 것은 쉽지 않다고 했다.

"헝가리 국민은 천만이 못 되요. 헝거리어를 읽을 수 있는 독자가 너무 적은 거죠. 헝가리 말로 책을 써서 살아가기란 쉽지 않아요. 여기서 살려면 노래도 하고, 방송에도 나가고 뭔가 다른 일을 하면서 책을 써야 해요."

게다가 정치적인 탄압도 문제라고 한다.

"블랙리스트를 터놓고 지배하는 헝가리 극우 자본주의의 정권 아래 루카치는 잊히고 있어요. 루카치 같은 천재들도 헝가리를 떠나 망명하고 있습니다."

헝가리에 갈 때마다 부다페스트에 있는 루카치의 묘지에 찾아갔다. 루카치는 '피우메 도로 공동묘지Fiumei Road Cemetery' 7구역에 누워 있다. 동쪽으로 공산당 시절의 지도층 인사들 묘지가 모여 있는 곳이다. 현재 정권은 극우인데 국가의 연속성을 지키려는 듯 공산당 지도층 묘지가 있는 것은 이채로웠다.

대학원에 다니던 시절 나는 루카치 전집과 레닌 저서 몇

권을 갖고 있었다는 이유로 경찰서에 끌려갔다. 1986년 10월 건대 항쟁으로 체포된 후배들 집에 내가 빌려준 책들이 있었다고 한다. 그 책을 어떻게 구했냐며 용산경찰서의 형사들은 친절하게 윽박질렀다. 형사들은 석사논문 쓰기에 바쁜 대학원생을 학부 운동권의 배후 조정자로 만들려고 애썼다. 그렇게 경계하던 루카치를 이제는 별로 읽지 않는다.

루카치의 묘소는 줄줄이 누워 있는 다른 묘지와 다를 바 없었다. 루카치의 묘소는 소박하고 평화로웠다. 내가 겨울인 1월과 가을인 10월 말에 갔기 때문일까. 그의 묘지는 을씨년스러웠다. 죽어서 평화를 찾은 듯한 스산한 풍경이랄까. 수전 손택은 루카치를 기회주의자의 전형으로 비판했다. 역사 속에서 길을 찾아 헤맨 '문제적 개인'은 루카치 자신이었다.

루카치는 **"별이 총총한 하늘이 갈 수 있고 또 가야만 하는 길들의 지도인 시대"**는 사라졌다고 보았다. 그는 소설을 총체성이 붕괴된 시대에 인간을 해방하는 도구로 삼으려 했다. 루카치는 지금도 유효한 20세기 문학비평의 거장이다.

절망적인 현실에 맞서는 차가운 정신

다락에는 제일강산第一江山이라, 부벽루浮碧樓라, 빛 낡은 편액
扁額들이 걸려 있을 뿐, 새 한 마리 앉아 있지 않았다.

이태준 「패강냉(浿江冷)」•

소설의 첫 문장에서 연광정에 붙어 있는 편액을 독자에게 제시
한다. **"빛 낡은 편액"**이라는 부분에 이어지는 **"새 한 마리 앉아 있
지 않았다"**라는 문장은 무언가 상실한 분위기를 보여준다. 작가
는 무슨 일로 소설 첫 문장부터 쓸쓸한 풍경을 제시했을까.

1938년 1월 〈삼천리문학〉에 발표된 「패강냉」은 소설가 이
태준(1904~?)이 34세 때 발표한 자전적 단편소설이다. 자전적
소설이기에 이 소설을 쓸 당시 상황을 조금 참조할 필요가 있
겠다.

1904년 강원도 철원에서 출생한 이태준의 호는 상허尙虛다.
부친 이창하, 모친 순흥 안씨의 1남 2녀 중 장남으로 출생한 그

• 이태준, 「패강냉」, 『이태준 전집 2 : 돌다리 외』, 소명출판, 2015.

는 강원도 김화군에서 잠시 유아기를 보낸다. 1909년 망명하는 부친을 따라 러시아 블라디보스토크로 이주했으나 8월 부친의 사망으로 귀국하던 중 함경북도 배기미에 정착, 서당에서 수학한다. 1912년 모친의 별세로 외조모 손에 이끌려 고향 철원 용담으로 귀향해 친척집에서 지낸다. 열 살 무렵까지 어린 이태준은 여기저기 떠돌며 살아야 했다. 1921년 4월 고학생으로 휘문고등학교에 입학한 그는 2년 선배인 정지용, 박종화, 후배 박노갑, 스승 이병기를 만난다. 1924년 〈휘문〉 학예부장으로 활동하고 동화 「물고기 이야기」 등 여섯 편을 발표한다. 1924년 6월 동맹휴교의 주모자로 지적당해 5년제 과정 중 4학년 1학기에 퇴학된다. 그해 가을 휘문고보 친구 김연만의 덕을 보아 일본 유학길에 오른다.

1925년 단편 「오몽녀」를 발표하면서 본격적으로 문단에 나온다. 1926년 일본 조치대학에 입학했고, 1929년 〈개벽〉에서 기자로 일하다가 〈조선일보〉의 학예부장으로도 일한다. 1930년대 문단에서 김기림·정지용 등과 9인회 회원으로 활동하며 「가마귀」 「복덕방」 「밤길」 등을 발표한다. 9인회는 1933년 8월, 당시 문단의 중견작가라 할 수 있는 사람 아홉 명이 모여서 만들어진 문학 친목 단체였다. 부모 없이 외롭게 자란 이태준은 동맹휴교로 퇴학당하면서도 시대적 문제에 예민하게 참여한 문사文士였다.

첫 문장에서 평양 부벽루를 **"빛 낡은 편액들이 걸려 있을 뿐,**

새 한 마리 앉아 있지 않았다"라며 허허롭게 묘사한 것은 이태준이 그 시대를 보는 시선이었다.

소설가인 주인공 현은 언젠가는 평양 풍경을 소설로 쓰고 싶었던 참에, 평양에서 조선어 선생을 하는 친구 '박'의 편지를 받고 평양에 온다. 평양에 왔더니 친구 '박'은 조선어 수업이 없어져 실직될 상황이었다.

정거장에 나온 박은 수염도 깎은 지 오래어 터부룩한데다 버릇처럼 자주 찡그려지는 비웃는 웃음은 전에 못 보던 표정이었다. 그 다니는 학교에서만 찌싯찌싯 붙어 있는 것이 아니라 이 시대 전체에서 긴치 않게 여기는, 찌싯찌싯 붙어 있는 존재 같았다. 현은 박의 그런 찌싯찌싯함에서 선뜻 자기를 느끼고 또 자기의 작품들을 느끼고 그만 더 울고 싶게 괴로워졌다.

조선어 교사 자리를 잃을 친구 '박'의 모습은 그리 세련된 모습이 아니다. 박의 외모를 묘사하면서 '찌싯찌싯'이라는 부사가 세 번 나온다. '찌싯찌싯'의 표준어는 '지싯지싯'이다. '지싯지싯'은 남이 싫어하는지는 아랑곳하지 아니하고 제가 좋아하는 것만 자꾸 짓궂게 요구하는 모양을 말한다. 1938년 3월 3일 조선교육령에 의해 교실에서 조선어 수업이 금지되면서 조선어 교사는 퇴출되기 시작한다. 총독부에서 교육령으로 금지하는데도 불구하고 계속 조선어를 가르치고 싶어 하는 '박'의 처지를 '찌싯찌싯'이란 부사로 강조한다. 아무것도 아닌 부사 같지만 작가의 의도가 확실하게 보이는 부사를 배치한 것이다. 이태준은 이 소설을 발표하고 이듬해인 1939년 2월부터 자신이 주관하던 잡지 〈문장〉에 『문장강화』를 연재한다. 이 책에서 이태준은 꼭 필요한 곳에 꼭 필요한 단어 하나만 존재한다는 유일어惟一語 개념을 강조한다. 찌싯찌싯이야말로 당시 조선의 사정을 잘 설명해주는 부사다.

박과 대화하던 현은 또 다른 친구인 '김'을 만난다. 박이나 현과 달리, 김은 일본의 식민주의를 따르려 하는 현실 추수주의자다. 일본의 식민 정책을 따를 수 없는 현은 술자리에서 김과 언쟁을 벌인다.

당시 평양 여인들이 머리에 흰 수건을 쓰는 것은 평양의 아름다운 풍습 중 하나였다. 일본 문화가 들어오면서 평양 여인네들이 머리에 하얀 수건을 썼던 문화가 사라졌다. 요정의 여인도 하얀 수건을 머리에 쓰고 싶다 하지만, 평양풍의 아름다움은 일본의 식민지 정책에 따라 금지된 것이다. 김은 화를 낸다.

"그깟놈들…… 그런데 박군? 어째 평양 와 수건 쓴 걸 볼 수 없나?"

"건 이 김 부회 의원 영감께 여쭤 볼 문젤세. 이런 경세가(經世家)들이 금령을 내렸다네."

"그렇다드군 참!"

"누가 아나 빌어먹을 자식들……."

"이 자식들아, 너이야말루 빌어먹을 자식들인게…… 그까짓 수건 쓴 게 보기 좋을 건 뭐며 이 평양부내만 해두 일 년에 그 수건값허구 당기값이 얼만지 알기나 허나들?"

하고 김이 당당히 허리를 펴고 나앉는다.

"백만 원이면? 문화 가치를 모르는 자식들……."

"그러니까 너이 글 쓰는 녀석들은 세상을 모르구 산단 말이야."

"주제넘은 자식…… 조선 여자들이 뭘 남용을 해? 예펜네들 모양 좀 내기루? 예펜넨 좀 고와야지."

"돈이 드는걸……."

"흥! 그래 집안에서 죽두룩 일해, 새끼 나 길러, 사내 뒤치개질 해…… 그리구 일 년에 당기 한 감 사 매는 게 과하다? 아서라 사내들 술값, 담뱃값은 얼만지 아나? 생활개선, 그래 예펜네들 수건값이나 당기값이나 조려 먹구? 요 푼푼치 못한 경세가들아? 저인 남용할 것 다 허구……."

언쟁을 벌일 때 김은 일본어 욕을 섞어 말한다. 현은 친일파 김을 비꼬듯이 일본어로 심한 말을 하며 맞선다. 김과 현의 갈등은 일본을 통해 들어오는 신문화와 민족문화를 지키려는 의지와 갈등을 보여준다.

현은 한참 난간에 의지해 섰다가 슬리퍼를 신은 채 강가로 내려온다. 강에는 배 하나 지나가지 않는다. 바람은 없으나 등골이 오싹해진다. 강가에 흩어진 나뭇잎들은 서릿발이 끼쳐 은종이처럼 번뜩인다. 번뜩이는 것을 찾아 하나씩 밟아본다.

"**이상견빙지**(履霜堅冰至)……."

『주역周易』에 있는 말을 떠올린다. 이상견빙지란 말은 『주역』

의 곤괘에 나오는 말로, 서리를 밟게 되면 멀지 않아 매서운 겨울이 닥칠 것이라는 뜻이다. 이는 위기의 기미를 미리 알아차려야 한다는 의미로, 앞의 박이 읊었던 시와 함께 암담한 시대 현실에 강개한 기분을 깔면서 위축된 심경을 나타낸 것이다.

현은 술이 확 깬다. 저고리 섶을 여미나 찬 기운은 품속에 사무친다. 담배를 피우려 하나 성냥이 없다.

"이상견빙지…… 이상견빙지……."

밤 강물은 시체와 같이 차고 고요하다.

「패강냉」은 작가의 분신 격인 '현'이라는 주인공이 오랜만에 평양을 찾아와 일제 강점하에서 변해버린 평양의 풍속과 속물이 되고 패배감에 젖어 자조적으로 살아가고 있는 친구들의 모습을 보며 느끼는 비애감을 표현하고 있는 작품이다.

해방 직후 임화와 청년작가대회를 결성한 이태준은 1946년 6월 월북한다. 이 시기에 발표한 『해방전후』는 조선문학가동맹이 제정한 제1회 해방기념조선문학상 수상작으로 선정된다. 월북 직후인 1946년 8월 중순부터 소련을 방문한 뒤 『소련기행』을 출간했고, 1948년에는 「농토」, 1949년에는 「첫 전투」 「호랑이 할머니」 「먼지」 등을, 6·25전쟁 중에는 「누가 굴복하는가」 「미국대사관」 등을 발표한다. 1956년 노동당 평양시위원회 산하 문학예술출판부 열성자회의에서 비판을 받고 숙청된다. 필자가 장편실명소설 『조국』을 쓸 때, 남파공작원인 주인공 김진계 옹은 말년의 이태준을 본 기억을 이렇게 증언했다.

"게쇼."

굵은 목소리였다.

"예."

"이거 땜질 좀 해주슈."

"예에, 해드리죠. 잠깐만 기다리세요."

노인은 키가 훤칠하고 나이에 비해서 건강한 체구였다. 젊었을 때는 꽤 미남일 성싶은 얼굴이었다. 척 보기에 범상한 사람처럼 보이지 않았다. 게다가 남한말을 써서 궁금증이 더했다. 나는 정중하게 물어보았다.

"실례지만 뭐 하시는 분이시죠?"

"…"

그는 쉽게 입을 열지 않았다.

어디서 본 얼굴 같기도 했다. 땜질하면서 나는 그의 얼굴을 곰곰이 뜯어보았다. 한참 동안 생각해도 떠오르지가 않았다. 나는 물어나 보자 하고 다시 말을 걸었다.

"혹시, 글 쓰시는 분 아니십니까?"

"…"

땜쟁이 기술을 익히고자 원산에서 평양 쪽으로 가다가 마천령 산맥 기슭에 있는 장동탄 광지구에 열흘간 머문, 1969년 1월 이었다. 내 말에 무슨 충격이나 받았는지 멍한 표정을 짓다가 웃음을 흘리는 그는 말이 없었다. 그러다가 조용히 입을 열었다.

"이태준이라고 합니다."

"…아, 역시 그러셨군요."

나는 여기서 소설가 이태준을 처음 보았다.

평률리(평북 안주군)에서 민주선전실장을 할 때 도서실을 정리하면서 그가 쓴 창작집 「달밤」이나 『가마귀』를 읽어본 적이 있었다. 그리고 읽어보지는 않았지만 『문장강화』라는 책이 좋다는 말을 여러 번 들어본 적이 있었다. 그때 그의 글을 읽은 느낌은 우리말을 요리조리 자유롭게 쓰면서도 아름답게 표현해서 상당히 민족적이라는 생각이 들었다. 하지만 소시민적이고 뭔가 약하다는 생각도 들었다. 그러다가 1954년 어느 날 그의 책 모두가 도서실에서 사라지게 됐다.

"아직 덜 됐나요?"

"예. 조금만 더 하면 됩니다. … 헌데 아직도 글 쓰십니까?"

나는 이 사실이 궁금하였다.

"쓰고는 싶소만…."

그의 표정이 무척 쓸쓸해 보였다.

후에 알아본즉, 그는 숙청당하고 장동탄광에 가서 사회보장(여자 55세, 남자 66세가 넘으면 노동법에 의해서 먹고살 정도로 배급이 나왔다)으로 두 부부가 외로이 살고 있었다. 그의 부인은 15세 정도 아래로 깜끔하게 생겼다. 이태준의 말년의 모습을 본 나는 왠지 우울해지는 느낌이 들었다.•

•　김응교, 『조국』, 풀빛, 1991. (재출간 예정)

여기까지가 이태준의 말년을 본 김진계 옹의 증언이다. **"빛 낡은 편액들이 걸려 있을 뿐, 새 한 마리 앉아 있지 않았다"**라고 쓴 이태준은 그가 쓴 글처럼 슬픈 조국의 처지를 글로 기록하고는 조용히 새 한 마리처럼 사라졌다.

트라우마를 이겨내는 필사적인 쓰기

> B3전선의 후방 기지인 깐 박 지역에 전쟁 이후 첫 건기가 고
> 요하게 그러나 때늦게 찾아왔다.
>
> 바오 닌 『전쟁의 슬픔』 •

첫 문장의 **"B3전선의 후방 기지"**라는 단어에서 이 소설이 전쟁
이야기라는 사실을 알려준다. B3전선은 전쟁 당시 북베트남 정
규군과 남베트남 민족해방전선이 싸운 아홉 개의 전선 중 한
지역으로, 서부 고원지대를 말한다. **"첫 건기가 고요하게 그러나
때늦게 찾아왔다"**라는 묘사는 베트남의 불안정하고 불규칙한 정
세를 예고한다. 첫 건기인데도 곧 우기처럼 **"짙푸른 강물이 계속
범람"**하는 험악하고 위태로운 날씨 변화는 소설을 읽는 독자에
게 긴장감을 주고 베트남의 하염없이 억압받아온 식민지 역사
를 떠오르게 한다.

주인공 끼엔은 열일곱 살 때 북베트남 정규군에 입대한다.

• 　바오 닌, 『전쟁의 슬픔』, 하재홍 옮김, 아시아, 2012.

당시 베트남의 젊은이들은 조국의 독립과 통일을 위해 많이 자원입대했다. 남아 있는 적병의 몸에 못을 박듯 한 발 한 발 방아쇠를 당겼던 주인공 끼엔은 전쟁 후 살아남은 단 열 명의 부대원 중 한 명이었다.

전사자 유해 발굴단으로 끼엔은 부대원이 몰살당한 지역을 찾아간다. 소설 앞부분에 나오는 **"대지가 밤낮으로 김을 물씬 뿜어"**라는 문장은 밤낮없이 잠 못 자고 전투해야 하는 병사의 고된 일상을 대지에 빗댄 표현이고, **"나뭇잎 썩는 냄새가 피어올랐다"**는 표현은 주인공 끼엔이 수많은 시체를 만나며 맡는 시체 냄새를 암시한다.

유해 발굴단 끼엔은 가는 곳마다 생사를 구별할 수 없는 혼령을 목격하곤 한다. 머리가 잘려나간 한 무리의 흑인 병사가 산기슭으로 행군하는 것을 보았다는 이들도 있다. 전쟁이 갈라놓은 첫사랑 프엉도 찾아온다. 정신적인 트라우마를 겪은 끼엔에게 프엉만은 확실한 존재였다. 하지만 전쟁은 프엉과의 추억을 앗아갔다. 전쟁은 그녀를 변화시키고, 두 사람 사이에 균열을 만들었다. 끼엔은 죽지 않기 위해 글을 쓴다. 악몽과 현실 사이에서 버티고자 끼엔이 할 수 있는 일은 죽음을 쓰는 일이었다.

작가 바오 닌은 소설 첫 문장에 험악한 날씨의 변화를 써놓는다. A4용지 한 장 반 길이의 단편 「물결의 비밀」의 첫 문장도 날씨의 변화다.

"강물은 시간처럼 흐르고, 시간처럼 강물 위에서는 또 얼마나 많은 일들이 일어났던가." 작가 바오 닌은 "강물은 시간처럼" 흐른다고 썼다. 역사를 자연처럼 본다는 뜻이다. '자연적'으로 전쟁을 보았다는 시각이 독특하다. 미국은 미국의 정치적 시각으로, 베트남은 베트남의 정치적 시각으로 보려 할 때 바오 닌은 자연 혹은 숙명의 시각으로 전쟁 이야기를 썼다. 우주의 삼라만상이 흐르듯, 사건과 역사는 흐르는 것이다. 그 흐름 속의 어떤 사건, "내 생애 은밀한 비밀들로 반짝반짝 빛났"던 순간들을 작가는 이제부터 펼친다.

「물결의 비밀」에서 중요한 상징은 물이다. 첫 번째 물은 '흘러가는 물'로 시간이나 역사를 상징한다. 두 번째 물은 재난을 의미한다. 사건은 장마로 제방에 물이 가득 찼던 한여름 7월 보름날 일어난다. **"홍수로 물이 가득 찬 바로 그 순간, 미군의 일제 폭격이 우리 마을 앞을 지키던 제방을 겨냥했다"**는 문장에서 '미군의 일제 폭격'이라는 말이 눈에 뜬다.

"나는 경비초소에서 마을로 달려갔다"는 문장을 볼 때 등장인물은 북베트남의 월맹군이나, 남베트남의 베트콩이 아닌가 추측해본다. 아무튼 등장하는 사내는 미군에 항전하는 베트남 사내다. 그 이후에 비극적인 사건이 발생한다.

"이제 하늘도 땅도 무너져버렸고, 내 머릿속에는 오로지 아내와 자식뿐이었다"라는 문장에서 베트남인이 얼마나 가족을 중시하는지 알 수 있다. 폭격으로 댐이 폭파되고 삽시에 마을이 수몰된다. 갓난아기를 가진 젊은 부부가 수마에 휩쓸려 지붕으로,

나뭇가지로 간신히 피신한다. 온 마을이 물에 떠내려가는 아수라장 속에서도 아내는 손 내미는 남편도 외면할 정도로 악착같이 아기를 강보에 싸안고 보호한다. 불행히도 아내는 이내 급류에 휩쓸린다. 남편이 손을 뻗어 가까스로 구해낸 것은 강보에 싸인 아기뿐이다. 사내는 아내 잃은 슬픔에 넋 놓고 아침을 맞는다. 정신을 차린 그에게 마을 사람들이 죽은 아내는 잊고 살아남은 아기를 위해 힘을 내라고 한다. 그러면서 아기를 감싼 담요를 풀어 아빠인 그에게 보여준다.

"내 아기!"

이게 웬일인가? 강보를 풀었더니 아들이 아니었다. 여자애였다.

자기 아기가 아니었던 것이다. 아내만 구하지 못한 게 아니라 아들도 구하지 못했다. 엉뚱한 아기를 구했던 것이다. 아내를 잃은 슬픔, 아들을 잃은 슬픔. 이야기는 여기서 끝나지 않는다. 이 소설이 작은 물너울을 독자 내면에 일으키는 이유는 사내가 이 여자아이를 자기 자식으로 키워내는 이야기가 이어지기 때문이다. 아내를 잃은 한 남자의 비극은 보편적인 비극일 수 있으나, 자기 자식이 아닌 남의 아이를 키워내는 이야기는 고유하다. 처연하게, 담담하게 시간은 물과 함께 또 흘러간다.

딸은 물의 아이다. 모든 사람이 그렇게 불렀다. 물에 빠진 아기를 아비가 구해낸 이야기는 마을 사람이면 누구나 알았다. 그러나 그 비밀은 아무도 몰랐다. 딸조차도 알 수 없었다. 단지 강물만이 안다. 끼엔이 둑에 나가 흐르는 강물을 바라보지 않은 날은 하루도 없었다. 아내, 아이, 그리고 이름 모를 여인이 늘 강바닥에서 자신을 올려다보았다. 시간, 세월은 그렇게 흘렀고, 강물도 역사도 모두 변해갔다.

여기서 물의 세 번째 상징이 나타난다. 물은 치료의 물이다. 물은 죽은 자를 위로한다. **"내 아내, 내 아이, 그리고 이름 모를 여인"**을 위로한다. 이렇게 이 작품에서 물은 시간(역사), 재난, 위로를 상징한다.

바오 닌은 제국 혹은 이념 같은 거대 담론을 쓰지 않았다. 그는 전쟁을 계기로 남의 아이를 키우는 사연을 날씨를 배경으로 차분하게 써냈다. 거대 담론이 아닌 한낱 가족 이야기가 나약해 보일지 모르나, 가장 진정한 인간의 소리이지 않은가. 베트남에는 아직도 가족 아닌 가족을 꾸려 살아가는 사람들이 많다고 한다. 바오 닌은 전쟁의 비극을 넘어서는 눈물 어린 인간사를 담아냈다.

1952년생 작가 바오 닌은 1969년 고등학교를 졸업한 열일곱 살에 북베트남 인민군에 입대했다. '영광의 제27청년여단'에 입대한 소년병 5백 명 가운데 바오 닌은 끝까지 살아남은 열 명 중 한 명이며, '전쟁 영웅'이다. 2018년 5월 4일 그를 만난 아침은 **"가는 빗발이었지만, 비⋯비⋯가 하염없이 내렸다"**라는 소설 『전쟁의 슬픔』의 첫 장면처럼 축축한 습기로 가득했다.

"씬짜오(안녕하세요)."

중얼거리며 외웠는데 금방 잊은 인사말, 통역해주시는 하재홍 선생께서 가르쳐주셔서 인사할 수 있었다. 하 선생은 천호동에 있는 한 모텔에 머물고 있는 그를 모시고 내려왔다. 그는 담배를 맘대로 태울 수 있는 모텔이 호텔보다 좋다고 했다. 홍마초의 뿌리와 이파리, 꽃잎을 섞어 담뱃잎에 말아 피워 물고 환각 상태에 들어가곤 했다던 북베트남 병사들이 떠올랐다.

꼬박 밤을 새운 나보다 더 초췌한 그를 만나 가까운 해물탕집으로 가려 할 때 비가 스멀스멀 내리기 시작했다. 전쟁 얘기를 시작할 때는 마치 정글에 비가 내리듯 한꺼번에 빗물이 쏟아졌다. 장딴지까지 차오른 핏물 속을 행군했다는 구절이 떠올랐다. 벌건 내장을 드러낸 해물탕이 나왔다.

베트남 작가 바오 닌은 한국의 해물탕을 좋아한다. 국토 한 면이 바다에 접한 나라 사람이라서 그렇다고 했다. 16개국 언어로 번역됐고 노벨문학상 후보로 언급되는 그의 장편소설 『전쟁의 슬픔』은 제목만치 서글프다. 이 작품은 베트남 검열 당국 때문에 '전쟁'과 '슬픔'이라는 용어를 쓰지 못해 『사랑의 숙명』이라는 이름으로 1991년에 출판됐다.

『전쟁의 슬픔』은 시간의 흐름대로 쓴 톨스토이식 소설이 아니다. 끔찍한 비극의 찌꺼기 속에서 헤어나지 못하는 청년이 의식과 무의식, 현실과 기억, 지금과 과거를 오가는 '의식의 흐름'대로 쓴 소설이다. 그렇다고 도스토옙스키식 글쓰기인 것도 아니다.

"그래요. 맞아요. 의식의 흐름대로 쓴 소설이에요. 처음부터 그렇게 쓰자 해서 쓴 소설이 아니라 쓰다 보니 이렇게 됐어요. 내 소설이 도스토옙스키 소설과 비슷하다는데 베트남어판 도스토옙스키 소설은 번역이 이상한지 읽기 어려웠어요. 가브리엘 가르시아 마르케스의 『백년의 고독』이 1988년 베트남어로 번역됐는데 참 좋았어요."

그가 『백년의 고독』을 읽었다는 말에 멈칫했지만, 단순히 마르케스의 영향으로는 읽히지 않았다. 신화나 전설을 차용했던 마르케스의 신화적 상상력과 달리, 『전쟁의 슬픔』은 비극적 사실과 고통스러운 기억 자체를 신화적 상상력으로 끌어 쓰고 있었다.

소설의 주인공 끼엔은 1969년에 고등학교를 마치고 입대해 북베트남 보병사단의 병사로 서부 고원 전선에서 싸웠던 작가의 이력과 유사하다. 다만 이 소설의 주인공은 내가 보기에 끼엔이 아니다. 숨은 주인공이 있다. 끼엔이 외면적 주인공이라면, 프엉은 내면적 주인공이다. 의식의 흐름대로 쓰는 작가들, 도스토옙스키나 카프카 같은 이들은 여러 인물에 자신의 내면을 투영해 넣는다.

"어떻게 아셨어요? 맞아요. 끼엔은 베트남전쟁을 겪은 베트남 병사의 일반적인 정서를 가진 인물이고요. 프엉은 내면의 저 자신입니다."

마르케스와 다른 그의 글쓰기에는 베트남 특유의 상상력이 있었을 것이다. 죽은 혼령들은 왜 이리 많이 나오는지. 끼엔이 찾아가는 곳은 사람들이 많이 죽은 '고이 혼'이라는 지역이다. 우리말로 하면 '혼을 부른다'는 초혼招魂 지역이랄까. 거기서 끼엔은 죽은 자를 두 눈으로 자주 본다. 실오라기 하나 걸치지 않은 채 으스러진 육신을 끌고 다니는 귀신들이 지천에 널려 있다. 해 질 녘 나무들이 바람결에 내는 신음이 귀신의 노랫소리로 들린다. 소설에는 귀신이 72회, 유령이 24회, 혼령이 18회, 망령이 4회 등장한다. 모두 죽은 이의 영혼들이다.

"베트남 사람들에게는 이상한 상상력이 아니에요. 동남아 사람들은 육신이 사라져도 혼령이 일상에 함께한다고 믿지요. 내 작품에서 영혼, 귀신, 죽은 사람의 목소리가 들리는 것은 일반 사람들의 정서 속에 이렇게 남아 있다는 것을 그대로 쓴 거예요. 억울하게 죽은 귀신들, 전쟁에서 총에 맞아 죽으면 혼령으로 떠돌죠. 문화권이 다르면 이해하기 힘들겠죠. 공산주의 유물론의 관점에서는 유령이 뭐냐 하지요. 가톨릭 신도들은 영혼이 위로 간다 하지만, 베트남 사람들은 혼령이 위가 아니라 영원히 우리 주변에 있다고 믿어요."

작가로서 그는 죽은 자와 산 자를 소통시키는 영매靈媒다. 소설 속에서 죽은 자 중에 호아라는 여성 병사 얘기가 가장 마음 아팠다. 호아는 부대원의 길을 인도하는 선도병인데 길을 잘못 들어 미군이 있는 곳으로 부대원을 인도한다. 그들을 포위한 미군이 다가오자 부대원을 남기고 호아가 미군에게 뛰어든다. 풀밭에 쓰러진 호아 위로 알몸의 미군들이 숨을 헐떡이며 먼저 차지하려고 으르렁댄다. 집단 강간하는 장면을 숨어서 보면서도 끼엔은 수류탄을 던지지 못한다. 수류탄을 던지면 위치가 발각돼 죽을까 봐. 수류탄을 던지지 못했던 비겁함은 살아남은 끼엔에게 가장 아픈 트라우마로 남는다.

"내가 경험한 이야기는 아닙니다. 전쟁 때 여군들이 생포되면 전부는 아니더라도 미군에게 강간당한다는 얘기가 많았어요. 그 얘기를 쓴 거죠."

영화 〈지옥의 묵시록〉 〈디어 헌터〉 〈택시 드라이버〉 〈람보〉 〈플래툰〉 등은 베트남전쟁을 주제로 한 미국영화다. 지금까지 베트남전쟁에 대해 알고 있는 정보는 미국의 시각을 통한 것이었다. 우리는 우리가 오리엔탈이면서 오리엔탈리즘적 시각에서 베트남을 소비해왔다. 이 영화들은 전쟁에 참여했던 미국인들이 겪는 내면의 싸움이며, 자기 치유 방식이다. 미국인이 겪는 베트남전 트라우마가 이 영화들의 주제다. 그나마 박영한의 『머나먼 쏭바강』, 안정효의 『하얀 전쟁』, 황석영의 『무기의 그늘』이 우리의 입장에서 전쟁이 파괴한 인간을 그리고 있다.

한편 『전쟁의 슬픔』에는 영웅이 없다. 도박과 환각에 빠진 베트남 병사들이 등장한다. 짐승으로 오인해 민간인을 사살하는 장면도 나오기에, 베트남 정부로서는 지금도 꺼림칙한 소설이다. 1995년 런던 인디펜던츠 번역 문학상, 1997년 덴마크 ALOA 외국문학상, 2011년 일본경제신문 아시아 문학상 등을 받았지만, 정작 베트남 정부로서는 감추고 싶은 금서禁書였다. 베트남 학생들은 지금도 이 소설을 잘 모른다. 한국에 온 베트남 유학생에게 물어보면 외국에서 이 소설이 유명하다는 사실을 한국에 와서야 알았다는 학생도 있다.

그의 건강을 염려하는 사람들이 많다. 주인공 끼엔처럼 그는 아직도 악몽으로 괴로워하는 걸까. 이만큼 끔찍한 소설을 쓴 사람이 정상인으로 살 수 있을까. 그에게 베트남 파병을 다녀와서 매일 군인 수통에 소주를 넣어 마시고, 군용 단도를 차고 다니면서 주변 사람을 위협하는 등 평생 트라우마에 시달리다가 돌아가신 한국인 얘기를 전했다.

"많이 회복됐어요. 글을 쓰는 창작 활동이 치료에 도움이 되지요. 그래요. 그럴 거예요. 전쟁 후 베트남 사람들은 그래도 주변에서 대화도 하고 함께 울어주고 그러는데 미군이나 한국군은 더 심하게 트라우마를 겪었을 거예요. 미군이나 한국군은 낯선 타국에서 전쟁의 비극을 겪은 것이죠. 베트남 군인은 함께 전쟁을 겪은 베트남 사람들이 위로해주고 풀 수 있었는데, 미군이나 한국군은 아무도 공감해주지 않았을 거예요. 대화 상대도 없으니 몸부림치다가 죽어갔을 거예요."

이제 가장 궁금한 질문을 던졌다. 전쟁의 트라우마로 방황하던 그는 어떻게 작가의 길을 선택했을까.

"어렸을 때부터 책 읽는 것을 좋아했어요. 교수였던 아버지는 작가 친구들이 많이 있었어요. 그분들은 전쟁 무용담이나 문학작품 얘기를 많이 했죠. 군에 입대하고 6년 동안 전쟁터에 있느라 글을 잊었지요. 전쟁 끝나고 돈을 벌러 다녔는데, 아버지 친구들이 글재주가 있다며 칭찬해주서서 문예창작학과에 들어간 거죠. 처음엔 전쟁 중 청년들의 연애 이야기를 쓰려고 했는데 가장 깊은 체험이 전쟁이었기에 전쟁소설을 쓴 겁니다."

그에게 글쓰기는 슬픔을 극복하는 생존 방식이었다. 통일을 경험한 베트남 작가로 한국인에게 전할 말씀을 부탁드렸다.

"베트남은 무력 통일이었기에 승자 북베트남과 베트콩이 남베트남 체제를 완전히 바꿔 놓았어요. 통일 후 갈등이 컸어요. 남베트남 사람 중 재산을 빼앗긴 사람들은 보트피플로 망명했어요. 전쟁을 통한 통일은 가짜 통일이에요. 진짜 통일은 평화를 통한, 대화를 통한 통일이에요. 기다리는 시간이 중요해요. 하나씩 하나씩 해결해나가는 인내가 필요해요."

바오 닌과 베트남 문학은 이제 우리가 주목해야 할 텍스트다. 다음 해에 베트남 문학과 교류를 추진하기 위해 베트남에 가볼 요량이라고 말씀을 드렸다.

"2000년에 소설가 이문구 선생이 작가회의 회장이었을 때 베트남 작가회의와 결연을 했어요. 경제협력은 많이 하는데 문학 쪽 교류는 거의 없는 편이죠. 가와바타 야스나리, 오에 겐자부로, 무라카미 하루키 등 일본 문학이 많이 번역되는데 한국 문학 번역은 고은, 방현석, 김영하 외에 뜸해요."

"깜언 깜언(정말 감사합니다)."

배운 표현을 그제야 써봤다. 기회 있을 때마다 조금씩 베트남 말을 써봐야겠다. 해물탕이 많이 남았는데 더는 먹을 수 없었다. 위장이 아니라 마음이 쓰렸다.

아차, 지금까지 그의 이름을 쓰지 않았다. 그의 필명은 사람 이름이 아니라 땅의 이름이다. 개울물도 낮은 신음 소리를 내며 흐르는 베트남의 지명이다. 국제적인 인물로 적지 않은 인세를 받아 서방으로 이민 갈 수도 있었을 텐데, 전쟁 중 정글에서 자던 병사처럼 지금도 허름한 곳에서 노숙자처럼 살아야 편하다는 그, 그의 선조가 견디며 살던 땅의 이름이다. 1952년생 바오 닌.

▶ 유튜브 〈바오 닌「물결의 비밀」-베트남 소설〉 참조

7 계기적 사건은
작은 물결로 번진다

부조리한 삶을 이해하기 위한 문학적 시도

오늘 엄마가 죽었다. 아니 어쩌면 어제.

알베르 카뮈 『이방인』●

싸구려 장신구는 잠시 반짝이지만, 액세서리가 아닌 몸을 잘 수련시킨 사람은 그 자체로 멋있다. 좋은 첫 문장은 값싼 액세서리 같지 않고, 소설 전체를 감싼다. 첫 문장이 소설의 결말을 이미 이끈다.

오늘 엄마가 죽었다. 아니 어쩌면 어제. 양로원으로부터 전보를 한 통 받았다. '모친 사망, 명일 장례식. 근조(謹弔).'

다섯 문장이 감정적 표현을 배제하고 들어차 있다. 구차한 형용사나 부사 없이 주어, 목적어, 서술어만으로 가득하다. 카

● 알베르 카뮈, 『이방인』, 김화영 옮김, 민음사, 2019.

뮈(1913~1960)의 문체는 강력하다. 필요 없는 것은 말하지 않는 짧고 딱 떨어지는 문체. 문체는 그 자체로 뫼르소의 성격을 드러낸다. 문체는 소설의 내용과 하나가 되어, 그 아름다움 혹은 비극성을 배가시킨다. 절제하며 많은 것을 드러낸다고 할 수 있겠다. 소설을 다 읽고 접어둔 부분을 다시 읽으며 몇 구절을 필사했다.

첫 문장에 나오는 **"오늘"**이라는 단어는 카뮈가 마주 대했던 부조리한 세상이다. 카뮈는 과거나 미래를 보기 이전에 '오늘 이 땅'을 직시하는 작가다. '지금 여기'에서 우리가 마주치는 현실은 부조리한 세계다. 그 부조리에 패배하여 자살하거나 추상적 신앙으로 도피하는 삶을 카뮈는 싫어한다.

『이방인』의 마지막 장면에서 신부가 회개하라고 할 때, 뫼르소가 투쟁하듯 거부했던 까닭은 신부가 '지금 여기'를 말하지 않고, '내일의 하늘나라'를 말하기 때문이었다. 뫼르소는 **"나는 하느님을 믿지 않는다"**고 신부에게 답하며 분노한다.

그때, 왜 그랬는지 몰라도, 내 속에서 그 무엇인가가 툭 터져 버리고 말았다. 나는 목이 터지도록 고함치기 시작했고 그에게 욕설을 퍼부으면서 기도를 하지 말라고 말했다. 나는 그의 사제복 깃을 움켜잡았다. 기쁨과 분노가 뒤섞인 채 솟구쳐 오르는 것을 느끼며 그에게 마음속을 송두리째 쏟아 버렸다. 그는 어지간히도 자신만만한 태도다. 그렇지 않고 뭐냐? 그러나 그의 신념이란 건 모두 여자의 머리카락 한 올만한 가치도 없어, 그는 죽은 사람처럼 살고 있으니, 살아 있다는 것에 대

한 확신조차 그에게는 없지 않으냐? 보기에는 내가 맨주먹 같을지 모르나, 나에게는 확신이 있어. 나 자신에 대한, 모든 것에 대한 확신. 그보다 더한 확신이 있어. 나의 인생과, 닥쳐올 이 죽음에 대한 확신이 있어. 그렇다, 나한테는 이것밖에 없다. 그러나 적어도 나는 이 진리를, 그것이 나를 붙들고 놓지 않는 것과 마찬가지로 굳게 붙들고 있다. 내 생각은 옳았고, 지금도 옳고, 또 언제나 옳다.

사제와 대화하다가 폭발한 뫼르소. 이 작품 전체에서 이만치 흥분한 상황은 없다. 소설 전체에서 뫼르소는 말이 없고 무거운 사람이다. 그러다 죽음 앞에 서고, 또 신부가 자신이 싫어하는 하늘나라를 권하자 그는 절규한다.

첫 문장의 **"엄마"**라는 주어는 카뮈에게 너무도 중요한 단어다. 카뮈를 생각할 때, 알제리에서 태어난 백인, 즉 '피에 누아르Pieds-noirs'이자 청각장애를 가지고 있었던 어머니를 빼놓을 수 없다.

카뮈는 알제리에서 '피에 누아르'로 태어났다. 프랑스 식민지였던 알제리로 이주한 프랑스인과 그 2세들을 '피에 누아르'라고 불렀다. 일본이 조선을 식민지로 삼았을 때, 조선에서 태어난 일본인을 '반조센징'이라 했던 것과 비슷하다. '검은 발'이라는 뜻의 피에 누아르는 1830년대 침공한 프랑스군의 검은 장화, 또는 포도밭에서 일할 때 신는 검은 신발과 관계있으리라 추측한다. 피에 누아르의 입장은 다양했다. 대다수가 프랑스의 알제리 통치를 유지하는 데 찬성했지만, 알제리 독립에

협조한 피에 누아르도 있었다. 피에 누아르였던 카뮈의 대표작 『이방인』과 『페스트』의 배경은 모두 알제리다.

알제리는 카뮈가 독특한 생각을 하게 한다. 1954년부터 1962년까지 알제리 독립전쟁이 일어났을 때 카뮈는 난처한 입장에 처한다. 프랑스의 좌파 지식인들은 대부분 알제리의 독립을 응원했는데, 카뮈는 프랑스령을 그대로 유지하면서 알제리인의 자치를 허용하자는 입장이었다. 당연히 회색분자라는 비판을 받았다.

카뮈의 아버지는 카뮈가 태어나고 1년 뒤 1914년 제1차 세계대전에서 전사했고, 어머니는 청각장애인이었다. 카뮈에게 어머니는 소중한 존재였다. 1950년대 알제리 독립전쟁 중 알제리에는 아직 카뮈의 어머니가 살고 있었다. 노벨문학상 수상 연설에서 카뮈는 '나도 정의의 편이지만 정의와 내 어머니를 놓고 선택하라고 한다면 어머니를 선택하겠다'고 말한다.

다시 소설로 돌아와 뫼르소는 버스에서 졸면서 빈소로 향한다. 더 충격인 것은 장례식장에서 엄마의 마지막 얼굴을 보겠냐는 질문에 대한 답이다. **"안 보시렵니까?"**라는 질문에 **"네"**라는 말을 툭 내뱉는다. 엄마의 빈소에서 담배를 피우고 밀크커피를 마신다. 시신을 안치하러 이동하는 도중에는 햇살 아래서 더위를 참지 못하여 그곳에서 빨리 벗어날 궁리만 한다. 장례식장을 다녀와서는 검은 넥타이를 맨 자신을 보고 놀란 여자친구를 향하여 아무렇지도 않게 **"엄마가 죽었어"**라고 말한다.

그러고는 아무 일 없다는 듯이 수영하고 섹스한다. 도대체 이런 무도한 자가 또 있단 말인가. 이런 자의 독백을 왜 읽어줘야 하는가.

피에 누아르, 알제리 출신, 청각장애인 어머니라는 항목은 카뮈를 이방인으로 살게 했다. 아니 그 자신이 주류의 자리에서 벗어나고자 했다. 그는 소설 이전에 이미 '이방인'이었다.

북아프리카 알제리 해변의 모래사장……. 태양은 사정없이 내리쪼인다. 그러나 아랑곳없이 출렁이는 바닷물은 상쾌하다. 바다로 향하는 사람들은 달구어진 백사장 위를 경중거리며 달린다. 바람 한 점 불지 않는다. 이마에는 땀방울이 송글송글 맺힌다. 눈썹가로 흐르는 땀방울이 눈가에 스며든다. 눈이 따갑다. 저놈의 태양……. 눈을 가늘게 찡그리며 태양을 쳐다본다.

뫼르소는 살인의 동기를 해명하도록 요청받았을 때 우스꽝스러운 대답인 줄은 알지만 **"그것은 태양 때문이었다"**라고 말한다.

다시 한번 붉은 바닷가 모래밭이 눈에 선하게 떠올랐고 이마 위에 타는 듯 뜨거운 햇살이 느껴졌다.

내가 『이방인』에 공감을 느끼기 시작한 것은 일본이라는 이국에 가서 이방인의 삶을 경험하면서부터이다. 아무도 관심 없어 하고 모른다 하는 상황이 나에게 반복되었다. 친구나 친척처럼 가까운 이들이 어떻게 지내는지도 잘 모르는 상황이었다.

일본을 이해할 수 없었던 나는 점점 '일본의 이단아'가 되어갔다. 이방인으로서 나에게는 일본 문화가 맞지 않았다. 일본인들의 습관 중 몇 가지는 내게 지나치게 답답할 때도 있었다.

그러다가 인간 자체가 이방인이라는 것에 공감하기 시작했다. 하이데거가 말한 것처럼 우리는 이 부조리한 세상에 던져진 피투被投의 존재들 아닌가. 자기가 처한 세상에 만족할 수 없는 인간은 무기력해지고 무관심에 빠진다. 타인은 물론 나 자신조차 이해할 수 없다. 부조리한 세계에서 포기하지 않고 살기란 쉽지 않다. 견디며 반항하기란 더욱 어렵다. 이 부조리한 세상을 극복하려면 우리는 기투企投, 곧 '나'를 기획企劃하여 던져야投 한다.

첫 문장에 **"죽었다"**는 단어도 나온다. 『이방인』은 죽음에서 시작하여 죽음으로 끝난다. 세 가지 죽음이 나온다.

첫 번째 죽음은 양로원에서 생활하던 엄마의 자연사다. 뫼르소는 엄마의 죽음 앞에서 철저한 방관자의 모습을 보여준다. **"오늘 엄마가 죽었다. 아니 어쩌면 어제"**라는 충격적인 첫 문장만큼 뫼르소의 방관자와 같은 태도를 잘 보여주는 장면은 없을 것이다. 뫼르소는 어머니의 장례를 치른 다음날 연인인 마리와 영화를 보고 정사를 나눈다. 뫼르소는 어머니의 죽음을 마치 타인의 삶에서 일어난 비극처럼 무감각하게 받아들인다. 이 방관자의 태도는 작품의 마지막에서 뫼르소가 사형선고를 받는 데 중요한 증거로 작용한다.

두 번째 죽음은 바닷가에서 일어난 살인이다. 뫼르소는 바닷가에서 칼로 자신을 위협하는 아랍인에게 총을 다섯 발 쏘아 죽여버린다. 체포된 뫼르소는 법정에서 햇빛 때문에 쏘았다고 변명하는 방관자의 태도를 보여준다. 뫼르소는 자기 삶에는 이방인처럼 행동하면서 타인의 삶에는 너무나 깊은 흔적을 남기는 무책임한 사람으로 보인다.

첫 문장의 **"아니 어쩌면 어제"**라는 표현은 자신을 성찰하지 않는 뫼르소를 보여준다. 이 소설은 인간이 자신을 어떻게 성찰하게 되는지, 그 변화를 보여준다. 1부에서 뫼르소는 오직 자신의 잣대로 사는 사람이다. 마리가 '나를 사랑하느냐'고 물으니까, 사랑하는 것 같지는 않지만 마리가 원한다면 결혼할 수 있다고 한다. 이게 뭔 말인지. 뫼르소는 오직 본인의 욕구대로 사는 사람이다.

이 차가운 태도는 어디에서 왔을까. 카뮈에게 부조리한 인간이란 어떤 인간일까. 철학 에세이 『시지프 신화』(1942)에서 카뮈는 부조리한 인간이란, '살아있는 시간 속에서 모험을 추구'하며, 행위에 뒤따르는 '결과의 연쇄를 감정이 섞이지 않은 담담한 태도로 고찰해야 한다고 판단'하는 인간이다.

카뮈의 고등학생 시절 프랑스어 교사였던 폴 마티외Paul Mathieu는 프랑스어 작문 숙제에서까지 정신없이 철학을 하던 특수학교 입시반의 카뮈를 기억하고 있는데, 카뮈에게 니체는 법이자 예언자였고, 카뮈는 모든 화제에, 심지어는 화제와 상관없어도 니체를 인용했다고 한다. 청소년기 인생에 대해 고뇌만을 거듭하던 카뮈는 니체의 영향으로 염세주의적이고 허무주의적인 무無에 접근한다. 그 결과물이 소설『이방인』, 초기 에세이「표리」「결혼」「여름」으로 이 작품들의 무미건조하고 중립적인 문체는 불교적인 무의 사고와 관계가 있다.

세 번째 죽음은 뫼르소가 감옥에서 받는 사형선고다. 이 단계에서 뫼르소는 앞에서 보여준 것과는 확연히 다른 태도를 보여준다. 죽음에 직면하여 뫼르소는 비로소 서서히 헐벗은 자신의 실존을 깨닫고 주체로 거듭나기 시작한다. 사르트르가 지적했듯이 뫼르소는 소설의 마지막 페이지에 가서 실존에 대한 깨달음을 얻기에 이른다. 죽음 가까이에 가서야 자신의 실존을 깨닫는다.

『이방인』은 죽음으로 꽉 찬 소설일까. 죽음을 권유하는 소설일까. 아니다. 이 소설 마지막에서 뫼르소는 우주에 존재하는 행복을 찬미한다.

들판의 소리들이 나에게까지 올라오고 있었다. 밤 냄새, 흙냄새, 소금 냄새가 관자놀이를 시원하게 해 주었다. 잠든 그 여름의 그 희한한 평화가 밀물처럼 내 속으로 흘러들었다. 그때 밤의 저 끝에서 뱃고동 소리가 크게 울렸다. 그것은 이제 나와는 영원히 관계가 없어진 한 세계로의 출발을 알리고 있었다. 참으로 오래간만에 처음으로 나는 엄마를 생각했다. 엄마가 왜 한 생애가 다 끝나 갈 때 '약혼자'를 만들어 가졌는지, 왜 다시 시작해 보는 놀음을 했는지 나는 이해할 수 있을 것 같았다. (…) 마치 그 커다란 분노가 나의 고뇌를 씻어 주고 희망을 가

시게 해 주었다는 듯, 신호들과 별들이 가득한 그 밤을 앞에 두고, 나는 처음으로 세계의 정다운 무관심에 마음을 열고 있었던 것이다. 세계가 그렇게도 나와 닮아서 마침내는 형제 같다는 것을 깨달으면서, 나는 전에도 행복했고, 지금도 행복하다는 것을 느꼈다. 모든 것이 완성되도록, 내가 덜 외롭게 느껴지도록, 나에게 남은 소원은 다만, 내가 사형 집행을 받는 날 많은 구경꾼들이 와서 증오의 함성으로 나를 맞아 주었으면 하는 것뿐이었다.

소설 전체가 죽음으로 가득 차 있기에 죽기 직전에 펼쳐지는 행복의 찬가는 느닷없고 역설적이다. 죽음 앞에서 뫼르소는 어머니를 이해한다. 관습적 세계에서 벗어날 때 우리는 오히려 행복을 느끼지 않는가. 자살은 카뮈가 절대 반대했던 도피 행위였다. 『이방인』과 같은 시기에 썼던 『시지프 신화』는 자살에 대한 검토로부터 시작한다.

카뮈는 1942년 『이방인』에서 개인적인 죽음의 세계를 다룬다. 세계에 압도되어 어찌할 줄 모르는 이방인 뫼르소가 등장한다. 카뮈의 실존주의가 '반항하는 우리'의 개념으로 바뀐 것은 『이방인』을 쓰고 5년 뒤에 발표한 후기 문학 『페스트』에서 확인할 수 있다. 1951년 작품 『반항하는 인간』에 이르러 반항하는 인간 실존이 완성된다.

▶   유튜브 〈카뮈, 『이방인』 첫 문장 "오늘 엄마가 죽었다"〉 참조

고통 앞에서 물러서지 않는 단독자들

이 연대기가 주제로 다루는 기이한 사건들은 194×년 오랑에
서 발생했다.

알베르 카뮈 『페스트』[•]

"이 연대기(chronique)"라는 표현은 이 소설이 철저하게 보고문
학으로 작성될 거라는 암시를 준다. 연대기年代記란 중요한 사건
을 연대순으로 적은 기록을 뜻한다. 『페스트』를 '연대기'라 하
지만, 시간의 흐름에 따라 쓴 것이 연대기적일 뿐 이 작품은 서
술자와 등장인물이 살아 움직이는 소설이다.

　"기이한 사건"은 너무도 평범한 곳에서 발생한다. 사스가 화
난에서, 메르스가 중동에서, 코로나19가 우한에서 발생했다는 말
처럼, **"기이한 사건들은 194×년 오랑에서 발생했다"**라는 표현은 이
소설이 실화實話에 바탕을 둔 듯 강한 이미지를 준다. 페스트가 일
어난 장소는 전염병과 어울리지 않는 평범한 도청 소재지 오랑이

[•]　알베르 카뮈, 『페스트』, 김화영 옮김, 민음사, 2011.

다. 죽음의 돌림병은 평범한 장소에서 평범한 아침에 다가온다.

첫 장에서는 일상성, 습관, 권태에 매몰되어 있는 오랑의 풍경을 드러낸다. 이 평범하고 권태로운 풍경은 자원 보건대에 참여하여 부조리에 투쟁하는 인물이 있어도 변하지 않는다. 인간은 변해도 풍경은 변하지 않는다. 서언이 끝나면 이야기가 본격적으로 시작된다. 이 작품은 작열하는 태양에 대한 묘사가 인상적이다. 『페스트』 앞부분에 **"여름에는, 아주 바싹 마른 집에 불을 지를 듯이 해가 내리쬐서 벽이란 벽은 모두 흐릿한 재로 뒤덮인다"**라는 표현이 나오는데, 이 작품에서 태양은 피할 수 없이 뜨겁게 다가오는 운명과도 비교할 수 있겠다. 마치 운명을 '정오의 시간'으로 명명했던 니체를 떠올리게 한다.

1940년대의 어느 날, **"알제리 해안에 면한 프랑스의 한 도청 소재지"** 오랑에서 페스트가 발생한다. 4월 16일 진찰실을 나서다 층계 한복판에서 죽어 있는 쥐를 주인공인 의사 베르나유 리유가 발견한다. 건물 복도에서도 붉은 피를 토한 채 웅크린 쥐가 발견된다. 금세 죽은 쥐가 급증해 하루에 6,231마리나 소각된다. 이후 오랑은 완벽하게 고립된다.

이 작품에는 카뮈가 제시하는 모범적인 인간 유형들이 나온다. 첫 번째 인물은 페스트에 목숨 걸고 맞서는 의사 리유의 '투쟁적 유형'이다. 병든 아내를 멀리 요양원으로 보낸 35세쯤 되는 의사 리유는 노모老母를 모시고 산다.

서른다섯 살쯤 되어 보인다. 중키, 딱 벌어진 어깨, 거의 직사각형에 가까운 얼굴, 색이 짙고 곧은 두 눈이지만 턱뼈는 불쑥하게 튀어나왔다. 굳센 콧날은 고르다. 아주 짧게 깎은 검은 머리, 입은 활처럼 둥글고, 두꺼운 입술은 거의 언제나 굳게 다물고 있다……. 늘 모자를 쓰지 않는 맨머리다. 세상사를 훤히 다 꿰뚫어 보고 있는 듯한 표정.

리유는 보건위원회를 열고 "**중요한 것은 어휘의 문제가 아니라 시간의 문제**"라며 치열하게 페스트와 싸운다. 카뮈의 실존주의 철학으로 알려진 "나는 반항한다. 그러므로 우리는 존재한다Je me révolte, donc nous sommes"라는 정신이 가장 잘 드러난 작품이 『페스트』다. 카뮈의 세계관을 간단히 정의하면, '고독한solitaire 나je'가 '연대하는solidaire 우리nous'로 변해야 한다는 것이다. 여기서 우리라는 단어는 '깨달은 다중'을 뜻한다. 부조리한 세계에 대항하는 '다중의 반항'을 이끈 인물이 의사 리유다.

1년 뒤 오랑이 페스트에서 해방됐을 때 리유는 아내의 사망 소식을 듣는다. 리유는 기자 랑베르에게 말한다.

"모든 일은 영웅주의와는 관계가 없습니다. 그것은 단지 성실성의 문제입니다. (…) 페스트와 싸우는 유일한 방법은 성실성입니다."

"성실성이 대체 뭐지요?" 하고 랑베르는 돌연 심각한 표정으로 물었다.

"(…) 그것은 자기가 맡은 직분을 완수하는 것이라고 알고 있습니다."

의사 리유나 기자 랑베르는 영웅 의식으로 페스트와 싸웠던 것이 아니다. 그들은 인간으로서 고통의 진원지에서 성실하게 싸웠다.

두 번째 인물은 '반항하는 인물' 장 타루다. 타루는 외지인이고 여행객일 뿐인데 가장 먼저 자원봉사에 나서고 보건대를 조직한다.

그래서 나는 자원 보건대를 조직하는 구상을 해 보았습니다. 제게 그 일을 맡겨 주시고, 당국은 빼 버리기로 합시다. 게다가 당국은 할 일이 태산 같습니다. 여기저기 친구들이 있으니, 우선 그들이 중심이 되어 주겠죠. 그리고 물론 나도 거기에 참가하겠습니다."

"잘 알았습니다." 리유가 말했다. "물론 기꺼이 받아들이겠습니다. 특히 의사가 하는 일에는 여러 사람의 협조가 필요합니다. 그 착상을 도청에서 수락하도록 만드는 것은 제가 책임을 지겠습니다. 사실 도청으로서는 찬밥 더운밥 가릴 때가 아닙니다. 그러나……"

리유는 생각을 해 보았다.

"그러나 이런 일을 하다가 생명을 잃을지도 모릅니다. 잘 아시겠지만요. 그러니 좌우간 알려는 드려야지요. 잘 생각해 보셨나요?

장 타루는 판사 아버지 덕에 유복하게 자랐지만, 아버지의 판결에 실망하여 집을 나와 떠돌이가 된 인물이다. 장 타루야말로 카뮈가 바라는 인간 유형이다.

세 번째 인물은 취재차 오랑에 왔던 기자 랑베르의 '깨닫는 유형'이다. 랑베르는 파리에서 취재차 왔다가 어처구니없게 오랑에 발이 묶인다. 탈출할 방법을 찾는데 도저히 방법이 없다. 그러다가 끝내, **"혼자만 행복하다는 것은 부끄러울 수 있는 일"**이라며 페스트에 맞서기로 한다.

2020년 전 세계에 코로나 바이러스가 퍼졌을 때, 한국의 한 신문사 기자가 쓴 '우한 탈출기'를 읽고 이해하기 힘들었다. 몇 편의 우한 기사를 읽으며, 그쪽 사정을 알려줘서 고마우면서도 갸우뚱했다. 글 곳곳에 중국인을 향한 혐오, 무시가 들어 있었다.

기자는 글 쓰는 것이 실천이다. 그 기자가 쓴 기사에 날것으로 드러난 욕망을 이해하려 했지만, 기사 제목에 나오는 "우리 차 뒤로 수십 대가 따라 왔다"라는 부분이나 우한 통제를 어기는 내용 등 위험한 언급이 한둘이 아니었다. 그 기자가 이후 어떤 글을 쓸지 모르나 『페스트』에 나오는 기자 랑베르와는 다른 태도다. 랑베르 같은 기자가 돼달라는 요구가 아니라, 랑베르 같은 기자도 있다는 말을 하고 싶다.

네 번째 인물은 시청 직원으로 '글쓰기로 세상에 맞서는 유형'인 그랑이다. 원래 그랑의 유일한 낙은 소설 쓰는 것이었다. 박봉에 이혼까지 당한 늙은 말단 공무원 그랑은 아내를 그리워하며 쓰던 엉터리 소설을 접고, 페스트 환자의 명부와 전염병의 상황을 기록한다. 그랑은 소설이 아니라 르포르타주를 쓰면서 페스트의 극복을 위해 헌신한다.

네 인물은 모두 페스트(운명)에 맞서는 방향으로 향한다. 부조리한 시대, 인간에게 닥치는 재난에 맞서 인간이 어떻게 행동해야 할까 하는 '다중의 반항', 곧 카뮈의 사상이 네 인물 유형에 담겨 있다. 투쟁이든 초월이든 도피든, 마침내 부조리한 운명에 반항하는 실존으로 표상된다. 이들은 자원 보건대를 조직하여 공동선을 실천한다.

카뮈 문학에서 페스트는 단지 질병만을 상징하는 것이 아니다. 파시즘, 전쟁, 나치즘, 자본주의적 부조리, 종교적 폭력 등 카뮈가 페스트로 여기는 부조리한 권력은 너무도 많다. 이런 부조리에 대항하여, 카뮈는 『반항하는 인간』에 나오는 '반항인'처럼 '아니오non'라고 말해야 한다고 정의한다.

졸저 『곁으로』에서 나는 고통의 구심점으로 향해야 건강한 사회를 이룰 수 있다고 썼다. 그 생각이 『페스트』에도 담겨 있다. 페스트에 나오는 인물들은 고통의 구심점 곁으로 가서 함께 싸운다.

고통의 진원지로 향했던 수많은 기자와 예술가 들을 생각해본다. 스페인 독재정치에 항거하는 인민과 함께 하려고, 소설가 조지 오웰, 헤밍웨이, 화가 피카소, 사진작가 로버트 카파 등이 고통의 진원지로 향했다. 코로나19 시기 우한으로 향했던 기자들도 있었다.

『페스트』에는 의인만 등장하지 않는다. 이 비극을 다행으로 여기는 사람도 등장한다. 범죄인 코타르가 페스트로 형 집행이 연기되어 다행으로 생각하듯, 코로나 바이러스로 마치 한 기회 잡으려는 인간 유형도 없지 않았다.

카뮈는 1942년에 『이방인』 『시지프 신화』, 5년 뒤 1947년에 『페스트』를 발표한다. 카뮈가 1957년 노벨문학상을 받았다고 그를 기억하자는 것이 아니다. 카뮈가 『페스트』에 그려낸 의사, 신부, 신문기자, 공무원은 모두 무기력하다. 무기력하기에 더욱 악착같이 페스트(운명)에 맞선다. 그들은 '고통의 구심점 곁으로' 가는 인간들이었다.

▶ 유튜브 〈카뮈 『페스트』(1회) 첫 문장과 '피에 누아르'〉 참조
    유튜브 〈카뮈 『페스트』(2회) 4인의 사마리아인〉 참조
    유튜브 〈카뮈 『페스트』(3회) 단절/추상/일상/성실〉 참조

개인적인 경험에서 포착한 시대의 공기

시외버스는 끝없이 달렸다.

기형도 「영하의 바람」[•]

기형도(1960~1989)는 본래 탁월한 산문가였다. 대학 시절 그는 소설 「영하의 바람」으로 〈연세춘추〉 박영준 문학상에 입선하기도 했다. 『기형도 전집』 뒷부분에 소설 여덟 편이 실려 있는데, 가장 처음 실린 「영하의 바람」 첫 문단을 보자.

"시외버스는 끝없이 달렸다"라는 첫 문장은 정거장이 없는, 다시는 돌아갈 수 없는 삶을 암시한다. 목적지가 있건 말건 삶은 그저 앞으로만 가야 하는 일방통행 길이다. **"길 옆으로 바퀴에 밟혀 흩어지는 흙먼지가 뽀오얗게 차창을 가렸다"**라는 이어지는 표현은 **"끝없이"** 달려야만 하는 전망 없는 세계를 의미한다. 화자의 시야를 가린 흙먼지는 전망이 부재한 세계를 암시한다.

[•]　　기형도, 「영하의 바람」, 『기형도 전집』, 문학과지성사, 1999.

소설이나 산문을 쓸 때 첫 문장, 첫 단락은 대단히 중요하다. 「영하의 바람」을 보면 기형도가 소설 공부를 오랫동안 했다는 흔적을 볼 수 있다. 첫 문단에서는 가장 먼저 전망 없는 내일을 암시하고, 두 번째 문단에서는 세 명의 인물을 간단하게 제시한다. 엄마, 목사님, 현희 누나다.

가장 먼저 엄마가 등장한다. **"가방 속에는 엄마가 넣어준 빵과 과자가 들어 있었"**다는 문장은 중학교 교과서에 실려 있는 기형도의 시 「엄마 걱정」을 떠올리게 한다. 시집 『입 속의 검은 잎』맨 뒤에 실린 이 시에는, 시장에 나간 엄마를 기다리며 "찬밥처럼" 방에 담겨 혼자 훌쩍거리는 아이가 화자로 등장한다. 돌아오지 않는 엄마를 기다리는 아이의 마음은 "안 오시네" "엄마 안 오시네" "안 들리네"라는 부정어로 반복된다. 엄마는 "배춧잎 같은 발소리 타박타박"으로 존재하고, 아이가 겪고 있는 외부는 "어둡고 무서"운 상황이다. "금 간 창틈으로 고요히 빗소리"로 상징되는 외부를 경계한다. 2연에는 성인이 된 지금도 "내 눈시울을 뜨겁게 하는" 그 시절을 "내 유년의 윗목"으로 표현한다. 어린 시절 그 기억이 화자에게 가슴 깊이 새겨져 있기 때문일 것이다. 기형도의 시에서 "열무 삼십 단"은 어머니의 삶을 누르는 피곤의 무게일 것이다.

다음은 목사님이 등장한다. **"앞에 앉은 김 목사님은 차 타고 나서부터 죽 말이 없으셨고"**라고 했는데, 시 「우리 동네 목사님」에도 목사님이 등장한다. 기형도가 다섯 살 때였던 1965년 육지로 이사 오면서 가족 모두 교회를 다니기 시작한다. 소하리,

그러니까 지금의 광명시 안동네에 있는 교회를 일곱 살 위의 큰누이 손을 잡고 나갔다고 한다. 이 시는 특별한 해석이 필요치 않을 만큼 산문적이다. 예수는 생활로 진리를 보였고, 바리새인들은 경전으로 종교를 팔았다. 기형도 시인은 "성경이 아니라 생활에 밑줄을 그어야 한다"고 전했다. 말씀을 혀로 말하기 전에 삶으로 증언하고, 말씀대로 생활에 임할 때 혀로 말하고 글로 쓰자는 뜻이다.

세 번째로 등장하는 인물은 현희 누나다. 현희 누나는 도대체 **"말이 없"**다. 소설 앞부분에서 주인공이 현희 누나와 고아원으로 가면서 묻는다.

"멀미 나?"
내가 힘없이 물었다. 누나는 잠자코 있었다. 얼굴이 점점 새하얘졌다.
"괜찮아."

이 부분은 작가의 무의식을 반영한다. 실제 셋째 누나에게 비극적인 사건이 있었다. 기형도의 셋째 누나가 고등학교 2학년 때 비참한 사건으로 사망한다. 2주 뒤 잡힌 범인은 남매가 함께 다니던 교회의 청년 신도였다고 한다. 당시 중학교 3학년생으로 사춘기 소년이던 기형도에겐 이 사건이 평생의 트라우마로 남는다. 독실한 크리스천이던 기형도는 이후 종교를 버렸고, 그 대신 염세적 실존주의 철학자라 할 쇼펜하우어와 키르

케고르의 철학에 빠져들었다는 증언도 있다.* 셋째 누나는 죽은 인물을 소설에 등장시킨 사후주체의 화자로 보인다.

소설은 다시 배경을 말한다. **"소사가 가까워올 때"**라는 구절이 있는데, 소사로 가는 까닭은 거기에 고아원이 있기 때문이다. 소설에서 **"구정을 쇠고 이틀 후에"** 아버지가 쓰러져 중풍 환자가 된다. 어느 해 **"냇가 건너 밭은 아버지 입원비로 헐값에 팔린 채"** 아버지는 가족의 품을 떠난다. 이 이야기는 기형도 시인 가족이 겪은 실화다. 기형도가 중학교 2학년 때인 1969년 아버지가 중풍으로 쓰러지고, 어린 기형도는 지독한 가난 때문에 누나와 고아원에 가야 했다. "그해 늦봄 아버지는 유리병 속에서 알약이 쏟아지듯 힘없이 쓰러지셨다."(「위험한 가계·1969」)고 시에는 아버지가 쓰러진 시점을 늦봄이라 썼는데, 소설에서는 아버지가 **"구정을 쇠고 나서 이틀 후에"** 쓰러졌다고 적혀 있다.

중풍으로 쓰러지고 누이들이 모두 노동해야 하는 가족은 아이에게, 또 그 아픔을 지니고 자란 청년에게는 너무도 가혹했다. 1980년대 노동시와 투쟁시의 현장이 따로 있는 것이 아니라, 살고 있는 가족 자체가 노동과 투쟁의 현장이었을 것이다.

'소사성육원'은 버스 정류장에서 그리 멀지 않았다. 김목사님은 아치 모양의 함석으로 테를 두른 고아원 정문을 눈짓으로 가리키셨다.

•　　권재현,「기형도 시의 원점은 1975년 5월 16일 누이의 죽음에서 찾아야」,〈주간동아〉, 2018.

소설에 '소사성육원'이라는 명칭이 명확히 나온다. '소사성육원'은 실제 있었던 고아원이다. 1954년 5월 이북에서 넘어온 고아 20여 명으로 고아원을 시작했고, 1957년 5월 27일 재단법인 산하 '소사성육원'이 아동복지시설로 인가받았다. 기형도가 갔던 고아원이 바로 지금 부천혜림원이라 불리는 소사성육원이었다.

1960년대 한국에서는 여러 사정으로 고아원에 보내지는 아이들이 적지 않았다. 꼭 부모가 없어야 고아원에 가는 것이 아니라, 부모가 아이를 부양할 수 없을 때도 아이는 고아원에 보내졌다.

소사, 현재는 부천 지역인 이곳은 도시도 농촌도 아니다. 기형도는 이 지역 사람들의 마음을 소수민의 정서로 표현한다. "가진 것 하나 없는"(「겨울, 우리들의 도시」) 이들은 중심부에 진입하지 못한 이주민, 수재민, 노동자 같은 주변인이었다. 현재는 지하철이 생기면서 중심부와 주변부의 차이가 급속히 줄어들었지만, 1960~70년대 변두리의 궁핍함이란, 눈에 선하다.

고아원에 갈 수밖에 없는 아이들의 마음이 무기력한 것은 어쩌면 너무도 당연했다. "나는 주어를 잃고 헤매이는 / 가지 잘린 늙은 나무가"(「병」) 되어, 스스로 '고아원 사내아이'라며 한 마음이 될 때 주인공 창후는 오히려 **"이제는 오히려 편안한 감정을 가질 수 있었다. 유대감, 좋은 단어, 서로 말은 없었지만 우리는 우리를 느꼈"**던 것이다. 빠른 시간에 고아원 아이들과 합류한다. 기형도는 이런 아이들의 미래에 대해 "아이들은 무럭무럭 자라 모두들 공장으로 간다"(「안개」)고 썼다.

소설의 끝에서, 빌어먹더라도 아이들과 함께 살겠다는 어머니가 고아원에 찾아와 집으로 돌아가자고 한다. 그때 현희 누나는 힘이 세다며, 웬만한 동갑내기 사내애들과 싸워 이길 수 있다며 고아원에 남겠다고 한다. 어쩔 수 없이 엄마와 '나'는 영하의 바람을 느끼며 집으로 향한다. **"시외버스는 끝없이 달렸다"**는 첫 문장이 고아원으로 향했다면, 이제는 소설의 마지막 부분에 같은 문장이 반복되며 고아원에서 집으로 향한다.

"시외버스는 끝없이 달렸다. 엄마는 옆자리에서 고개를 떨군 채 잠자고 계셨다. 차창 밖으로 먼지가 뽀얗게 올랐다." 마지막에 다시 나오는 문장에서 '나'는 고아원을 찾아온 엄마와 함께 버스를 타고 달리지만, 아이가 생각하기에는 이제부터 살아가야 할 나날이 "끝없는" 길 같고, "먼지가 뽀얗게" 오르는 전망 부재의 나날이다. 집으로 돌아가는 길 화자의 마음을 드러낸 마지막 문장은 비극적으로 아름답다.

신작로는 다시 맹렬한 기운으로 타오르기 시작했다. 창밖으로 똑같은 풍경들이 바람처럼 휙휙 스쳐갔다. 잘 있어, 잘 있어, 나는 중얼거리며 꿈꾸듯이 천천히 눈을 감았다.

위의 마지막 문장은 비극적이면서도 그 비극을 대하는 '나'의 자세가 담담하다. 제임스 조이스 작품에는 "아일랜드의 마비의 화신처럼 보이는 집"(「스티븐 히어로」) 등 '마비'라는 단어가 자주 등장한다. 조이스에게 '마비'라는 단어가 있다면, 기형도에게는 '안개'라는 단어가 있다. 유럽에서 가장 외진 지역에서 살아가는 더블린 사람들의 의식은, 기형도 작품에 나오는 서울 변두리 사람들의 의식과 비슷하다.

'마비'되어 살아가는 더블린 사람들에게서 제임스 조이스는 특이한 징후를 드러낸다. 이른바 '에피파니epiphany'다. 에피파니는 순간적으로 계시를 느끼는 직관적 경험을 의미한다. 갑자기 베일이 벗겨지듯이 신비가 드러나며 사물의 진실을 깨닫는 순간이다. '갑작스런 정신적 계시'로서 "천박한 언어나 일상에서" 너무도 쉽게 깨닫는 순간이다.

조이스는 『더블린 사람들』에서 더블린이 '마비라는 병폐'에서 깨어나기를 고대한다. 기형도의 시에는 안개와 먼지와 가난과 어둠이 서려 있다. 거기서 끝나지 않는 게 기형도 문학의 숨은 비밀이다. 가난과 어둠과 죽음은 빛을 향해 비밀스럽게 열려 있다. 그는 "미안하지만 나는 이제 희망을 노래하련다."(「정거장에서의 충고」)라고 썼다. 아주 극적인 반전을 이루는 표현들이다. 여기에 기형도식의 에피파니가 있다. 그의 시에서 어둠과 죽음은 희미한 에피파니를 강조하기 위해 동원된다.

"겨울은 언제나 우리들을 / 겸손하게 만들어 주십니다."(「램프와 빵」) 그의 시에는 겨울 이미지가 많다. 불우한 시절은 겨울 이미지들로 차갑다. 겨울의 설움은 힘겨운 삶을 겸허하게 만들고, 어둠의 절망에서 희망을 갖게 한다.

이 소설은 한 인물의 성장소설로 볼 수 있다. 고아원이라는 불행을 통과해야 하는 과정마저도 그는 비극적인 아름다움으로 바꾸어놓았다. 아울러 기형도 문학은 산업화 속에 변두리의 지난한 삶을 살아온 개인의 기록이자 주변인들의 서사이다. 민중문학을 말하는 1980년대 문학사에서, 기형도는 그 자신의 이야기로 변두리 민중의 이야기를 남겼다.

1985년 봄날 캠퍼스의 풀밭에서 기형도는 후배인 내게 말했다.

"시를 잘 쓰려면 산문을 정확히 써야 해."

그의 사망 후 30여 년이 지나 소설 「영하의 바람」을 읽는 체험은 미안하고, 안타깝고 그리운 시간이었다. 선배의 유년시절을 몰랐기에 미안했다. 탁월한 소설을 쓴 인물이 너무도 빨리 먼 세상에 갔기에 안타까웠다. 그리고 그의 웃음이 그립다.

▶   유튜브 〈시인 기형도, 세상에 밑줄 그어야 한다〉 참조

상처를 보듬어주는 검은 빵

> 토요일 오후, 그녀는 쇼핑센터의 작은 제과점으로 차를 몰고 갔다.
>
> **레이먼드 카버 「별것 아닌 것 같지만, 도움이 되는」**

이 이야기는 사실 맛없는 검은 빵에 대한 이야기다.

레이먼드 카버 작품은 한 문장 한 문장이 섬세하게 연결되어 있다. 특히 이 단편소설은 소리 내서 읽거나, 모두 밑줄 치면서 기억하고 싶을 정도다. 평범하면서도 어딘가 신선하고 은근히 재밌는 단편소설에 빠져보기는 정말 오랜만이다.

소설은 첫 문장부터 **"작은"**을 강조한다. 이 소설은 아픔을 가진 사람이 사소한 전화 몇 통에 상처받고, 또 반대로 사소한 빵으로 위로를 받고 힘을 얻는다는 얘기다. 그래서 그냥 제과점이 아니라, **"작은(Little)"** 제과점이라는 원문을 살리는 것은 중요하다.

이 소설의 첫 문단에서는 주요 등장인물이 모두 등장한다. 엄마인 '그녀', 아들 스카티, 그리고 빵집 주인이 등장한다.

중요한 것은 첫 장면에 살짝 깔려 있는 계기적 사건inciting incident이다. 첫 장면부터 빵집 손님과 주인이 대비된다. 빵집 손님은 **"아이가 좋아하는 초콜릿 케이크를 주문"**하는데, **"두툼한 목을 가진 나이 든"** 빵집 주인은 빵 만드는 일에만 관심이 있다. 빵을 주문하는 손님이 **"수다를 떨건 말건 상관하지 않는"** 태도를 보인다. 손님에게 아들의 생일 케이크를 주문하는 것은 중요한 일인데, 빵집 주인에게는 그저 해야 할 일에 불과하다. 계기적 사건은 전혀 새로운 사건으로 확대된다.

> 이런 최초의 갈등은 뭔가 안 좋은 일이 일어날 것 같다는 느낌을 불러일으키는 데 중요한 역할을 한다. (…) 단편소설에서는 모든 것이 평화롭고 순조로워 보이는 바로 그 순간 발칵 뒤집어지기 때문이다.•

이 소설에서 계기적 사건은 손님인 엄마와 빵집 주인 사이의 갈등이다. 두 사람은 각자 자신의 일에 몰두해 있어서 상대방의 특별한 상황을 이해하지 못한다.

특히 이 소설에 나오는 세 가지 빵에 주목해야 한다. 초콜릿 케이크, 롤빵, 퍽퍽한 검은 빵, 이렇게 세 가지 빵이 나온다.

첫 장면에서 첫 번째 빵인 **"초콜릿 케이크"**가 나온다. '그녀'는 작은 제과점에 초콜릿 케이크를 주문해놓았는데, 소설이

• 레스 에저튼, 『첫 문장과 첫 문단』, 방진이 옮김, 다른, 2019.

중반부에 이르면 아들 스카티가 생일날 차 사고로 혼수상태에 빠진다. 소설의 첫 장면을 여기부터 시작했다면 어땠을까. 절정에서 이야기를 풀어내기는 정말 힘들고 읽는 이에게도 재미 없었을 것이다. 이 소설의 묘미는 첫 장면부터 이야기를 살살 풀어내는 데에 있다.

스카티는 혼수상태에서 사망한다. 아들이 죽고 절망에 빠져 있는 부부에게 자꾸 전화가 온다. 부부는 처음엔 뺑소니 차의 운전자가 아닌가 생각한다. 세 번째 전화를 받고서야 그 사람이 빵집 주인이라는 사실을 깨닫고, 가서 욕을 하며 항의한다.

"스카티가 죽었다고요."

그 말에 제과점 주인은 사과한다. 사실 나는 빵집 주인이 왜 사과하는지 모르겠다. 케이크를 주문한 손님 아들이 죽었다는 사실을 그는 알 리 없었다. 주문해놓은 케이크를 안 가져가니 전화할 수밖에 없지 않은가. 왜 화를 내느냐고, 내가 손님 아들이 죽은 사실을 몰랐던 거 아니냐, 하고 대꾸할 수 있는데, 빵집 주인은 스카티의 부모에게 무조건 사과한다. 상처받은 이에게 필요한 것은 이유가 아니라 따스한 말이라는 것을 상처받아본 사람은 안다. 빵집 주인은 자신을 최대한 낮춘다.

"미안하다는 말을 하고 싶어요. 제 마음이 어떤지는 하느님만이 아실 거예요. 제 말 들어보세요. 저는 빵 굽는 사람일 뿐이에요. 몇 십 년 전에는 다른 인간이었을지 몰라요. 지금은 기억도 안 나는 일들이니까 저도 잘 모르겠지만. 아무튼 제가 이제는 더 이상 예전의 내가 아니

라는 거죠. 그렇다 해서 제가 한 일들이 없어지는 건 아니겠지요. 정말 미안합니다."

사과까지 할 필요가 없는데도 빵집 주인은 진정으로 사과한다. 상처받은 사람의 마음에 깊이 공감하기에 그들의 입장에 서서 사과하는 것이다. 빵집 주인이 자신의 고독을 얘기하며 진실하게 대화할 때, 스카티 엄마와 아빠도 고개를 끄덕인다.

장애인 학교에서 가르치는 일을 하는 이의 얘기를 들은 적이 있다. 학교에서 작은 사고로 장애아가 다치면, 학부모에게 무조건 학교 측에서 잘못했다고 말해야 대화가 통한다는 것이다. 사고 과정을 나중에 설명하더라도 일단 대화와 위로의 통로를 여는 것은 자신을 낮추는 태도라는 메시지가 이 작품에도 들어 있는 것이 아닐까. 빵집 주인은 사과하는 것을 넘어 빵으로 사소한 위로를 전한다.

"뭘 좀 드시면 좋겠어요."라며 제빵사는 말했다. "제가 갓 구운 따뜻한 롤빵을 좀 드시지요. 뭘 좀 드시고 기운을 차리셔야 해요. 이럴 때 뭘 좀 먹으면 별것 아닌 것 같지만, 도움이 될 거예요. 뭔가 먹는 게 도움이 되지요. 더 있어요. 다 드세요. 드시고 싶은 만큼 드세요. 세상의 모든 롤빵이 다 있어요."

빵집 주인의 말 속에 이 소설의 제목이 숨어 있다. "이럴 때 뭘 좀 먹으면 별것 아닌 것 같지만, 도움이 될 거예요.(Eating is a small, good thing in a time like this.)"

갓 구운 빵과 커피라는 평범한 관심. 부부와 빵집 주인이 함께 롤빵을 나누며 희미한 햇살이 비칠 때까지 이야기를 나누는 소설 속 마지막 장면은 '구원'이라는 것이 어떤 거창한 시도나 성취에서 발현되는 것이 아님을 깨닫게 한다. 롤빵은 위로의 상징이다. **"모든 롤빵이 다 여기에 있으니"**라는 말 한마디로 카버는 불행에서 구원을 제시한다.

무라카미 하루키는 소설에서 자주 레이먼드 카버의 작품을 언급하고, 일본어로 번역해서 소개하기도 했다. 레이먼드 카버의 단편집 하나를 읽으면 울림이 커서 그다음 작품을 쉽게 못 읽는다. 며칠 지나고 울림이든 흥분이든 충격이든 감정이 조금 가라앉으면 다시 조금 읽지 않고서는 못 배기는, 나만 읽고 싶은 작품들이다.

> "살아남고, 공과금을 내고, 식구들을 먹이고, 동시에 자신을 작가로 생각하고 글쓰기를 배우는 일은 참 어려운 일입니다. 여러 해 동안 쓰레기 같은 일을 하고, 아이들을 키우고, 글을 쓰려고 애쓰면서 제가 빨리 끝낼 수 있는 걸 써야 한다는 것을 깨달았답니다. (…) 당장 보수를 지급받을 수 있는 것을 써야 했습니다. 그래서 단편이나 시를 썼지요."●

●　파리 리뷰, 『작가란 무엇인가 1』 김진아·권승혁 옮김, 다른, 2009.

얼마나 힘들게 글을 써왔는지, 그가 쓴 단편소설에는 왜 울림이 있는지, 이 짧은 고백에 담겨 있다. 레이먼드 카버는 "살아남고, 공과금을 내고, 식구들을 먹이"는 글을 썼고, 어렵게 살아가는 사람들의 모습을 썼다. 카버는 관계가 깨진 결핍의 지점을 깊이 있게 주목하는 리얼리스트다. 카버의 글을 읽다 보면 나도 모르게 그 소설에 나오는 약자와 빈자와 주변인의 입장이 되는 경험을 하곤 한다. 그의 글에는 위로가 있다. 그 위로는 카버 자신에게 주는 구원이 아닐까. 카버가 주는 위로는 무조건적인 따스한 말이 아니다. 이 소설에 나오는 마지막 빵을 보자.

"이 냄새를 맡아보세요." 검은 빵 덩어리를 잘라내면서 빵집 주인이 말한다. **"퍽퍽한 빵이지만, 맛깔나지요."** 그들은 빵 냄새를 맡고, 그는 맛보라고 권한다. 당밀과 거칠게 빻은 곡식 맛이 난다. 사실 이런 빵은 정말 맛이 없다. 오래오래 씹어야 나중에 독특한 맛이 난다.

이 퍽퍽하고 검은 빵이야말로 우리가 살아가면서 먹어야 하는 빵이 아닐까. 우리가 살아가면서 제일 많이 먹는 빵은 초콜릿 케이크나 각종 롤빵이 아니라, 이 퍽퍽하고 검은 빵이 아닐까. 이것이 레이먼드 카버가 우리에게 주는 에피파니다. 기독교 사회인 미국의 독자들은 이 소설을 성서적 알레고리로 읽을 수도 있겠다. 누가복음 10장에 나오는 강도 맞은 사람을 구하는 '착한 사마리아인' 비유로 읽을 수도 있겠다. 강도당한 사람을 모른 체하고 도망가는 뺑소니들이 이 소설에도 나온다. 아이를 치어놓고 도망가는 운전자와 아이의 뇌에 실 같은 금이 있는데도 제대로 진료하지 못하는 의사들이 뺑소니 아닐까. 아울러 제빵사가 주는 검은 통밀빵을 예수가 성만찬에서 "이것은 내 삶입니다"라고 했던 그 빵으로도 느낄 수 있겠다. 카버가 독자에게 말하고 싶은 에피파니는 바로 이 지점에서 살짝 엿보인다. 근본적 갈등이 해결되는 공감의 지점. 그것이 있어야 이 무거운 현실을 견딜 수 있기 때문이다.

8   끝까지 읽어야 이해된다

자본주의라는 욕망과
사랑이라는 열정의 위험

> 지금보다 어리고 쉽게 상처받던 시절 아버지는 나에게 충
> 고를 한마디 해 주셨는데, 나는 아직도 그 충고를 마음속
> 에 되뇌이고 있다.
>
> **F. 스콧 피츠제럴드 『위대한 개츠비』**

첫 문장은 책 전체를 암시하곤 한다. 프랜시스 스콧 피츠제럴드(1896~1940)가 쓴 장편소설 『위대한 개츠비』의 첫 문장은 소설 암시한다. 아버지의 강력한 호명에 따라 서술자 닉은 이 소설 끝까지 함부로 개츠비를 비난하지 않고, 장례식 자리까지 지키는 유일한 친구로 남는다. 서술자 닉은 누구일까.

소설 첫 문장부터 닉 캐러웨이는 이 소설 전체를 주관하는 서술자로 등장한다. 미국 중서부에서 자라 예일대학교를 졸업한 닉은 제1차 세계대전에 참가한 후, 주식 등을 배우려고 뉴욕으로 온 인물이다. 뉴욕 롱아일랜드에 집을 구한 닉은 우연히 이웃 제이 개츠비를 만난다. 롱아일랜드 대저택에서 매일 밤 호화 파티를 여는 개츠비는 수수께끼의 사내다. 호화스러운 파티에 오는 그 많은 사람은 사실 개츠비의 과거를 잘 모른다. 닉

은 이 소설에 얽힌 실타래를 한 올 한 올 풀어내는 역할을 맡은 서술자다.

이 소설은 1920년대 뉴욕 변경에서 자본주의를 탐닉하는 인물들의 이야기다. 구체적인 배경은 1922년 초여름의 웨스트에그다. 당시 미국은 제1차 세계대전의 승리와 함께 끝없이 치솟는 주가, 화려한 삶, 과시적 소비를 누렸다.

웨스트에그보다 더 좋은 지역인 이스트에그에는 톰 뷰캐넌과 아내 데이지가 살고 있다. 뉴헤이븐주 최고의 미식축구 선수였던 톰은 전국에 알려진 인물이지만, 외도를 일삼는 바람둥이다. 그의 집에는 전 여자 골프 선수이자 부자인 조던 베이커가 자주 찾아온다. 서술자 닉은 데이지와 먼 친척이다. 개츠비가 닉에게 접근한 까닭이 바로 여기에 있다. 개츠비는 닉을 통해 데이지를 만나고 싶었던 것이다. 이 작품에는 여러 욕망이 부딪치며 갈등한다. 개츠비는 오로지 데이지를 욕망한다. 데이지는 오로지 돈을 욕망한다. 톰은 오로지 성욕을 욕망한다.

이 소설 제목은 독자들의 호기심을 끌어당긴다. 무엇이 위대한가. 왜 '위대한' 개츠비일까. 게다가 '위대한' 개츠비는 쉽게 등장하지 않는다. 1장 끝에 이름만 잠깐 나오고, 가물가물할 때쯤인 3장부터 개츠비가 등장한다. 개츠비 이름 앞에 왜 '위대한'이 붙었을까.

여러 가능성이 있다. 심각하게 설명할 필요 없이 피츠제럴드가 딸이 태어나자 맨해튼을 떠나 뉴욕 근교인 롱아일랜드의 '그레이트 네크'로 이사를 갔기에 '그레이트'라는 이름을 붙였을 수도 있다는 것이 김영하 소설가의 의견이다.

'위대한'을 직설적인 표현으로 이해하면, 몇 가지로 위대한 개츠비의 모습을 추정할 수 있다. 개츠비는 돈만 사랑한 인간이 아니었다. 아버지를 사랑하고, 자신의 미래에 투자하고, 떠난 연인 데이지를 사랑했던 개츠비는 온 세계를 치열하게 사랑한 인물이었다.

첫째, 개츠비는 자본주의사회에서 흙수저를 극복한 인물이었다. 부자들의 허상을 그린 이 소설에는 하인들이 간간이 등장할 뿐 당시 하층민들의 삶은 거의 나오지 않는다. 따지고 보면 주인공 개츠비야말로 자본주의의 밑바닥에서 기어올라간 흙수저 출신 부자이다. 가난한 농부의 아들로 태어난 개츠비 내면에 숨어 있던 강한 자존감을 깨우친 잉걸불은 데이지였다. 개츠비는 상류층 자제였던 데이지를 만나면서 어떡하든 높은 지위로 올라서야 한다는 강한 열망에 사로잡힌다.

둘째, 개츠비는 희망과 사랑을 버리지 않는 낭만적 끈기를 지녔다. 개츠비는 한때 데이지의 연인이었다. 제1차 세계대전 당시 미군 장교였던 개츠비는 가난하다는 이유로 데이지의 부모로부터 거절당하고, 프랑스 전선에 배속된다. 1년 뒤 데이지는 톰과 결혼한다. 그로부터 4년 후 개츠비는 데이지를 찾아 뉴욕에 나타난다. 주도면밀한 계획에 따라 개츠비는 먼저 데이지가 사는 집 근처에 큰 저택을 산다. 주말마다 연회를 개최하여 데이지가 나타나기를 기다리고, 데이지를 아는 사람을 수소문하여 마침내 데이지의 육촌인 닉을 찾아낸다. 닉은 개츠비가 원하는 대로 데이지를 초대한다. 개츠비와 데이지는 5년 만에 재회하고 다시 사랑에 빠진다. 개츠비는 유부녀와 사랑하면서도 당당하다.

"우리 둘이 도망갔으면 좋겠어."

개츠비와 사랑에 빠진 데이지는 낭만적 도피로 유혹하지만, 개츠비는 단번에 거부한다. 개츠비는 데이지에게 톰과 헤어지고, 데이지의 부모가 있는 루이빌에서 결혼식을 올리자고 말한다. 개츠비의 사랑은 현실적이고 당당했다.

셋째, 개츠비는 가난한 아버지의 집을 사주며 가족적 휴머니즘을 외면하지 않은 따뜻한 인간이다.

"이 년 전에 나를 보러 와서는 지금 살고 있는 집을 사주었소. 집 떠날 때는 우리 모두 깜짝 놀랐지만, 지금은 다 이해합니다……. 성공한 뒤에는 얼마나 잘해줬는지 모르오."

온갖 노력으로 부를 모은 개츠비는 가난한 아버지를 위해 집을 사준다. 그때도 그렇고 요즘도 그렇지만 자식이 부모를 위해 집을 사준다는 것이 쉬운 일인가. 닉은 이 사실을 개츠비의 장례식 때 찾아온 개츠비의 아버지에게서 듣는다.

넷째, 개츠비는 운동과 독서를 게을리하지 않는 정신적 가치의 소유자였다. 개츠비의 아버지가 장례식 전에 와서 아들 개츠비가 어릴 적에 쓴 계획표를 보여주는 장면이 소설에 나온다. 아버지가 보여준 것은 1906년 9월 12일에 기록된 메모다.

기상	오전 6:00
아령 들기와 암벽타기	오전 6:15~6:30
전기학 등 공부	오전 7:15~8:15
일	오전 8:50~오후 4:30
야구와 운동	오후 4:30~5:00
웅변 연습, 자세와 발성 방법 훈련	오후 5:00~6:00
발명에 필요한 공부	오후 7:00~9:00

하루를 15분씩 나누는 시간 관리. 기상과 더불어 운동하고, 퇴근 후에 다시 운동하고 발성 연습하고, 매주 교양서적과 잡지를 읽는다. **"3달러씩 저축할 것"** 이라는 메모에서는 청교도적 근면함이 엿보인다. 일하고, 운동하고, 독서하고, 저축하는 바쁜 일상 속에서도 부모님께 효도를 잊지 않는 성실한 개츠비의 일상을 닉은 개츠비의 사망 후에야 확인한다. 오로지 호화스러운 파티만 탐닉하면서 개츠비가 죽자마자 외면하는 인간들에 비하면 개츠비는 위대한 인물이 아닐까.

출판사 편집자의 제안으로 제목이 "The Great Gatsby"로 정해졌다고 하는데, 원래 'great'는 '대단하다'는 뜻이었다고 한다. 그것이 우리말로는 '위대한'으로 번역되고 있다. 흙수저에서 금수저가 되면서도 자기 정체성을 잃지 않으려던 개츠비는 위대하다고는 못 해도 대단하다고는 할 수 있겠다.

그렇다고 그 목적에 이르기까지 펼쳐진 개츠비의 인생 역정이 정당하다 할 수 있을까.

개츠비는 불법 밀주 집단과 손잡고 울프샤임의 하수인으로 일하면서 마약과 밀주 등으로 부를 일구었다. 과연 순수하다고 할 수 있을까. 부를 얻기 위해 개츠비는 얼마나 많은 거짓된 과정을 거쳤을까. 그는 돈을 소중하게 관리하기는커녕 환락의 파티에 낭비했다. 이때 '위대한'이라는 형용사는 직설법이 아니라 반어법으로 보인다.

윌슨은 톰에게, 자신의 아내 머틀을 죽인 노란 차의 주인이 개츠비라는 말을 듣는다. 개츠비의 저택에 숨어든 윌슨은 개츠비에게 총을 쏘고 자살한다. 목적은 정당해도 과정이 정당하지 못한 인간에 대한 작가의 안타까운 경고가 아닐까. "위대한"이라는 단어는 소설의 마지막 9장에 한 번 나온다.

이 섬에서 자취를 감춘 나무들, 개츠비의 저택에 자리를 내주었던 나무들은 한때 인류의 마지막, 가장 위대한 꿈을 향해 나직하게 속삭이며 유혹의 손길을 던진 것이다. 그 덧없는 축복의 순간, 이 대륙이 눈앞에 나타나는 순간에 인간은 분명 숨을 죽였을 것이다. •

제1차 세계대전에 참전해 연합국을 승리로 이끌면서 물질적으로 세계의 중심에 선 미국은 스스로를 '위대한 조국'으로 자칭했다. 작가는 **"가장 위대한 꿈을 향해"** 나아가는 미국이라는 공동체가 위대한지 역설적으로 묻는다. 개츠비가 사망한 후 데

• F. 스콧 피츠제럴드, 『위대한 개츠비』, 김영하 옮김, 문학동네, 2009.

이지는 전화 한 통 걸지 않는다. 데이지는 물론이고 파티 때 흥청거렸던 뉴욕 주변의 인물들은 개츠비의 장례식에도 나타나지 않는다. 작가는 **"그 덧없는 축복의 순간"**에 취한 미국 공동체가 과연 위대한가 다시 한번 묻는다. 그 환상의 불덩이에 부나비처럼 뛰어든 개츠비야말로 얼마나 비극적인가. 이때 '위대한'이란 표현은 개츠비의 어리석음을 비꼬는 형용사이면서 미국 사회를 힐난하는 역설적인 표현이지 않았을까.

『위대한 개츠비』를 더욱 빛나는 고전으로 세상에 알린 이는 무라카미 하루키다. 무라카미 하루키의 소설 『노르웨이의 숲』에서 화자 와타나베는 『위대한 개츠비』를 최고의 소설이라 하면서 아무 페이지나 펼쳐서 읽어도 늘 감동이라고 한다. 자타공인 엄친아인 선배 나가사와는 "위대한 개츠비를 세 번 읽은 사람은 나와 친구가 될 자격이 있다"라고 한다. 하루키는 『위대한 개츠비』를 일본어로 번역해 알렸다. 하루키의 영향 때문인지 일본에는 '개츠비'라는 남성 화장품 브랜드도 있다.

주목해야 할 상징이 있다. 윌슨의 자동차 정비소가 위치하고 있는 '잿더미 계곡Ash Valley', 곧 쓰레기 매립지에 서 있는 광고판이다. 여기에는 **"T. J. 에클버그 안과의사의 두 눈"**이 그려져 있다. **"비록 오랜 세월 페인트칠도 하지 않고 햇빛과 바람에 바래긴 했지만, 이 장엄한 황무지를 골똘히 응시하는"** 눈이다. 광고판 속 눈동자의 지름은 무려 1미터에 달한다. 이 눈은 미국인의 환상과 비극을 모두 목도한다.

"나는 속일 수 있을지 몰라도 하느님은 못 속인다고. 마누라를 창 가로 데리고 갔어. (…) 주님은 네가 저지른 일, 저지른 모든 일을 알고 계셔. 네가 나를 속일 수 있을지는 몰라도 그분을 속일 수는 없어!… (…)…주님이 모든 걸 보고 계셔." 윌슨이 되풀이했다.

"저건 광고판이에요." 마이케일러스가 힘주어 말했다.•

윌슨은 자신의 운명이 비극으로 끝날 것을 의식했는지도 모른다. 저 눈은 파놉티콘의 눈이다. 조지 오웰의 『1984』에서 나오는 빅브라더의 눈이기도 하다. 무라카미 하루키의 『1Q84』 에서 사람의 내면을 응시하는 두 개의 달이기도 하다. 저 시선 을 윌슨은 신의 눈처럼 의식했다.

저 눈은 동시에 인간 내면에서 스스로 성찰하는 초자아의 상징이기도 하다. 졸저 『그늘: 문학과 숨은 신』에서 나는 모든 작품에 '숨은 신Hidden God'이 있다고 썼다. 기독교 작가인 도스 토옙스키나 윤동주에게 저 눈은 신의 눈일 수도 있다. 당연히 광고판은 신이 아니다. 전통적인 종교를 밀어낸 자본주의는, 칼 마르크스가 『자본론』에 남겼듯이 상품신商品神을 숭모한다. 저 광고판은 잿더미 계곡에서 빛바랜 미국의 꿈을 목도하는 상 징이다. 동시에 인간 내면에 존재하는 초자아 혹은 숨은 신의 재현이다. 윌슨은 신이 인간의 죄악을 보고 있다고 말한다. 이 말은 쾌락만 추구하는 미국식 자본주의를 경고하는 메시지가

• 위의 책, 198~199쪽.

아닐까.

"그림 속에서 나타나 두 손을 호주머니에 찌른 채, 은빛 후춧가루가 뿌려진 별빛을 응시하고 있던" 개츠비가 이내 사라지고, "불안정한 어둠 속에 또다시 혼자"로 남는 닉의 모습은 개츠비가 죽고 속물들 속에 홀로 남는 닉의 초상을 예견한다.

소설의 마지막은 이렇게 끝난다.

개츠비는 그 초록색 불빛, 우리 앞에서 한 해 한 해 멀어져가는 그 꿈같은 미래를 믿었었다. 그러고 나선 그것은 우리에게서 달아났지만, 하지만 그건 상관없다—내일이 오면 우리는 더 빨리 갈 것이고, 우리의 두 팔을 더 멀리 뻗을 것이고. 그리고 새로운 아침이 오고—

그러므로 우리는, 물결의 반대 방향으로 가는 배들처럼, 끊임없이 과거로 밀려가면서, 계속해서 노를 젓는다.

초록 불빛은 그가 사랑하는 연인 데이지의 집이 있는 강 건너편 이스트에그에서 빛난다. 소설 처음부터 반복해 나오는 '초록 빛Green Light'은 개츠비의 꿈이고, 미국의 이상이며, 누구나 갖는 희망의 상징이다. 강을 사이에 두고 개츠비는 건너편 데이지의 저택에서 나오는 불빛에 닿고자 하며 자신의 꿈과 희망이 실현되기를 갈망한다.

인간은 매일매일 끊임없이 노를 젓는 어부의 삶을 살아간다. 닿을 수 없는 초록 불빛을 향해 인간은 노를 젓는다.

"우리는, 물결의 반대 방향으로 가는 배들처럼, 끊임없이 과거로

밀려가면서, 계속해서 노를 젓는다"는, 개츠비의 묘비에 쓰여 있는 이 문장은 연어 같은 인간 군상의 실존주의적 안간힘을 보여준다. 서술자 닉과 작가 피츠제럴드는 마지막 문장에서 열심히 살아온 개츠비를, 혹은 그처럼 바닥에서 하늘을 보며 살아간 흙수저 인간들을 위로하는 것이다.

무라카미 하루키도 이 부분을 인용하며 "소설 속 개츠비가 강 건너 반대편의 초록빛을 바라보는 것처럼, 제 이야기도 이 우주 속에서 하나의 빛을 내기 위해 계속 나아갈 것입니다"라고 인터뷰했다.

사실들을 쥐고 산책한 혁명가

주유소
매 순간 신념(Überzeugungen)보다는 사실들(Fakten)의 힘이 훨씬 더 삶을 구성하는 역할을 한다.

발터 벤야민 『일방통행로』

사람은 다시 과거로 갈 수 없다. 순간마다 우리는 앞으로 갈 뿐이다. 뒤로 갈 수는 없다. 옆길도 없다. 우리는 그저 일방통행로를 따라 앞으로 앞으로 갈 뿐이다. 시간이 뒤에서 줄지어 따라오기에 뒤로 갈 수도 없다. 『일방통행로』라는 책 제목은 직진밖에 할 수 없는 인생 자체를 상징한다.

발터 벤야민(1892~1940)은 인간이 살아가는 일방통행로를 상상하며 한 권의 예술철학서를 썼다. 일방통행로로 가면서 보는 주유소, 아침 식당, 지하실, 중국산 진품, 문방구, 유실물 보관소, 유치원, 식당, 계단, 도서관 등 온갖 대상들이 발터 벤야민의 철학적 묵상의 대상이 된다.

이 책을 쓰기 2년 전인 1926년 파리에 체재했던 발터 벤야민은 파리뿐만 아니라 유럽의 그 많고 좁은 일방통행로를 보고 책을 쓰기 시작했을지도 모르겠다. 착상은 유럽의 좁은 일방통행로에서 시작됐을지 모르나, 이 책에는 그의 전 생애가 들어 있다.

이 책은 짧은 아포리즘으로 엮여 있는데, 첫 아포리즘 제목은 「주유소TANKSTELLE」다. 왜 하필 주유소일까. 당연하다. 도시로 들어가는 길목에는 주유소가 있다. 일방통행 길을 달리려면 일단 차에 기름을 넣어야 한다. 벤야민은 상상 속 도시 입구에 주유소를 두었다. 자본주의사회의 혈관에 피를 제공하는 동맥이 주유소다. 주유소는 자본주의사회의 에너지를 상징하는 공간이다. 벤야민은 독자에게 어떤 기름을, 어떤 방식으로 자신의 삶과 사회에 주유할 것인가를 묻는다. 상상 속의 주유소에서 벤야민은 자동차를 굴리는 휘발유의 힘을 생각했을 것이다. 자동차를 우리의 삶과 일치시킨다. 과연 삶을 이끌어가는, **"삶을 구성하는 힘(der Gewalt)"**은 무엇일까 상상한다.

첫 문장은 가히 선언적이다. **"매 순간 신념보다는 사실들의 힘이 훨씬 더 삶을 구성하는 역할을 한다."** 독일어와 영어를 참조하며 다시 우리말로 풀어보았다. 어떤 신념만 있다면 인생을 살아갈 수 있을 것 같지만, 현실은 그렇지 않다. 우리의 엄연한 삶은 수많은 사실들에 의해 구성되는 것이다. 한 가지 사실Faktum이 아니라 수많은 사실들Fakten에 의해 삶은 구성된다.

분단국이 통일되는 것은 하나의 사실이 아니라, 수많은 국제관계가 얽히고설켜 조건이 맞아떨어지는 '순간'이 있어야 가능한 것이다. 그 순간을 발터 벤야민은 '메시아적 순간'이라

했다. 하다못해 한 개인이 결혼할 때도 사랑한다는 신념 하나로는 불안하다. 가족들의 동의, 거주할 집, 함께 동의하는 가족관 등 수많은 '사실들'이 있어야 그 결혼, 그 **"삶의 구성(Die Konstruktion des Lebens)"**은 가능해진다.

유럽 곳곳에 신념은 넘쳤다. 나치 등 파시즘을 숭앙하는 세뇌된 독일 시민의 정치적 신념은 종교적 믿음에까지 이르렀다. 세뇌된 대중은 히틀러나 무솔리니를 구원자로 믿었다. 벤야민이 중요하게 강조하고 싶었던 것은 '사실들'이었다. 이 사실들은 진실들이라 바꾸어도 의미가 통하겠다. 사실이 아닌 가짜 뉴스에 기댄 헛된 신념이 요즘 얼마나 많은가. 확실한 사실에 기초한 신념이 필요하다. 신념보다 확실한 사실이 먼저다.

다음 문장에서 벤야민은 **"더 정확히 말하면"**이라며 한 번 더 강조한다. **"어디에서도 한 번도 신념의 토대가 된 적 없던 그러한 사실들의 힘이 더욱 강하다"**라고 한다. 아직 밝혀지지 않은 사실을 보는 판단이 중요하다고 본다.

벤야민은 사실들이 빠르게 변하니, 기존 문학의 범주에 있는 시, 소설, 평론, 희곡 같은 형태만 고집하라는 말은 저 많은 '사실들'에 대처할 수 없는 고루한 생각이라고 지적한다. 사실 유대인 집안에서 태어나 문학, 철학, 신학, 미술, 영화, 사진 등 학문의 경계를 넘으며 공부한 벤야민의 삶 자체가 융합적이었다.

'사실들'에 대처하기 위해서는 '실천'이 필요하다. **"의미 있는 문학의 효력을 발휘하려면 오직 실천과 글쓰기가 엄격하게 서로 작용해야만 성취할 수 있다."** 벤야민은 이제 '사실들'의 중요성을

'실천적인 글쓰기'와 연결시킨다. 실천과 연결되지 않은 글쓰기는 **"의미 있는 문학의 효력"**을 발휘할 수 없다고 단언한다.

벤야민이 요청하는 문학은 흔한 범주의 문학이 아니다. 벤야민은 '사실들'에 대처할 수 있는 신속한 문학적 실천을 제안한다. 팸플릿이나 포스터, 잡지 기사 등 실천적인 글쓰기를 예로 든다. 그의 글쓰기는 파시즘에 대항하는 글쓰기였다.

전단은 요즘 사람들은 거의 읽어보지도 않지만, 벤야민이 살았던 시대에는 지금처럼 인터넷이나 풍부한 정보지가 없었다. 정보를 자유롭게 얻을 수 없었던 시대에 전단이나 호외, '삐라' 등은 중요한 매체였다. 지금 벤야민이 살아 있다면, 당연히 트위터와 페이스북 글쓰기를 열심히 하지 않았을까.

팸플릿이란 설명이나 광고, 선전 따위를 위하여 얄팍하게 엮은 작은 책자이다. 딱딱한 문체에 두꺼운 양장 커버의 책보다도, 얇고 가볍고 손에 잡히는 팸플릿에 참신한 형식과 글이 어우러진다면 문학적 실천에 더 많은 영향을 끼칠 것이라는 게 벤야민의 생각이다.

포스터의 목적은 상품을 팔거나 행사를 알리는 것이다. 가장 오래된 포스터는 기원전 천여 년경 도망간 노예를 찾는 내용이었다고 한다. 지금으로 말하면 웹포스터나 웹카드를 연상할 수 있겠다.

벤야민은 끊임없이 변하는 독일과 유럽 사회를 대처하기 위해 '순간'을 '포착'한 수많은 짧은 글들을 전단이나 팸플릿이나 포스터에 어울리는 형식으로 담아내고 있다.

벤야민은 이것을 '약간의 윤활유'로 비유한다. 우리가 할 일은 윤활유를 엔진에 콸콸 쏟아붓는 것이 아니라고 말한다. 진짜 윤활유는 **"숨어 있는, 그러나 알아야 할 대갈못과 이음새"**에 뿌려지는 약간의 기름이라고 썼다. 그래서 "글을 쓴다는 것은 그러한 경고음을 작동시키는 것에 다름 아니다"(「긴급 기술 지원대」)라고 했다.

벤야민이 선택한 글쓰기는 아포리즘 글쓰기였다. 1923년 프랑크푸르트대학에서 교수 자격 취득 논문 「독일 비극의 기원」을 거절당한 후 그는 파편적이고 융합적인 아포리즘 글쓰기를 선택한다. 그의 글은 단순한 아포리즘이 아니다. 친구 아도르노의 말대로, 『일방통행로』는 아포리즘들의 모음이라기보다는 '사유이미지'의 모음이다.

제2차 세계대전이 터지기 전 라디오방송을 통해 히틀러를 공격하던 인간 화재경보기, 소속이 없는 프리랜서 지식인이었던 사람, 언젠가 '시온'으로 돌아갈 날을 꿈꾸며 히브리어를 배우던 사람, 국립도서관 열람실 의자에 하루 9시간씩 앉아 다양한 분야의 책을 읽었던 사람, 나치의 점령지가 된 파리를 떠나 미국으로 망명을 가려고 했으나 피레네산맥에서 국경을 통과하지 못하고 끝내 포르부Porbou에서 모르핀으로 생을 마감한 인텔리. 환멸의 시대를 명랑한 짧은 글로 변혁시키려 했던 발터 벤야민을 생각해본다.

▶   유튜브 〈발터 벤야민 '계단주의' 3단계 글쓰기〉 참조

가장 비참했던 순간으로 엮어낸 문학

세계의 그 어느 사람보다도 비참한 사람이 되리라는 나의
욕망과 철학이 나에게 있었다면 그것을 만족시켜 준 것이
이 포로 생활이었다고 생각한다.

김수영 「내가 겪은 포로 생활」[•]

김수영의 이 첫 문장은 너무도 상징적이다. 인간 이하로 살아
가는 포로 생활 중에서도 그는 **"세계의 그 어느 사람"**을 떠올리
는 시각을 갖고 있었다. 세계인의 수준에서 문학을 하고 싶어
했다는 말이다. **"비참한 사람이 되리라"**는 욕망은 그에게 창조를
위한 역설적 자산이었다.

어떻게 그 험한 포로 생활을 겪고 석방되어 나오자마자
"용감무쌍하게 몸을 던지게 되었다"라고 쓸 수 있을까. 어둠(「수난
로」)과 설움(「거미」) 따위는 그에게 "모든 설움이 합쳐지고 모
든 것이 설움으로 돌아가는"(「긍지의 날」) 자양분일 뿐이었다.

김수영은 자신의 이러한 태도를 "나의 이 역경주의"(「토

[•] 김수영, 「김수영 전집 2」, 이영준 엮음, 민음사, 2018.

끼」)라고 표현했다. 쉽게 무엇을 얻기보다는 "얼마나 힘이 드느냐를 먼저 생각"하는 태도였다. 어려운 일을 극복할 때 더 많은 깨달음을 얻는다는 삶의 태도가 「내가 겪은 포로 생활」에서도 보인다. 김수영이 세계를 보는 눈은 늘 열려 있었다. 비참한 고통과 함께하겠다는 욕망이 겹쳐 있었다.

이 산문은 그의 시 「조국에 돌아오신 상병포로 동지들에게」와 함께 읽어야 한다. 이 시에서 가장 돋보이는 단어는 15번 나오는 '자유'다. 자유는 이 시의 처음이자 마지막이다. 김수영은 석방되기까지 2년여의 시간 동안 자유가 없는 포로의 삶을 살았다. 6·25전쟁이 났을 때 그는 한청빌딩 조선문학가동맹 사무실에서 인민군 노래를 배우며 사상 교육을 받고, 가두 행진도 해야 했다. 김수영의 아내 김현경은 그가 인민군에 끌려간 것으로 증언하지만 시의 1연을 보면 다른 해석도 엿보인다.

그것은 자유를 찾기 위해서의 여정이었다.
가족과 애인과 그리고 또 하나 부실한 처를 버리고
포로수용소로 오려고 집을 버리고 나온 것이 아니라
포로수용소보다 더 어두운 곳이라 할지라도
자유가 살고 있는 영원한 길을 찾아●

자유를 찾기 위한 여정을 설명하면서, 그 출발을 "가족과

●   김수영, 「조국에 돌아오신 상병포로 동지들에게」, 『김수영 전집 1』, 민음사, 2018. 49쪽

애인과 그리고 또 하나 부실한 처를 버리고"라고 썼다. 이 구절
은 자발적으로 인민군을 선택했다는 해석을 가능케 한다. 바로
이 부분이 이 시를 발표하지 못했던 이유일 수도 있겠다.

김수영이 쓴 미완성 장편소설 「의용군」을 보면, 자신의 모
습을 투영시킨 주인공 '순오'가 피할 수 없으니 자진해서 참전
하는 과정이 드러난다. 이 소설에서 "나도 시인 임동은이같이
되어야 한다"는 문장 속 임동은은 김수영이 좋아했던 시인 임
화로 추정된다. 문화 사업을 하면 된다, 후방 계몽 사업에 참여
하리라 생각했던 것이다.

연합군의 반격이 있자 김수영은 유정, 김용호, 박계주, 박
영준 등과 북으로 끌려가 인민군에 배치된다. 배치된 뒤 기대
와 달리 평안남도 개천에 있는 야영 훈련소에서 혹독한 훈련을
받는다. 그 과정은 그가 찾던 자유가 아니라, 국가 폭력에 의한
강요였다. "내가 육이오 후에 개천야영훈련소에서 받은 말할
수 없는 학대"를 그는 잊을 수 없었다.

삼십대의 김수영은 한참 어린 십대 후반의 소년병들에게
훈련받아야 했다. 공산주의 이념으로 세뇌된 소년병들은 이루
말할 수 없는 학대를 했다. **"열대여섯 살밖에는 먹지 않은 괴뢰군
분대장들에게 욕설을 듣고 낮이고 밤이고 할 것 없이 산마루를 넘어서
통나무를 지어 나르"**는 노역을 한다. 두 달간 끔찍한 훈련을 마
치고 평양 후방 전선으로 이동할 때 김수영은 탈출을 결심한
다. 인민군에서 탈출한 그에게 어떤 일이 있었을까.

황해도 신막에서 미군 트럭을 타고 서대문에 내렸을 때는

1950년 10월 28일 저녁 6시경이었다. 서울 거리는 살벌했다. 사무원 같은 선남선녀들 모습도 보여 반가웠으나 이내 다른 사람들 눈에 자신이 빨갱이로 보일 거라는 의식이 겹쳤다.

너무도 순진하게 김수영은 서대문 파출소로 가서 의용군에서 탈출했다고 말한다. 통행금지 시간이니 내일 아침에 가라는 말을 듣지 않고, 김수영은 충무로 집으로 향한다. 조선호텔과 동화백화점을 지나 해군본부 앞을 지날 무렵, 지프 옆에서 땀에 흠뻑 젖은 그의 얼굴을 향해 플래시 광선이 날아든다.

"어디서 오시오?"

"북에서 옵니다."

"무엇을 하는 사람이오?"

짧은 대화가 그에게 평생의 상처가 될 줄을 그는 몰랐던 것 같다. 집이 가깝다며 곧 집에 가서 가족 얼굴을 보고 자수하겠다는 말을 하자마자,

"응 그러면 당신은 '빨치산'이로구료."

대뜸 플래시 광선이 권총으로 바뀌었다. 김수영은 두 손을 들 수밖에 없었다.

10월 28일 체포된 이후 김수영은 2주간 이태원 육군형무소, 인천 포로수용소에 수감됐다가 같은 해 11월 11일 부산 거제리 포로수용소로 이송된다.

"누가 거제도 제육십일수용소에서 단기사이팔사년삼월십육일 오전 오시에 바로 철망 하나 둘 셋 네 겹을 격(隔)하고 불일어나듯이 솟아나는 제육십이적색수용소로 돌을 던지고 돌을

받으며 뛰어들어갔는가."

단기 4284년은 1951년이다. 1951년 3월 16일 김수영은 거제도 포로수용소에 있었다. 그해 초 중공군이 개입한 1·4후퇴로 국군이 몰리다가 3월 15일 서울을 다시 수복했다. 김수영이 쓴 1951년 3월 16일 새벽 5시에 제61수용소에 있던 반공포로들이 친공포로들이 있는 제62수용소로 돌을 던지며 투석전을 벌인 사건이 있었다.

그 와중에 김수영은 거제도 포로수용소에서 처음 성경을 '진심을 다하여' 읽는 체험을 한다.

나는 틈만 있으면 성서를 읽었다. 인민재판이 수용소 안에서 벌어지고 적색 환자까지 떼를 모아 일어나서 반공청년단을 해산하라는 요구를 들고 날뛰던 날 밤 나는 열한 사람의 동지들과 이 수용소를 탈출하여 가지고 거제도로 이송되어 갔다.

거제도에 가서도 나는 심심하면 돌벽에 기대어서 성서를 읽었다. 포로 생활에 있어서 거제리 제14야전병원은 나의 고향 같은 것이었다. 거제도에 와서 보니 도모지 살 것 같은 마음이 들지 않는다. 너무 서러워서 뼈를 어이는 서름이란 이러한 것일까! 아무것도 의지할 곳이 없다는 느낌이 심하여질수록 나는 진심을 다하여 성서를 읽었다.

성서의 말씀은 주 예수그리스도의 말씀인 동시에 임 간호원의 말이었고 부라우닝 대위(大尉)의 말이었고 거제리를 탈출하여 나올 때 구제하지 못한 채로 남겨 두고 온 젊은 동지의 말들이었다.

그는 성경을 그저 지식으로 혹은 관념으로 읽지 않았다. 성경을 예수의 말씀인 동시에 "거제리를 탈출하여 나올 때 구제하지 못한 채로 남겨두고 온 젊은 동지의 말"로 읽었던 것이다. 이후 김수영 시에서 종교적 상상력 혹은 '숨은 신'의 문제는 그의 시 전체를 일관하는 중요한 특성으로 나타난다.

전국의 포로수용소 안에서는 친공포로와 반공포로의 살벌한 싸움이 있었다. 김수영은 포로수용소에서 끔찍한 사건을 많이 목도했다. "나는 울었다. 그들도 울었다. 남겨놓고 간 동지들은 모조리 적색 포로들에게 학살을 당하였다는 소식을 듣고 나는 아주 병이 들어 자리를 눕게 되었다"고 회고했다.

1951년 9월 17일에는 친공포로들이 주도한 반공포로 학살 사건이 있었다. 중공군이 대공세를 취하여 부산이 이미 북한 공산군 수중에 들어왔으며, 곧 거제도도 해방될 것이라는 소문이 돌았다. 해방되기 전에 반동분자를 처단하는 실적이 있어야 한다며, 인민재판을 한 후 즉석에서 사살했다. 각 수용소에서는 10명 내지 30명씩의 반공포로들이 학살당했다. 9·17사건이라 불리는 이 사건은 9월 20일까지 계속되어 각 수용소에는 인공기가 나부끼고 거제도가 인민군 해방지로 보였다. 죽이면 시체를 변소나 수용소 안에 암매장하기도 했다. 미군이 잔혹하게 대했다며 친공포로들이 1952년 5월 수용소 사령관을 납치하는 사건도 일어났다. 친공포로와 반공포로의 싸움은 나날이 격해졌다. 반공포로들은 태극기를 걸고 구호를 외치며 시위를 하기도 했다. 1952년 4월 10일에도 경비병과 포로들 간의 욕설이 빌미가 되어

투석전과 총격전이 발생했다.

그의 26개월 수감 기간 중 무려 20개월은 부산 거제리 포로 수용소에서 보낸 시간이다. "거제리 수용소에서 나는 긴 세월을 지나게 되었다"고 김수영은 썼다.

1952년 11월 28일 석방된 김수영은 1953년 4월호 〈자유세계〉에 「달나라의 장난」을 발표한다. 이후 「조국에 돌아오신 상병 포로 동지들에게」를 1953년 5월 5일에 탈고한다. 휴전협정 중에 미리 교환된 부상병 포로들을 환영하는 이 시는 한국전쟁에서 자신이 체험한 비극을 구체적으로 묘사한 대단히 중요한 작품이다. 아울러 자신이 친공포로나 빨갱이가 아니라는 선언이기도 하다.

사람이 살다 보면 지옥 같은 무저갱을 경험할 때가 있다. 김수영은 2년 남짓한 시간 동안 끔찍한 포로 생활을 했다. 그 끔찍함을 그는 역전의 발판으로 삼았다. 그의 산문 전집에 제일 먼저 나오는 **"세계의 그 어느 사람보다도 비참한 사람이 되리라"**는 첫 문장은 그의 문학 전체를 예감하게 하는 다짐이다. 설움에서 긍지를 찾고, 부조리에서 자유와 혁명을 희구하는 그의 작품들은 바로 이 문장의 다짐에서 나온 결실들이다.

▶   유튜브 〈[김수영, 시로 쓰는 자서전 6강] 너도 나도 스스로 도는 힘을 위하여 '달나라의 장난'〉 참조

다른 세계를 마주하는 이상한 온기

> 그 여름방학 내내 나와 줄리는 오키드 거리에 살다시피
> 했다.
>
> **김초엽 「멜론 장수와 바이올린 연주자」** •

첫 문장만 읽으면 이 작품이 무엇을 말하는지 알 수가 없다. 시간적 배경은 '여름방학'일까, 주인공이 '나와 줄리'일까, 몇 가지를 짐작할 뿐이다. 화자인 '나'와 함께 다니는 줄리가 어떤 사이인지 명확하지 않다. '나'와 줄리는 시장터를 다니면서 상인들의 감시를 피하며 사과나 빵 조각을 몰래 훔쳐 배를 채운다. **"오키드 거리에 살다시피 했다"**는 말은 오키드 시장에서 훔쳐 먹는 좀도둑이라는 뜻이다.

> **우리는 냉장고 냄새가 나는 통조림 요리 대신 조금씩 훔친 간식들로 배를 채웠다. 늦은 밤마다 피곤한 얼굴로 돌아온 엄마는 냉장고의 음식들이 줄지 않는 것을 의아하게 여기지 않았다.**

• 　김초엽, 「멜론 장수와 바이올린 연주자」, 『행성어 서점』, 마음산책, 2021.

거의 즐기듯이 시장 바닥을 휩쓸며 먹거리를 훔치고 다니던 두 아이는 어느 날 시장 입구에서 멜론 장수 아저씨에게 걸린다. 그런데 멜론 장수 아저씨는 멜론을 잡아채기만 하고, 두 아이를 놓아준다.

'나'와 줄리는 자신들을 잡았다가 풀어준 멜론 장수 아저씨가 신기해서 관찰하지만, 종일 멜론은 팔리지도 않고, 사람들이 그를 의식하지도 않는다. 급기야 **"나와 줄리만이 멜론 장수의 존재를 알고 있는 것처럼 느껴질 때도"** 있었다.

두 아이의 관찰 대상이 된 멜론 장수 옆에 웬 바이올린 연주자가 등장한다. 바로 곁에서 연주자를 쫓아내지도 않는 멜론 장수와 아무렇지 않게 연주에 몰두하는, 멜론 장수와 얼굴이 똑같이 생긴 바이올린 연주자의 음악을 두 아이는 듣는다.

연주자가 바이올린을 턱에 고정하고 팔을 부드럽게 움직이는 것을, 허공 중에 직선과 곡선을 긋는 활을 가까이서 볼 수 있었다. 그리고 마침내 모자 아래 연주자의 얼굴을 보았을 때……

"얼굴이 똑같잖아!"

줄리가 깜짝 놀라서 외쳤다.

멜론 장수와 바이올린 연주자가 동시에 우리를 보았다. 화들짝 놀란 건 나도 마찬가지였다. 도망쳐야겠다는 생각에 뒷걸음질 쳤지만, 순간 왜 저 멜론 장수와 바이올린 연주자가 완전히 똑같은 얼굴을 하고 있는지가 궁금해졌다.

똑같이 생긴 사람, 그러나 한 사람은 멜론 장수이고 다른 이는 바이올린 연주자이기에 두 아이는 놀라움을 넘어 공포까지 느낀다. 한 사람은 이쪽에서 멜론을 팔고, 똑같이 생긴 다른 사람은 저쪽에서 바이올린을 연주한다. 장자의 호접지몽일까. 아니면 쌍둥이일까.

'나'는 놀란 나머지 **"두 분은 쌍둥이인가요?"**라고 묻기까지 한다. 바이올린 연주자의 대답은 아이들에게 판타지를 준다. **"아니, 우리는 형제처럼 서로를 여기지만, 사실은 그것보다 더 긴밀하지. 연결된 동시에 분리되어 있고 말이야."**

현실에 가까운 멜론 장수와 달리, 바이올린 연주자의 말은 관념적이고 세상 저편의 이야기를 하는 듯하다. 그의 연주에 귀 기울이는 사람은 없다. 다만 두 아이만 한참 앉아서 바이올린 연주를 듣는다.

이 상황을 이해하기 위해서는 소설이 '라이프 사진전'에 전시된 〈멜론 장수와 바이올린 연주자〉(1938)라는 작품에서 영감을 얻었다는 각주를 참조해야 한다. 소설의 제목은 사진 작품의 제목과 같다. 사진을 보면서 소설을 읽으면 소설적 상황을 연상하기에 편하다.

오랫동안 연주를 들은 아이들에게 멜론 장수는 멜론을 준다. 멜론 장수는 이상한 이야기를 한다.

"나는 이쪽 세계에서 멜론을 팔고, 저 녀석은 그쪽 세계에서 바이올린을 연주하지. 어느 세계에 있든 우리는 모두 같은 사람이고, 모두

성공하지 못했다는 공통점이 있지. 그리고 우리는 이 거리에서 종종 마주친단다. 또 다른 나를 만난 적도 있었지만, 이상하게도 가장 자주 마주치는 건 우리 둘이었어. 세상의 틈새로 가끔 끼어드는 불가피한 우연 같은 일이지."

여기서 '나'와 줄리는 멜론 장수와 바이올린 연주자가 다른 세계에서 온 같은 사람이라는 사실을 깨닫는다. 바로 평행우주parallel world의 상황이다.

평행우주는 우리가 알고 있는 우주가 아닌, 평행선에 놓여 있는 또 다른 세계에 함께 존재하는 상황을 말한다. 가령 현재에 살고 있는 내가 조선시대 임진왜란 때 이순신 장군을 모신 신하였다는 사실을 깨닫는 순간 같은 체험이다. 과거나 다른 세계에 나와 똑같은 삶을 사는 사람이 있다는 이론이다. 과거에 똑같은 일이 있었던 듯한 순간을 깨닫는 기시감既視感이란, 바로 평행 이론 때문이라는 말이기도 하다. 아인슈타인이나 스티븐 호킹 등 많은 과학자들이 평행우주에 대한 가설을 주장했다.

많은 종교의 영생이니, 환생이니, 윤회니 하는 이론은 평행이론과 비슷한 상상력이다. 여러 영화나 드라마에서 평행이론을 방법론으로 쓰고 있다. 가령 이와이 슌지 감독의 영화 〈러브레터〉는 저편에 나와 똑같은 인간이 있다는 상상력을 소재로 쓴 작품이다. 영화 〈나니아 연대기〉나 〈해리 포터〉 시리즈도 전혀 다른 마법 세계에서 새로운 현실을 체험하는 영화다. 영화 〈인투 더 미러〉 〈러브 앳〉도 평행 이론을 그대로 주제로 삼은 영화다.

평행이론은 여러 문제를 내포하고 있다. 평행우주에서 인간의 운명은 이미 정해져 있고, 인간의 삶이나 역사는 반복된다. 결국 모든 것은 이미 결정돼 있다는 운명론이나 결정론에 빠진다. 그러나 작가는 다른 이야기를 내놓는다.

정말로 두 사람이 같은 사람이라면, 한 세계에서는 멜론을 팔고 다른 세계에서는 바이올린을 연주하는 같은 존재라면, 어느 세계에서도 성공하지 못했다는 건 아주 슬픈 일이어야 할 텐데. 하지만 두 사람의 표정은 정말로 유쾌해 보였다.

이 소설은 평행우주 이론의 불안함을 넘어선다. 평행우주에 사는 두 사람은 분리된 자신을 명확히 인정하고, 그것 자체의 자유로움을 만끽한다. 아이들에게 두 사람은 슬픈 존재가 아니라 **"정말로 유쾌해 보였"**던 것이다. 이 지점에서 김초엽의 소설은 SF소설들이 경고하는 흔한 불안을 훌쩍 넘어선다. 김초엽은 끊임없이 미래 세계의 인간에게도 아름다움이 있으리라는 것을 아이들의 눈을 통해 확인한다.

"그 아저씨, 이번에는 다른 세계로 간 거야. 거기서 멜론을 팔려고." '내'가 밝게 두 아저씨가 다른 세계로 갔을 것이라고 말하며 소설은 아름답게 마무리된다. 불안한 평행우주 이론은 아름다운 동화로 맺어진다.

김초엽의 짧은 소설집『행성어 서점』은 놀라운 작품이다.

첫째, 이 소설집은 아주 짧은 이야기로 구성되어 있다. 짧은 소설을 프랑스어로 콩트conte라고 한다. 우리는 나뭇잎처럼 작은 지면에 들어갈 정도의 소설이라 하여 '엽편葉篇소설' 혹은 '손바닥 소설'로 부르고 영어로 미니픽션minifiction이라고도 한다. 현재 단편소설이라 하면 200자 원고지 70~80매 정도이지만, 본래 염상섭, 이효석, 이태준이 쓴 소설을 보면 원고지 20~30매 분량이었다. 스마트폰 시대에 들어 짧은 소설을 '스마트 소설'이라고도 하는데, 김초엽은 스마트폰이 없으면 생활을 못하는 '포노 사피엔스Phono Sapiens' 세대에 가장 사랑받고 있는 작가다. 문장이 짧고 길이도 짧으며, 사건의 전환이 신속하고 명료하다.

둘째, 이 소설집에 나오는 인물들을 통해 김초엽 소설의 공통점을 볼 수 있다. 김초엽 소설에 등장하는 인물들은 거리의 악사, 그림 그리는 노인 등 약자, 소외된 사람이다. 인터뷰를 보면 약자나 소수자를 등장시키는 것이 작가의 의도라는 것을 알 수 있다.

문학이라는 장에서 충분히 다뤄지지 않은 다른 종류의 소외가 있다는 생각도 하거든요. 그런 인물들을 되도록 수면 위로 끌어올리고 싶은 마음이 있는 것 같아요. 그런데 진짜 중요하게 생각하는 건 그냥 이런 새로운 다른 종류의 소외를 그냥 등장시키는 것만 의미가 있는 게 아니라 기본적으

로 이런 어떤 베이스로 깔고 그 위에 새로운 이야기들을 쌓아올리는 게 중요하다고 생각하거든요.•

김초엽 소설의 중심 주제 중 하나는 미래 사회에 약자나 소외된 사람들이 어떻게 살아갈까 하는 관심이다. 김초엽 소설의 초점은 중심이 아닌 변두리에 있다. 김초엽은 과학자나 군인이 세상을 바꾸는 위대한 발견보다는, 변두리에서 미래를 견디며 사는 사람들의 이야기로 마무리한다.

셋째, SF소설이지만 어둡지 않다. 올더스 헉슬리의 『멋진 신세계』나 조지 오웰의 『동물농장』 『1984』의 결말이 어두운 것과 다르다. 보통 사람에게 과거는 후회스럽고, 현재는 불만족스럽고, 미래는 불안하다. 김초엽 소설은 반대다. 과거의 발라드를 아름답게 보고, 현재도 좋으며, 미래도 불안하지 않다. 그래서 김초엽 소설을 읽는 사람은 행복하다.

김초엽은 **"그 여름방학 내내 나와 줄리는 오키드 거리에 살다시피 했다"**라는 첫 문장을 썼는데, 나는 여름방학 내내 김초엽의 소설 세계에 살면서 행복했다.

9 처음부터 끝까지 지배하는 결정적 사건이 나온다

절망한 인간에게 비치는 비밀스러운 햇살

아내는 알암이의 돌연스런 가출이 유괴에 의한 실종으로
확실시되고 난 다음에도 한동안은 악착스럽게 자신을 잘
견뎌나갔다.

이청준 「벌레 이야기」 •

"아내는"이라는 첫 단어는 아내가 이 소설에서 가장 중요한 존
재라는 사실을 명기한다. 다음 **"알암이"**라는 이름이 나오고 **"달
포 전에 갓 초등학교 4학년"**에 올라갔다는 설명이 이어진다. 앞의
두 문장에서 주요인물이 모두 등장한다.

5장으로 짜인 소설 첫 문장에서 **"유괴에 의한 실종"**이 바로
나온다. 동네 상가에 있는 주산학원 선생 김도섭은 소설 후반
부에서 결정적인 문제를 제기한다. **"지난해 5월 초"**에 알암이가
유괴되었다는 말은 이 소설이 일종의 회상기回想記라는 암시를
준다. 첫 단락에서 **"어미로서의 강인한 의지와 기원 때문"**이라는
말은 소설이 종교적 이야기로 흐를 것임을 암시한다.

•　　이청준, 『벌레 이야기』, 문학과지성사, 2013.

약국을 운영하며 살고 있는 행복한 가족에게 불행이 닥친다. 귀가하면 곧장 주산학원으로 가곤 했던 초등학교 4학년 알암이가 하굣길에 사라져버린다. 실종신고를 하고 알암이를 찾기 위해 애쓰지만 무소식이다. 아내는 자식을 무사히 찾겠다는 일념으로, 이웃에 살고 있는 김 집사의 도움을 받아 기독교인이 된다. 안타깝게도 아내의 기도는 허사였다. 주산학원 근처 상가 건물 지하실에서 알암이는 형체를 알아볼 수 없는 피살체로 발견된다.

"하느님은 몰라요. 살인귀를 가리켜 보여주지 못하는 하느님, 사랑도 섭리도 다 헛소리예요. 하느님보다 내가 잡을 거예요. 내가 지옥의 불 속까지라도 쫓아가서 그놈의 모가지를 끌고 올 거예요."

다시 절망에 빠진 아내는 이제 살인자를 잡는 일에 집중한다. 주산학원 원장인 김도섭이 범인이었다. **"원망과 분노와 복수의 집념"**에 괴로워하는 아내에게 김 집사는 죄인을 **"용서하고 동정"**해야 한다고 권한다. 범인을 용서해야 알암이가 구원받을 수 있다고 한다.

"가엾은 알암이의 영혼을 위하는 일인 거예요. 알암이의 영혼과 애 엄마 자신을 위해서라도 그에게 너무 깊은 원망을 지니지 않도록 하세요. 그래서 마음을 편하게 가지도록 노력해보세요. 그렇게 되도록 노력을 하시면 주님께서 반드시 도와주실 거예요."

아내는 불쌍하게 희생된 자식, 알암이의 영혼이 구원받기를 위해 기도하기 시작한다. 마침내 아내는 깊은 기도 끝에 범인 김도섭을 용서하기로 한다. 마침 크리스마스이브 전날인 12월 23일 교도소에 범인을 찾아가는데, 오히려 범인은 아내를 위로한다. 범인 김도섭은 하느님 품에서 평안을 찾고 하느님께 용서받았다고 말한다. 신을 향한 아내의 배신감은 너무도 분명하고 당연했다.

"그가 나를 용서한다구요? 게다가 주님께선 그를 먼저 용서하시구⋯⋯. 하긴 그게 아마 사실일지도 모르겠어요. 그래서 나는 질투 때문에 더욱더 절망하고 그를 용서할 수 없었을 거예요. 하지만 그것이 과연 주님의 뜻일까요? 당신이 내게서 그를 용서할 기회를 빼앗고, 그를 먼저 용서하여 그로 하여금 나를 용서케 하시고⋯⋯ 그것이 과연 주님의 공평한 사랑일까요. 나는 그걸 믿을 수가 없어요. 그걸 정녕 믿어야 한다면 차라리 주님의 저주를 택하겠어요. 내게 어떤 저주가 내리더라도 미워하고 저주하고 복수하는 인간으로 살아가겠다는 말이에요⋯⋯."

여기서부터 이 소설에서 키워드는 '용서'가 된다. '내가 용서하지 않으면 죄인은 용서받은 것이 아니다'라는 고정관념이 무너진 아내는 결국 자살을 선택한다. 그 자살은 인간을 벌레 취급하는 절대자 혹은 세계에 대한 항거가 아닐까.

왜 제목이 "벌레 이야기"일까. 알암이의 엄마인 신애의 말이 답해준다.

"내가 그를 아직 용서하지 않았는데 어느 누가 나 먼저 용서하느냐 말이에요. 그의 죄가 나밖에 누구에게서 먼저 용서될 수 있어요? 그럴 권리는 주님에게도 있을 수가 없어요. 그런데 주님께선 내게서 그걸 빼앗아가버리신 거예요. 나는 주님에게 그를 용서할 기회마저 빼앗기고 만 거란 말이에요. 내가 어떻게 다시 그를 용서합니까?"

하느님이 사랑도 용서도 다 해버린다면, 원수를 저주할 수도, 복수할 수도 없고 더욱이 용서할 권리마저 빼앗겨버린 아내는 죽음을 택할 수밖에 없다. 그 죽음은 인간이란 벌레만도 못하지 않은가 하는 절망이기도 할 것이다.

사람은 자기 존엄성이 지켜질 때 한 우주의 주인일 수 있고 우주 자체일 수 있다. 그러나 그 주체적 존엄성이 짓밟힐 때 한갓 벌레처럼 무력하고 하찮은 존재로 전락할 수밖에 없는 인간은 그 절대자 앞에 무엇을 할 수 있고 주장할 수 있는가.

이청준은 벌레의 의미를 명확히 이렇게 밝힌다. 작가는 묻는다. 도대체 신의 사랑 앞에서 사람이란 무엇인가. 인간의 존엄과 권리란 무엇인가. 작가는 신의 편이 아니라 고통받는 사람 곁에서 의문을 되새겨본다. 이청준은 특유의 철학적이고 집요한 시선으로 인간의 존엄성이 어떻게 한갓 벌레로 전락하는지를, 절대자 앞에서 어디까지 무력해질 수 있는지를 묻는다.

이청준은 다양한 주제로 작품을 발표했다.

첫째, 전통적인 장인의 삶을 그린 「줄」「매잡이」「과녁」「줄광대」 등의 비극적인 이야기다. 둘째로는 남도의 '소리'를 지켜온 사람에 대한 이야기 「서편제」「남도 사람들」「선학동 나그네」 등이 있다. 셋째로는 '언어사회학 서설'이라는 부제가 붙은 「떠도는 말들」「자서전을 쓰십시다」「지배와 해방」「다시 태어나는 말」 등이 있다. 넷째로는 과거 정신적인 상처가 남아 있는 인물이 나오는 『병신과 머저리』「눈길」「빈 방」「황홀한 실종」「퇴원」 같은 작품이 있다. 「개백정」「뺑소니 사고」처럼 폭력적인 현실의 체험을 쓴 소설도 있다. 「벌레 이야기」는 종교적인 주제로서 그가 썼던 『당신들의 천국』『낮은 데로 임하소서』와 유사하다고 볼 수 있겠다.

「벌레 이야기」를 영화 〈밀양〉에서 새롭게 해석한 이는 이창동 감독이다. 평범했던 한 영혼의 존엄성이 짓밟히는 과정, 아이의 죽음을 신의 뜻으로 받아들이는 과정, 범인을 용서하려 하지만 용서할 권리마저 절대자에게 박탈당하는 소설의 서사를 영화는 그대로 따른다. 다만 자살이라는 파국으로 끝나는 소설과 달리, 영화는 거울에 비친 햇살을 보는 새로운 가능성으로 끝난다.

무엇보다 「벌레 이야기」에 없는 새로운 인물을 창조한 것이 이채롭다. 카센터 주인으로 나오는 '숨은 주인공' 김종찬(송강호 분)에 의해 영화는 새롭게 창조된다. 영화에서는 소설의 남편 대신 김종찬이 등장한다. 소설의 화자인 남편과 이창동의 종찬 사이에는 분명한 차이가 있다. 신애(전도연 분)의 속내를 제대로 들여다보지도 못하는 떨떠름한 인물, 얼뜨기 크리스천 종찬은 고통받는 인간인 신애 곁에 언제나 그림자처럼 있다. 신애가 한계에 도달할 때마다 그녀를 돕는 이는 종찬이다. 신애가 절망할 때마다 종찬이 뒤에 있다. 종찬은 "나중 된 자로서 먼저 될 자도 있고 먼저 된 자로서 나중 될 자도 있느니라"(누가 13:30)는 말씀처럼, 강도당한 자를 구하는 사마리아인 같은 역할을 맡는다. 늘 고통스러운 인물 곁에 있는 종찬은 비밀스러운 햇살, 숨겨진 은혜의 인간적 화신으로 등장한다. 소설 작품이 영화로 새롭고 의미 있게 창조된 드문 예라 할 수 있겠다.

감정을 느끼지 못하는 소년의 성장담

그날 한 명이 다치고 여섯 명이 죽었다.

손원평 『아몬드』•

'아몬드'라는 책 제목은 무척 친근한데 비해 표지의 연한 고동색 옷을 입은 사내 아이 표정이 무뚝뚝하다. 왜 아무런 표정도 없을까. 책 표지가 궁금증을 일으킨다.

이야기는 "**그날 한 명이 다치고 여섯 명이 죽었다**"라는 강렬한 문장으로 시작된다. 가장 따뜻해야 하는 크리스마스 "**구세군 행진**" 이벤트에 "**정신없는 칼부림**"이 일어나 여섯 명이 죽었다. 이 끔찍한 사건이 무슨 사정으로 생겼는지 아무런 설명도 없다. 다만 "**나는 모든 일이 눈앞에서 벌어지는 것을 바라보고만**" 있었다고 하는데 그 태도는 뜬금없다. "**언제나처럼, 무표정하게**"라는 것이다.

• 손원평, 『아몬드』(개정판), 다즐링, 2023.

첫 문장에 이어지는 앞부분을 읽는 독자는 망치로 얻어맞은 듯 긴장할 수밖에 없다. 끔찍하게 시작하는 이 소설은 4부로 나뉘어 있다. 과연 이 첫 장면이 어떤 연고로 벌어졌는지는 1부 끝에 나온다. 충격적 사건 이후 주인공 '나'가 어떻게 변화되는지가 소설의 줄거리다. '나'의 둘레에 줄거리를 이끌어가는 몇 명의 중요인물이 있다.

먼저 주인공 '나', 선윤재는 어떤 감정도 느끼지 못하는 '알렉시티미아'라는 희귀한 장애를 안고 태어났다. 쉽게 말해 희로애락을 못 느끼는 '감정 표현 불능증'이다. 귀 뒤쪽에, 머리로 올라가는 깊숙한 어디께 아몬드 같은 형체를 '아미그달라' 혹은 '편도체'라고 부른다. '나'의 편도체는 너무 작아 어떤 감정도, 분노도, 공포도 잘 느끼지 못한다. 이 사실을 알고 나면 '아몬드'라는 제목이 그로테스크하게 다가온다.

사실 이런 증상은 장애라기보다는 현대인에게 보편적인 상태가 아닐까. 소설을 읽다 보면 선윤재의 모습은 독자 자신에게 겹친다. 우리도 대부분 이러한 증상을 느끼며 살아가지 않는지. 선윤재의 내면 심리를 자신의 증상으로 체험할 때쯤 소설 표지에 나오는 무표정한 얼굴이 이해된다. 더욱이 묻지마 살인사건 현장을 저 표정으로 보았다고 연상하면, 섬뜩하기까지 하다.

이 소설은 '나'가 내레이터로 등장하기 때문에, 문체가 16세 전후 학생의 어투처럼 쉽게 서술된다. 십대 후반 청소년의 자술서처럼 어려운 단어가 거의 나오지 않고 술술 읽힌다. 첫 문장이

워낙 흡입력이 강한 데다 문체가 쉬워 집중이 잘 된다.

지은은 선윤재의 엄마다. 집안의 반대에도 불구하고 부모와 연을 끊으면서까지 결혼을 감행하지만, 아이를 임신한 채 남편과 사별하고, 장애가 있는 윤재를 낳는다. 다른 사람들에게 들키지 않기 위해 지은은 애썼지만 더 이상 어찌할 수 없어, 7년 가까이 연락을 끊고 지냈던 어머니에게 도움을 요청한다.

윤재의 외할머니는 항상 딸인 지은을 **"썩을 년"**이라고 부른다. 반대로 손자 윤재는 **"귀여운 괴물"**이라고 부르며 사랑한다. 엄마와 할머니와 윤재, 세 가족은 크리스마스이브 겸 윤재의 열여섯 번째 생일날 냉면을 먹으러 간다. 그날 눈을 맞으며 즐겁게 식당 앞으로 나갔다가 벌어지는 끔찍한 사건이 바로 첫 장면에 나오는 사건이다. 할머니는 한 사내의 칼부림에 살해당한다.

2부에서는 윤재를 진심으로 신경 써주는 첫 어른인 심 박사가 등장한다. 엄마가 운영하는 책방 2층에 있는 '심재명 제과점'의 사장이며 건물주인 그는 '심 박사'라고 불린다. 심 박사는 사실 과거에 심장내과 의사였다. 심정지로 죽어가는 아내를 살리지 못한 그는 의사를 그만두고 빵을 만든다. 할머니가 죽고 엄마가 식물인간이 된 후 윤재는 심 박사의 도움을 받는다.

3부는 **"도라는 곤이의 정반대 지점에 서 있는 아이였다"**라는 구절로 시작된다. 육상선수 도라로 인해 윤재는 가슴이 터질 듯한 흥분을 처음 경험한다. 도라는 윤재에게 사랑이라는 잉걸불을 일으킨다.

4부에서는 깡패 철사의 칼부림 사건이 터지면서 이야기가 빠르게 절정에 오른다. 육체에서 영혼이 분리되는 죽음을 경험한 윤재는 곤이를 진심으로 아낀다는 것을 깨닫는다. 소설은 가까스로 살아난 윤재에게 식물인간이었던 엄마가 휠체어를 타고 다가오는 해피엔드로 마무리된다. 다 읽고 표지를 보면, 인물 주변에 밝은 연녹색이 설핏 희망으로 보인다.

이 소설은 많은 고전과 비견할 만하다. 정체성을 깨달아가는 싱클레어가 등장하는 헤르만 헤세의 성장소설 『데미안』을 떠올리게 한다. 아닌 게 아니라 『아몬드』에서 『데미안』이 살짝 등장한다.

> **그가 책을 내밀며 가격을 물었다.**
> **– 100만 원요.**
> **– 생각보다 비싸구나.**
> **남자가 책을 앞뒤로 뒤적였다.**
> **– 그럴 만한 가치가 있는 책이니? 초판본도 아닌데. 어차피 번역서여서 초판본이라고 해도 별 의미가 있을 것 같지도 않고.**
> **책의 제목은 '데미안'이었다.**
> **– 어쨌든 100만 원이에요.**
> **그건 엄마의 책이었다. 중학생 때부터 엄마의 책장에 꽂혀 있던 책. 글을 쓰고 싶다는 열망을 품게 한 책. 팔지 않을 책이었다.**

곤이의 아빠 윤권호 교수가 처음 윤재에게 다가오는 장면이다. 윤재와 곤이가 만나는 계기가 되는 장면에서 작가는 『데미안』을 살짝 언급한다. 이제부터 두 소년이 겪을 성장통을 복선처럼 살짝 제시한 셈이다. 『데미안』은 주인공 싱클레어가 영혼의 멘토인 데미안을 만나 각성하고 성장하는 이야기다. 『데미안』과 함께 이 소설은 김려령 작가의 『완득이』, 김애란 작가의 『두근두근 내 인생』과도 비교할 만한 성장소설이다.

2020년 한국소설 중 독자들이 가장 많이 찾은 책이다. 세계 12개국 13개 언어로 번역된 K-문학으로 알려진 작품이다. 이 소설은 많이 팔리기 때문에 주목되는 소설이 아니다. 특이한 장애를 지닌 '나'의 입장을 헤아려보고, 현대인에게 보편적으로 퍼져 있는 증상을 체험하면서, 인간을 이해하는 넓은 지평을 가질 수 있게 하는 충분한 덕성을 갖춘 소설이다.

▶   유튜브 〈BTS [WINGS] 10가지 키워드, 손원평 『아몬드』 헤세 『데미안』〉 참조

조문객으로 엮은 시트콤 현대사

> 아버지가 죽었다. 전봇대에 머리를 박고. 평생을 정색하
> 고 살아온 아버지가 전봇대에 머리를 박고 진지 일색의
> 삶을 마감한 것이다.
>
> **정지아 『아버지의 해방일지』**•

이 독특한 첫 문장은 이야기 전체를 이끌어 오는 '결정적 사건'
이다. 『아버지의 해방일지』는 아버지의 사망이라는 계기로 인
해 사건이 시작된다. 82세의 아버지가 사망했다는 소식을 듣고
'나', 고아리는 고향으로 향한다. 화자인 고아리는 작가 자신을
떠올리게 하는데, 소설에서 열일곱 살 무렵에 **"그때 읽고 있던
까뮈의 『이방인』"**이라는 구절을 볼 때, 『이방인』의 첫 문장이 저
절로 떠오른다. 작가의 인터뷰를 보면 "카뮈의 『이방인』이 '엄
마가 죽었다'로 시작한다는 걸 까먹고 있었다. 그에 대해 묻는
사람도 있는데 그걸 생각한 건 아니다"라고 한다.

　　"오늘 엄마가 죽었다. 아니 어쩌면 어제"로 시작하는 『이

• 　정지아, 『아버지의 해방일지』, 창비, 2022.

268

방인』의 첫 문장은 소설을 풀어가는 '계기적 사건'을 예시한다. 주인공 뫼르소는 어머니의 사망 소식을 듣고 어머니가 마지막까지 지내던 양로원이 있는 마랑고Marengo, 현재 이름은 하주트로 향한다. 장례를 치르고도 세상에 무관심한 뫼르소는 알제리인을 살해하고, 재판을 받고, 사형까지 받는 등 전혀 예상할 수 없는 일들이 이어진다.

돌아가신 아버지에게 반말을 하듯 시니컬한 이 첫 문장은 어떤 효과가 있을까. 겉으로 보면 **"진지 일색"**, 곧 마음과 행동이 진지하기만 했던 아버지의 삶과 전혀 다른 재미있는 도입부로 시작하여 소설을 편히 읽도록 한다. **"만우절은 아니었다. 만우절이라 한들 그런 장난이나 유머가 오가는 집안도 아니었다. 유머라니. 유머는 우리 집안에서 일종의 금기였다"**라며 이어지는 문장도 재미있다.

아버지께서 '돌아가셨다'가 아니라, 아버지가 '죽었다'고 쓰여 있다. 이 시니컬한 문장에는 아버지의 죽음을 객관적으로 전하겠다는 화자의 다짐이 담겨 있다. 앞으로 써나갈 이야기에서 단순한 개인의 가족사를 넘어, 분단의 역사를 최대한 객관적으로 쓰겠다는 의지가 담겨 있다.

소설 곳곳에서 아버지는 영웅보다는 세상살이에 어리숙한 인물로 표현된다. **"사회주의자로서의 아버지는 제법 근사할 때도 있었으나 농부로서의 아버지는 젬병이었다. 사회주의자답게 의식만 앞선 농부였다."** 이름을 날리던 빨치산 아버지는 농부로서는 젬병이다. 화자는 빨치산 아버지를 영웅으로 만들지 않고 젬병으로 규정한다. 한국전쟁의 비극 이후에 빨치산 이야기를 적대시하는 이들의 고정관념에 균열을 일으키는 문장이다. 금기어의 영역을 다루되, 이념이 아닌 철저한 삶의 현장에서 서술하겠다는 작가의 다짐이 이 소설의 앞부분에 담겨 있다. 빨치산으로 살았던 한 인간의 삶을 가족사적 자서전으로 한정하는 것이 아니라, 개인을 넘어 '초超개인의 역사'로 확장하여 드러내겠다는 의도가 엿보인다.

책에는 **"전봇대에 머리를 박고"**라는 말이 반복해서 나오는데 왜 하필 전봇대일까. 이 말은 곧 다음 문장에 한 번 더 반복해서 나온다. 겉으로는 너무도 코믹한 모습이다. 마치 전봇대에 오줌을 싸서 자기 영역을 지키려던 개 한 마리의 죽음처럼 재현됐다. 너무도 유머러스한 죽음이 아닌가. 인간에게 전봇대는 무엇일까. 작가의 말에 따르면, 정말로 별 의도 없이 재미있게 꾸미려고 전봇대를 넣었다고 한다.

작가가 의도했든 안 했든 전봇대를 대하는 수용자의 반응은 다양할 것이다. 전봇대는 마치 무엇인가를 고집하듯 꼿꼿하다. 차갑고 고집불통으로 보이는 전봇대는 시꺼먼 나무나 시멘트로 만들어져 있다. 볼썽사나운 전봇대는 항상 거기에 서서 집과 집의 전기를 이어주는 종요로운 역할을 한다.

특히 빨치산이란 존재에게 전봇대는 어떤 의미가 있을까. 전봇대는 통신과 의사소통의 기능을 한다. 의사소통을 제대로 할 수 없었던 빨치산 아버지의 삶이 얼마나 통렬하고 억울했던 것인지, 그 답답한 마음을 전봇대에 토로하는 듯한 장면이 아닐까. 어쩌면 아버지의 '레포(연락원)'였던 어머니를 상징할 수도 있겠다. 가장 사랑하던 레포에 비견할 만한 전봇대에 머리를 박고 사망한 것이 아닐까.

사람들에게 큰 관심을 받지 못하지만 전봇대처럼 살고 싶어 하던 이들이 빨치산 아니었을까. 낮과 밤 구별 없이 소식을 전하고 불을 밝히려는 역할을 하고 싶었던 이들이 아닐까.

이 소설에 등장하는 인물들의 역할은 분명하다. 아버지 고상욱을 둘러싼 사람들의 에피소드 중 가장 가슴 아픈 이야기는 바로 작은아버지와의 이야기다. 작은아버지 고상호는 '빨갱이 형' 때문에 집안이 망했다고 생각한다. 평생 술꾼으로 산 작은아버지는 이따금 집에 찾아와 **"니는 그리 잘라서 집안 말아묵었나"**라며 행패를 부리곤 한다. 그때마다 아버지는 맞서지 않고 묵묵부답이다. 아버지가 사망하고 화자인 아리는 차라리 작은아버지가 장례식장에 나타나지 않기를 바란다. 아버지를 미워하는 작은아버지의 태도는 작품 내내 긴장감을 준다. 그리스 희곡이나 아리스토텔레스의 미학을 떠올리지 않더라도, 하나의 이야기에 긴장감을 주려면 주인공인 프로타고니스트protagonist에 적대하는 안타고니스트antagonist가 필요하다. 아리는 안타고니스트인 작은아버지를 이해하지 못하면서도 어릴 때의 '쉰 냄새'를 떠올리며 혈육임을 깨닫는다.

작은아버지는 형의 죽음을 알리는 전화를 받지도 않고 대꾸도 없이 끊을 만큼 냉담하다. 아리는 **"쉰내 같은 게 혈육인"** 작은아버지를 늘 의식한다. 마침내 아홉 살부터 어긋났던 동생은 70년 가까이 지나서야 형의 장례식장에 나타난다. 형을 유골의 형태로 부둥켜안고 통곡한다.

작품에는 중요한 역할을 하는 세 가지 유형의 인물들이 등장한다. 첫째는 동네 사람들이다. 화자는 집안에 피해만 준 아버지에게 뜻밖에도 소중한 친구들이 있었다는 사실을 깨닫는다. 아버지에게 가장 먼저 문상 온 손님들은 구례 사람들이다. 박한우 선생, 학수, 박동식, 황 사장, 실비집 주인, 반내골 사촌 언니들, 떡집 언니, 장영자, 지팡이를 든 절름발이 노인, 담배 친구, 소 선생의 장남, 그리고 작은아버지 등이다. 아버지의 장례식에는 팔 걷어붙이고 돕는 사람이 넘쳐난다. 동네 사람들은 그 사람이 죽고 나서야 그 사람의 가치를 알 수 있다는 말을 확인하게 한다.

작가는 특히 구례의 전라도 사투리를 살려내어 작품에 몰입하게 한다. 이 소설의 사투리(지역어)는 그야말로 큰 효과를 발휘한다. "저 질(길)", "헥멩(혁명)", "항꾼에(함께) 서로 돕고 지내라" 등의 사투리를 통해 이 소설은 '제땅말'이 얼마나 중요한지 강변한다. **"어쩐지 마음이 언니가 뽀땃하게 끓여 온 전복죽처럼 뽀땃해지는 느낌이었다"**며 전라도 사투리 '뽀땃하다'가 가끔 나오는데, '흡족하다', '만족하다'란 뜻도 있지만, '음식에 국물이 그다지 많지 않게 졸여진 상태'를 뜻하는 것으로 읽으면 이 문장이 정말 대단하게 느껴진다.

두 번째는 아버지의 사망 소식을 듣고 멀리서 이튿날 아침

일찍 찾아온 빨치산 동지들이다. **"아버지의 우파 친구가 사라진 길로 좌파 친구들이 몰려오고"** 있었다. 스무 명 남짓의 늙은 혁명 전사들이 장례식에 찾아온다.

세 번째는 다음 세대 인물들이다. 빨치산 시대가 현실적 패배로 끝나고 다음 세대들이 아버지 고상욱과 연결된다. 아버지의 형네 집 아들 고길수도 '빨갱이 작은 아빠' 때문에 출세하지 못한다. 고길수는 빨갱이의 '조카'라는 이유만으로 육군사관학교에 합격하고도 신원 조회에 걸려 입학을 거부당한다. 다음 머리를 노랗게 물들인 불량 청소년처럼 생긴 아이가 문상객으로 찾아온다. 아버지와 **"담배 친구"**였다는 오거리슈퍼 손녀는 어머니가 베트남에서 온 여인이었다. 어머니가 베트남인인 소녀에게 아버지는 '미 제국주의'를 운운하며, 소녀에게 **"엄마 나라는 전세계에서 미국을 이긴 유일한 나라라고. 긍게 자랑스러워해야 헌다"**고 격려한다.

'나'의 동문인 윤학수는 독특한 인물이다. 잘 다니던 대기업을 때려치우고 지역사회 연구소에서 일하는 그는 여순사건 실태를 조사하다가 아버지를 만났다. 185센티미터의 큰 키에 등반과 스킨스쿠버로 다져진 다부진 몸매의 윤학수는 노인정에 가서 난리를 부리며 아버지의 든든한 지원군이 되어준다. 윤학수는 퇴직금을 털어 빨치산 다큐멘터리를 찍는 감독과 아버지를 모시고 제주도 여행을 갈 정도로 역사의식이 있다. 윤학수는 **"아버지 말년에 나보다 더 가까이"** 지내며 아버지의 아들이 되어준다. 너스레도 잘 떠는 윤학수는 화자가 중심을 못 잡을 때, **"너는 대체 어떤 딸이었냐"**며 성찰하게 한다.

윤학수 같은 캐릭터는 과거의 상처를 다음 세대가 어떻게 기억하고 새로운 의미로 확장시켜가는지를 보여주는 독특한 캐릭터다.

동네 사람들, 빨치산 동지들, 다음 세대 인물들로 나누었으나 이들은 따로 떨어져 있지 않고 서로 얽혀 있다. 가령 장례식장을 운영하는 황 사장은 동네 사람이지만 아버지가 빨치산이었다. 동네 사람인 떡집 언니도 엄마가 빨치산이었기에 빈소의 주방 일을 거든다. 노란 머리 소녀나 윤학수는 다음 세대 인물인데 동네 사람이거나 빨치산을 취재한다는 의미에서 다른 원과 겹쳐 있다. 이런 식의 인물 설정은 인간관계가 따로따로 있는 것이 아니라, 결국 모든 이들이 서로 얽혀 있는 가족관계라는 것을 느끼게 한다. 우파든 좌파든 모두 얽혀 있고, 한 가족인 것이다.

'나'는 아버지가 여태껏 자신의 앞길을 막는 존재였다고 생각했다. 아버지야말로 '나'의 그림자를 만든 장본인이었던 것이다. 하지만 아버지의 장례를 치르는 동안 조문객들과 아버지가 함께한 시간들을 되짚어본다. 어릴 때 '나'는 남자인 아버지의 벗은 몸을 보고, 아버지처럼 서서 오줌을 싸보기도 했다.

'나'는 아버지를 미워하면서도 닮았다는 사실을 확인한다. 죽음 이후 '나'는 자신이 알던 아버지의 얼굴이 극히 일부였음을 깨닫는다. 아버지의 합리적이고 현실적인 면들이 밝혀지고,

사람들을 감화시킨 담대한 모습들도 드러난다. 무엇보다 잊고 있었던, '나'를 사랑했던 순간순간들이 떠오른다. 마침내 '나'는 아버지의 유골을 손에 들고, 가장 아버지다운 방식으로 아버지의 기억이 남은 곳에 유골을 뿌리기로 한다.

"유골이 차츰 따스해졌다. 그게 나의 아버지, 빨치산이 아닌, 빨갱이도 아닌, 나의 아버지."라는 마지막 문장은 독자의 눈시울을 떨리게 하는 인상 깊은 문장이다. 참된 자기를 깨닫는 아리 옆에는 **"아버지가 만들어준 이상한 인연 둘"**, 곧 노란 머리 소녀와 윤학수가 함께한다. 과거의 개인적 상처가 미래의 공동체에게 위로받는 장면이다. 그런 의미에서 이 소설은 육신의 질곡에서 벗어난 아버지의 해방일지이면서 동시에 딸의 해방일지이기도 하다.

책은 마치 아버지의 죽음 이후를 여러 편의 시트콤으로 나눠 원테이크로 촬영한 영화를 보는 것 같은 체험을 선사한다. 조문객으로 엮은 현대사를 대하다 보면, 독자는 어느덧 저마다의 사연을 품은 조문객의 마음자리를 이해하게 된다.

10 영원한 명언을 놓는다

공부하는 마음을 실천하기

배우고 때때로 익히면 또한 기쁘지 않겠소.

學而時習之不亦說乎

공자 『논어』

운동을 전혀 하지 않은 사람이 체육관에 가서 조금씩 운동을 하다 보면, 자기도 모르게 조금씩 근육이 붙는다. 동양고전을 읽는 것도 운동에 비견할 수 있겠다. 한문으로 쓰여 있는 동양고전은 한자를 잘 쓰지 않는 세대에게는 어렵게 느껴진다. 동양고전은 혼자 읽는 것보다 여럿이 함께 읽는 방식이 좋다. 마치 운동을 전혀 안 하는 사람이 체육관에 가서 다른 사람과 함께 운동하면 좋은 것과 비슷하다. 처음엔 어려워도 따라 읽으며 남들 하는 내용을 따라가다 보면, 그 텍스트에서 반복해서 나오는 한문 문형에 익숙해지고, 자기도 모르게 한자를 해석하는 힘이 붙는다.

너무도 유명한 『논어』 1편 「학이學而」의 첫 문장을 읽어보자. 어렵게 생각하지 말고 아래 쓰여 있는 한자를 보면서 읽어보자. 『논어』에서 가장 먼저 나오는 단어는 '배운다'는 의미의 '학學'이다. 『논어』는 제일 먼저 "배운다"는 것이 무엇인지 물어본다. 요즘 사람들은 "배운다"라고 하면 대학입시를 준비하는 지겨운 나날을 떠올린다. 그런 방식이 진짜 배움일까.

공자(B. C. 551~B. C. 479)는 어떻게 배웠기에 '학'이라는 글자를 제일 앞에 썼을까. '학'은 오늘날 대학 입학을 목적으로 하는 교과서 위주의 공부와 다르다. 공자의 '학'은 사회질서를 유지하는 예禮, 음악樂, 화살 쏘기射, 말이나 수레 부리기御, 글쓰기書, 수학과 경영數으로 통칭되는 실용적이고 통합적인 공부였다. 문과, 이과, 예능계로 나누는 구분이 전혀 없는 융합적인 공부였다. 본래 '학'을 주자朱子는 '효야 각야也效也覺也', 곧 '본받아 깨달음'이라고 했다. 지금 우리가 학문이라 하는 것보다 훨씬 넓은 의미다.

첫 문장에 나오는 단어 시時는 부사로 '때때로' 혹은 '늘'이라고 해석한다. 때에 맞추어 스스로 적당히 공부해야 한다. 지하철에서는 어떤 책을 읽고, 걸어가면서 어떤 방송을 듣는 것처럼 때에 맞는 공부를 해야 한다는 뜻도 가능하다.

익힌다習는 단어도 재미있다. 습習은 '익히다'라는 뜻이다. 위에 '깃 우羽'자가 있고, 아래에 '흰 백白'자가 있는 모양이다. 깃 우羽 아래 흰 백白자는 본래 '스스로 자自'였는데 획이 줄어 변형된 것으로 보인다. 스스로 날개 치며 좋아서 '배우고 익혀야' 한다는 뜻이다. 그러니 삶 자체가 공부요, 익혀가는 과정이다. 공자는 평생을 통해 때를 맞추어 끊임없이 정진하며 배움의 기쁨을 만끽했다는 뜻이다.

첫 문장의 불역열호不亦說乎에서 '불역不亦+A+호乎'는 공식으로 '또한 A하지 아니한가'라는 의미이다. 기뻐할 열說이 중간에 들어갔으니 '또한 기쁘지 아니한가'라는 뜻이다. 역亦이란 말을 '또한'이라고 번역하는데 그 의미는 가볍지 않다. '또한'이라 했으니 학문은 어떤 다른 즐거움에 밀리지 않을 정도로 즐겁다는 말이다. 서구에서 말하는 철학philosophia, 곧 지혜Sophia를 사랑하는Philia 행위와 견주어 볼 수 있겠다. 지혜를 사랑해야 이치를 깨닫는 것이 철학이다.

다산 정약용(1762~1836)은 이 첫 구절에서 행복을 말한다. '학은 배움이고, 습은 행함'이라 했던 다산에게 실천할 수 없는 학문은 학문이 아니다. 주자는 습習을 새의 날갯짓으로 봤으나, 다산은 '실천하는' 몸짓으로 해석했다. "배운 걸 실천할 때 인간의 마음이 기뻐진다"는 것이 다산의 해석이다.

이 세상에 살면서 두 가지 학문을 겸해서 공부하지 않을 수 없으니, 하나는 속학(俗學)이요, 하나는 아학(雅學)입니다. 이는 후세의 악부(樂府)에 아악(雅樂)과 속악(俗樂)이 있는 것과 같습니다. 이곳 아이들은 아(雅)만 알고 속(俗)을 알지 못하므로 오히려 아를 속으로 여겨버리는 폐단이 있습니다. 이 것은 그들의 허물이라기보다는 시세(時勢)가 그렇게 만들고 있다고 해야겠지요.•

•　　정약용, 『유배지에서 보낸 편지』, 창비, 2019.

정약용은 두 가지 학문 곧 속학과 아학을 모두 겸해서 공부해야 한다고 썼다. 쉽게 말해서 책만 읽지 말고, 책 이전에 세상이 어떻게 돌아가는지 먼저 공부하라는 말이다. 속학은 세속적인 학문secular learning이고, 아학은 유교 경전만을 연구하는 학자Confucian literati의 태도라 할 수 있겠다.

정약용은 둘째 아들 학유에게도 닭 키우는 일을 게을리하지 말라는 편지를 보낸다. 닭을 쳐도 색깔과 종류를 구별하고, 홰를 다르게 만들어보기도 하고, 남의 집 닭보다 튼튼하게 길러보고, 공부도 하고 시도 쓰라고 권한다. 닭 키우는 일이 속학이라면, 고전을 읽고 시 쓰는 일은 아학일 것이다.

위 문장은 정약용이 『자산어보』를 쓴 형 정약전에게 보내는 편지에 나온다. 형 정약전이야말로 속학과 아학을 겸비한 사람이었다. 동생인 정약용이 보기에 정약전은 한양에서 어릴 때부터 방 안에 있기보다는 마을 사람들과 어울려 놀기를 좋아했다. 마침내 자산에 유배 가서도 정약전은 비린내 나는 어부들이 하는 말을 기록하여 영원한 고전 『자산어보』를 남긴다.

정약용은 아학과 속학 모두 갖추어야 실제적인 '학'이라고 보았다. 그는 속학보다 아학을 앞에 두었다. 실천을 염두에 두고 공부할 때, 배운다는 행위는 기쁠 수밖에 없다. 정약용에게 "습지習之"는 '그것을 실천하는 것'이고, '기쁠 열悅' 자는 행복의 표현이다. 배운 것을 현실에 적용하고 실천하면 기쁠 수밖에 없는 것이다.

학문의 동기는 재미와 실천이다. 인생에 즐거움을 주는 공부를 해야 한다. 실천할 수 있는 공부를 해야 한다. 때에 맞춰 혹은 때때로 익힌다는 '시습時習'이란, 억지로 암기하며 읽는 행위가 아니라, 즐겁게 공부를 실천하는 과정이다.

학습學習은 스스로 재미있게 하는 것이며, 이상적인 사회를 세우기 위해 실용적이고 융합적인 깨달음을 얻어가는 과정이다. 『논어』의 첫 구절을 읽으며 마음이 따끔하다. 『논어』는 공자의 강의 노트를 제자들이 편집한 강의록이다. 제자들이 보기에 스승이 가장 중요하게 가르친 것은 배움을 좋아한다는 '호학好學'이었다. 실천을 염두에 두고 배운다는 것은 즐겁다는 선언, 『논어』의 첫 문장 학이시습지불역열호學而時習之不亦說乎는 공자가 자기 삶을 요약한 한 줄의 자기소개서다.

선을 꾸준하게 행한다는 것

공자가 말하셨어요. 선을 행하는 자는 하늘이 복으로 갚고,
선하지 않은 것을 행하는 자는 하늘이 재앙으로 갚는답니다.

子曰, 爲善者 天報之以福,

爲不善者 天報之以禍.

범입본 『명심보감』

『명심보감』은 600여 년 전의 책이다. 시대의 흐름에 따라 편집
되어왔다. 조선시대에는 교과서 같은 책이었다. 고려 충렬왕 때
학자인 추적(1246~1317)은 초학 입문용 교재로 간결한 문장 안
에 담긴 잠언과 두고두고 숙독될 명구를 19편으로 편집해 『명
심보감초明心寶鑑抄』를 냈다. 이후 명나라 사람 범입본范立本은 추
적의 『명심보감초』를 입수하여 문구를 더 추가하고 편집해 증
편 『명심보감』을 편찬했다고 한다.

판본이 여러 번 바뀌고, 한국과 중국, 일본, 베트남을 넘어
영어, 네덜란드어, 독일어 등으로 번역되면서도 첫 편의 내용은
바뀌지 않았다. 그것이 바로 제1부에 해당되는 계선繼善편이다.

시집이나 음반을 만들 때 어떤 작품을 맨 앞에 놓느냐가
큰 고민거리다. 1936년에 나온 백석 시집 『사슴』의 첫 시는 「가

즈랑집」, 윤동주의 시집 『하늘과 별과 바람과 시』의 첫 시는 「서시」가 아니라 「자화상」이었다. 『명심보감』을 처음 편집할 때 첫 장에 어떤 내용을 넣을까 누구든 고민했을 것이다.

선을 끊임없이 행한다는 뜻인 '계선'이란 말은 사람이 날 때부터 선한 본성이 있으며, 이러한 본성을 교육을 통해서 계속 지켜가자는 뜻이다. 계선편에는 선악에 관한 글귀들이 수록되어 있다. "하루아침에 벼락처럼 갑자기 생겨나는 것이 아니다. 그러니까 반드시 호연지기를 끊임없이 키울 수 있도록 착한 의를 쌓아야 하고, 그 효과를 미리 성급하게 기대해서는 안 된다"라고 『맹자』에 나와 있는 '호연지기浩然之氣'와도 그 뜻이 통한다 하겠다. 선을 행하는 데는 주말도 휴일도 없다. 평생 선을 행해야 한다는 말이다.

『명심보감』의 첫 구절은 "자왈, 위선자는"으로 시작되는 너무도 유명한 문장이다. 여기서 중요한 첫 단어는 "자왈子曰"이다. 자子는 아들 자가 아니라 부자夫子의 줄임말로 선생님이라는 뜻이며, 공자를 존칭하는 표현이다. 『명심보감』의 첫 단어로 공자가 나왔다는 것이 중요하다. 제자백가諸子百家란 말처럼 셀 수 없이 많은 전문가家가 있었던 시대였지만 그들의 시조는 꿍쯔, 곧 공자였다.

"자왈(子曰), 위선자(爲善者)는 천보지이복(天報之以福)하고,
위불선자(爲不善者)는 천보지이화(天報之以禍)니라."

'위선자'에서 위爲는 '~을 하다'라는 뜻이고, 보報는 갚는다는 뜻으로, 보은報恩, 보복報復, 보답報答에 쓰인다. 그래서 뜻을 풀면, **"공자가 말하기를, 선(善)을 행하는 자는 하늘이 복(福)으로 갚고, 불선(不善)을 행하는 자는 하늘이 재앙으로 갚는다"**라는 말이다.

공자는 B. C. 551년 현재 산동성 곡부 지방인 노나라의 작은 마을 추읍에서 태어났다. 이때는 인도의 석가모니가 태어난 지 10여 년 뒤이고, 소크라테스가 태어나기 얼마 전 시기에 해당한다.

그의 삶에는 수수께끼가 많다. 은나라 왕족의 몰락한 후예였던 그의 아버지는 퇴역 군인 숙량흘叔梁紇이었고, 어머니는 아버지보다 훨씬 나이가 어린 안징재顏徵在였다. 어떤 책을 보면 안징재가 무당이었다고 쓰여 있다. 사마천이 말하기를 공자는 야합野合해서 태어났다고 썼다. 정식 혼인관계로 맺어지지 않은 남녀가 결합해서 태어났다는 말이다.

그 말에 따르면 공자는 굿을 보고 자란 것이다. 공자의 어머니 안징재는 이구산尼丘山에 남몰래 치성을 드려 공자를 낳았고 공자의 머리가 짱구처럼 움푹 들어갔기 때문에 공자의 이름을 구丘, 자를 중니仲尼라고 했다.

아버지가 죽었을 때 세 살이었던 공자는 장례식마저 치를 수 없는 빈천한 집안에서 외롭게 자란다. 과부가 된 어머니를 모시느라 공자는 어린 시절 비천한 일을 해야 했고, 공부도 열다섯이 되어서야 시작한다. 제대로 된 스승을 만나지 못하고 여기저기 큰 존재를 찾아 배운다. 이십대에는 당시 노나라에서 무시 못

할 인물이 되었고, 22세의 나이로 배우고자 하는 제자들을 받는다. 어떻게 열다섯 때 공부를 시작해서, 이십대 초부터 제자들을 받을 수 있었을까.

공자 나이 24세 되던 기원전 528년에 어머니는 40세의 나이로 숨졌다. 당시 춘추시대에는 온갖 전쟁이 연이어서 민중들은 피폐할 대로 피폐해진다. 인仁의 실천, 곧 백성을 사랑하는 것을 이상으로 삼았던 공자는 제자 교육을 넘어 정치에도 관여한다.

위대한 교육자였지만 공자는 매우 불행했다. 어려서 어버이를 여의었고, 아들 리鯉와 가장 아끼던 제자 안연顔淵을 먼저 보내야 했다. 여러 나라를 떠돌다가 굶기도 했고, 폭행당하기도 했다. 이후 공자는 고향에서 제자들을 가르치다가 기원전 479년 73세를 일기로 세상을 떠났다.

공자는 철저하게 변두리 체험을 하면서 포월匍越하여 현인의 자리에 오르고, 공자 아카데미의 효시가 되었다. 꼴찌 공자가 군자가 된 것은 철저한 학습 때문이었다.

'착함=복 / 악함=재앙'이라는 이항대립 구조, 그런데 세상은 그렇게 단순할까. 우리가 매일 보는 일상의 뉴스는 이와 정반대인 경우가 많다. 악한 이들이 물질적인 혜택을 누리며 사는 경우가 많다. 그래도 계선편의 뒷부분에 가면서 선과 악에 대한 응보는 조금 늦을지 모르나 반드시 이루어진다고 『명심보감』은 반복 강조한다.

첫 문장에서 생각해볼 만한 단어는 '위선자爲善者'와 '위선자僞善者'의 대립이다. 후자인 위선자의 위僞 자는, "~하다"라는 위僞 자에 인위성人이라는 의미가 붙어 있다. 위선자僞善者란, 좋은 일을 숨어서 하는 이가 아니라, 인위적이고 작위적으로 남에게 보이기 위해 양덕을 꾸미는 자를 말한다. 이른바 착한 일을 가장하여 잇속을 채우거나 선거철만 되면 거리를 청소하고 시장에 가서 어묵을 먹으며 사진 찍는 자들이야말로 위선자僞善者들일 것이다. 이들은 위선자僞善者가 아닌 위선자僞善者이고, 바른 정치를 행하는 위정자僞政者가 아닌 사리사욕을 위해 정치를 이용하는 위정자僞政者일 것이다. 발음은 같은데 그 차이는 이토록 다르다.

주관적인 경험에서 보편적인 기억으로

> 이 책은 어떤 객관적인 사실이나 사건에 대한 보고서가
> 아니다. 개인적인 체험, 즉 수백만 명의 사람들이 시시때
> 때로 겪었던 개인적인 체험에 관한 기록이다.
>
> **빅터 프랭클 『죽음의 수용소에서』**•

첫 문장에서 이 책은 **"개인적인 체험(personal experiences)"**을 기록한 책이라고 썼다. 과연 어디까지가 '객관적'일까. 객관적인 신문이 있을까. 조선일보는 조선일보의 주관성을 객관적이라고 주장한다. 한겨레신문은 한겨레신문의 주관성을 객관적이라고 주장한다. 인용문 없는 날것의 체험, 날것의 증언으로 빅터 프랭클(1905~1997)은 37세 때 아우슈비츠에서 겪은 체험을 기록한다. 이 책의 영문 원제 '의미를 찾는 인간Man's Search for Meaning'처럼 철저하게 개인적 체험을 탐구한다. 이 책의 가장 큰 설득력은 언제 죽을지 모를 인간이 목숨을 걸고 아우슈비츠에서 겪은 체험의 조각들을 있는 그대로 알려준다는 점에

•   빅터 프랭클, 『죽음의 수용소에서』, 이시형 옮김, 청아출판사, 2020.

있다. 그냥 경험이 아니라, 아버지와 어머니, 형제, 아내가 모두 아우슈비츠에서 학살당하고, 모든 재산을 빼앗긴 사람의 개인적인 체험이다. 이것이야말로 있는 그대로의 사실이기에 독자의 입장에서 겸허한 마음을 갖게 된다. 더 놀라운 것은 개인적인 체험을 넘어서 그 아픔과 극복을 보편적인 심리 치료법으로 확장시키는 과정이다.

아우슈비츠에서 쓰인 그의 개인적 기록은 죽음이라는 공포 상황을 인간이 어떻게 극복하는지에 관한 심리학 보고서다. 그는 수감자의 심리 반응을 세 단계로 설명한다.

첫 번째 단계는 수용소에 도착해서 느낀 심리 상태다. 고향 오스트리아 빈에서 나치 군인들에 끌려 80여 명이 탄 열차에 실린 프랭클은 어디로 가는지도 모르고 끌려간다. 2박 3일 만에 프랭클이 도착한 곳은 다하우에 있는 강제수용소였다. 그는 도착하자마자 시커먼 연기를 내뿜는 가스실의 높다란 굴뚝을 본다. 열차에서 내린 사람들 중 일할 수 없는 사람들은 왼쪽 가스실로 직행했고, 일할 수 있는 사람들은 오른쪽 숙소로 이동했다.

우리는 우스꽝스럽게 벌거벗겨진 몸뚱이 외에 잃을 것이 아무것도 없다는 사실을 깨달았다. 샤워기에서 물이 쏟아지기 시작했을 때, 우리는 자기 자신은 물론이고 서로를 재미있게 해 주려고 그야말로 안간힘을 썼다. 어쨌든 샤워기에서 정말로 물이 시원하게 쏟아지고 있지 않은가.

이 문장에서 '벌거벗은 생명'이라는 그 유명한 단어가 나온다. 조르조 아감벤Giorgio Agamben은 '벌거벗은 생명'이라는 단어에서 '호모 사케르Homo Sacer'라는 개념을 제시한다. '호모 사케르'는 희생될 수 없는 희생 제물이며, 죽여도 어떤 법적 처벌도 받지 않는 모순적인 존재를 가리키는 고대 로마법 용어였다. 아우슈비츠에 끌려간 유대인이야말로 파시즘의 희생 제사물이었고, 동시에 죽여도 어떤 법적 처벌도 받지 않는 모순된 호모 사케르였다. 호모 사케르는 한국 현대사에서 벌어진 많은 학살과 광주민주화항쟁에서도 발생했다. 큰 역사적 사건이 아니더라도, 우리는 얼마나 자주 한 인간을 제물로 만들고, 희생시키는가. 지금도 장애인이나 요양원 입원환자나 비정규직 노동자 등을 '벌거벗은 생명'으로 취급하지 않는가. 부조리한 사회에서 만약 살아 있다면 그것은 호모 사케르, 벌거벗은 생명을 향한 예비 시체가 아닐까.

두 번째 단계는 틀에 박힌 수용소 일과에 적응한 뒤의 심리 상태다. 사람들에게서 점점 감정이 사라진다. 무감정 상태가 지속된다. 두 시간 전에 이야기를 나눴던 사람이 죽었는데 그 시체와 눈이 마주친 프랭클 박사는 아무것도 아닌 양 수프를 먹었다고 말한다.

방금 전 밖으로 옮겨진 시체가 동태 같은 눈을 하고 나를 바라보고 있었다. 두 시간 전에 나와 이야기를 나누었던 사람이었다. 그러나 나는 곧 다시 수프를 먹었다.

프랭클 박사가 발견한 것은 무감정 무감각 상태의 인간이 그 잔혹한 환경에서도 견뎌냈다는 사실이다. 신기하게도 누구도 자살하려 하지 않았다. 절망이 오히려 자살을 보류하게 한다. 이 책에는 무감각에서 벗어나 불행을 견디는 방법이 쓰여 있다. 무감각에서 벗어나려고 도덕이나 윤리는 생각하지 않고 생존에만 집중하게 된다. 프랭클이 활용한 방법들을 정리해보았다.

끝까지 자기를 존엄하게 관리하는 것. 프랭클은 가스실에 끌려가지 않으려고, 건강하게 보이려고 매일 유리 조각으로 면도를 한다. 무감정한 상태에서도 분노한 순간이 있었는데 그것은 육체적인 학대가 아니라 마지막 남은 존엄에 '모멸감'을 느꼈을 때였다.

행복했던 과거의 순간을 떠올리는 것. 사랑하는 아내가 살아 있을지 죽어 있을지 모르지만 떠올리는 것만으로도 사랑을 확인한다. 그때 그는 깨닫는다.

사랑은 사랑하는 사람의 육신을 초월해서 더 먼 곳까지 간다는 것이었다. 사랑은 영적인 존재, 내적인 자아 안에서 더욱 깊은 의미를 갖게 된다. 사랑하는 사람이 실제로 존재하든 존재하지 않았든, 아직 살았든 죽었든 그런 것은 하나도 중요하지 않다. (…) "나를 그대 가슴에 새겨 주오. 사랑은 죽음만큼이나 강한 것이라오.

고통을 느끼는 순간에도 사랑하는 사람을 생각하면 곧 행복해진다. 어딘가에 사랑하는 사람이 있다는 것은 행복하게 지낼 수 있는 환경이 되는 것이다.

일상적인 꿈을 꾸는 것. 수용소에 있는 사람이 가장 자주 꾸는 꿈은 빵, 케이크, 담배, 그리고 따뜻한 물로 목욕하는 것이다. 너무도 일상적이고 단순한 일을 할 수 없는 상황이 욕망으로 증폭되어 꿈속에서나마 소원을 이루는 상황이다. 다만 이상하게도 성욕이 사라졌다고 한다. 그 이유는 극심한 영양실조 때문이라고 프랭클 박사는 판단한다.

아무리 힘들어도 정치, 예술, 종교 활동을 하는 것. 수용소에서 시를 낭송할 때가 있었다고 한다. 현실을 잊기 위한 노력이었다. 종교를 믿는 사람은 더 깊게 종교에 빠져들었다. 정치와 종교는 갈등 요인이 되기도 한다. 가족이 모이면 정치와 종교 문제는 얘기하지 말자고 하는 경우가 많은데, 그만치 신경 쓰게 만드는 내용들이 오히려 삶의 의지를 갖게 하는 요소가 된다는 이야기일 수도 있겠다.

소소한 순간으로 불행을 견디는 것. 잠자리에 들기 전 이를 잡는 순간, 일을 마치고 요리사 앞에 줄을 섰을 때가 잠깐의 행복, 아니 고통을 잊으며 불행을 견디는 것이었다.

미래에 대한 기대. 수용소에서 가장 비참한 순간은 미래에 대한 꿈을 상실했을 때였다. 미래에 대한 믿음의 상실은 죽음을 부른다. 전쟁이 3월에 끝난다, 혹은 성탄절에 끝난다고 했다가 그날에 안 끝나자 저항력이 떨어지고 절망하여 사망하는 사람이 급격히 증가하는 현상을 예로 든다. 종말론 신자들이 종

말이라는 날에 휴거가 안 이루어지자 집단자살하는 현상도 유사하지 않을까. 아무것도 기대할 수 없을 때 인간은 자살을 선택한다. 수용소에서 정신의학적 방법으로 치료를 하려면 **"기대할 수 있는 미래의 목표를 정해 줌으로써 내면의 힘을 강화시켜 주어야 한다. (…) 사람은 미래에 대한 기대가 있어야만 세상을 살아갈 수 있다"**고 프랭클 박사는 강조했다.

세 번째 단계는 석방돼 자유를 얻은 후의 심리 상태다. 수용소에 갇히고 무려 3년이 지난 날, 마구 내달리는 탈출을 계획할 즈음에, 바로 그 순간 수용소 문이 활짝 열리고, 적십자 마크가 그려진 번쩍번쩍하는 알루미늄 차가 수용소로 들어온다. 국제적십자 대표가 아우슈비츠로 들어온 것이다. 분명히 석방 후에 자유를 얻었는데도 기쁨을 느끼지 못하는 상태가 지속된다.

프랭클은 기쁨을 느끼는 능력 자체를 상실한다. 모든 것이 비현실적이고 내 몸이 내 몸이 아닌 것처럼 분리 증세를 느낀다. 견디기 힘든 폭력을 겪은 인간은 현실의 나와 몽상의 나를 구별 못 하는 '이인증離人症'을 겪는다. 지금 눈앞에 보이는 것이 꿈인지 생시인지 구별 못 하는 증세에 빠진 것이다.

더 큰 문제는 석방 이후에 도덕성을 상실해버렸다는 점이다. 폭력과 불의를 향해 다시 폭력을 자행하는 가해자로 변신한 것이다. 유대인들이 아이히만을 체포했을 때 유대인 스스로 정의로운 자로 강조하는 과정을 한나 아렌트는 위험하다고 지적했다. 고통을 받은 자들은 자신들이 겪었던 폭력으로 또 다른 폭력을 정당화한다는 것이다.

이 책이 값진 것은 저자가 시련을 받아들이고 그 시련을 직시하여 깊은 의미를 깨닫기 때문이다. 트라우마를 가진 사람은 그 트라우마를 직시하여 새로운 의미를 발견해야 한다. 저자는 스피노자가 쓴 『에티카』의 한 문장을 이 부분에 정확히 놓는다.

감정, 고통스러운 감정은 우리가 그것을 명확하고 확실하게 묘사하는 바로 그 순간에 고통이기를 멈춘다.

고통스러운 감정을 피하지 말고 직시하는 태도가 중요하다. 그럴 때 인간은 모든 트라우마와 시련에서 자신을 스스로 구원해낼 수 있을 것이다. 이 책에서 가장 감동받은 장면은 프랭클 박사가 탈출할 수 있는 기회에 환자를 돌보겠다고 돌아서는 순간이다. 여기서 끝났다면 개인의 영웅적인 회고기로 끝났을 것이다. 이 책이 고전으로 남은 이유는 절망의 밑바닥에서 그 아픔을 극복해나가는 정신요법 로고테라피logotherapy까지 나아가는 과정에 있다. 아픔과 시련을 극복한 사람은 또 다른 시련을 겪고 있는 사람들에게 그 시련을 탈출할 방도와 위안을 전해준다.

11 옛날 옛적에, 뻔한 시작이지만

흥겹게 시작하는 대하소설

1. 머리말씀

자, 임꺽정이의 이야기를 붓으로 쓰기 시작하겠습니다. 쓴다 쓴다 하고 질감스럽게(끈질기게-저자 주) 쓰지 않고 끌어오던 이야기를 지금부터야 쓰기 시작합니다.

각설, 명종대왕 시절에 경기도 양주 땅 백정의 아들 임꺽정이란 장사가 있어……

홍명희 『임꺽정』●

"**자,**"라는 입말은 한국인을 얼마나 편하게 하는지. 열 권이 넘는 대하소설 『임꺽정』은 "**자,**"로 시작한다. 첫 대목이 이리도 재미있다. 첫 문장뿐만 아니라, 이어지는 문장도 소개해본다.

100여 년 전인 1928년에 발표된 문장인데, 바로 눈앞에서 약장수가 떠벌리는 너스레 같다. 술술 읽힌다. 첫 장부터 '~습니다' 체로 독자를 편하게 해준다. 시인 한용운도 시집 『님의 침묵』을 시작할 때 어려운 말 대신 「군말」, 곧 군더더기 말이라는 제목으로 시집을 열었다.

"**임꺽정이의 이야기를 붓으로 쓰기 시작하겠습니다**"라는 말은 이야기가 그리 짧지 않을 거라는 사실을 암시한다. 벽초 홍명

● 　홍명희, 『임꺽정 1』, 사계절, 2008.

희(1888~1968) 선생은 1928년부터 1939년까지 〈조선일보〉에 「임거정전林巨正傳」을 연재한다. 놀랍게도 첫 연재 글을 이렇게 시작한 것이다. 몇 년에 걸쳐 연재될 글이라는 사실을 알려주는 광고 같다. 몇 년 뒤에 끝날지 모를 소설의 첫 문장을 홍명희는 우리말 중에 가장 편한 표현으로 시작한다. 한글을 아는 사람이라면 누구라도 빨려 들어갈 '초두효과'다.

　"쓴다 쓴다 하고 질감스럽게 쓰지 않고 끌어오던 이야기"라는 표현도 재미있지 않은가. 이 소설은 이처럼 뭔가 웃길 거 같은데 웃기지 않은, 그저 빙그레 웃으며 읽을 수밖에 없는 묘한 신명이 있다.

　"지금부터야 쓰기 시작합니다"라는 문장을 볼 때, 임꺽정의 활동이 다 끝나고 어느 정도 세월이 지나 이제는 쓸 수 있는 시기가 되었다는 말이겠다. 『임꺽정』은 1939~1940년에 조선일보사에서 네 권으로 나왔고, 1948년 을유문화사에서 여섯 권으로 다시 간행되었다.

　"명종대왕 시절에 경기도 양주 땅 백정의 아들 임꺽정이란 장사가 있어"라고 하는데, 임꺽정이 몰락한 농민, 백정, 천민을 모아 부패한 지배층에 저항하여 민란을 일으킨 때는 명종 13년 1559년이다. 『임꺽정』은 그냥 허구의 이야기가 아니다. 홍명희는 『조선왕조실록』으로 이야기의 뼈대를 세우고, 야담, 전설 등 다양한 자료로 살을 붙여서, 민족과 민중 정신으로 피를 흐르게 했다. 그냥 지어낸 이야기가 아니라 홍명희는 이야기의 골간을 사실史實에 근거하여 쓰려 했다.

홍명희는 『임꺽정』을 초기에 출간할 때 이야기 순서대로 못 냈다. 그 이유를 홍명희는 이렇게 설명한다.

"사실이 누락된 것을 보충하고 사실이 착오된 것을 교정하고 쓸데없이 늘어놓았던 이야기를 깎고 줄이어 책을 만들려고 합니다."•

그가 얼마나 사실을 중시했는지 알 수 있는 증언이다.
이 소설은 읽다 보면 옛 문체에 매료된다. 한 페이지가 넘어갈 정도로 긴 문장도 있는데, 신기할 정도로 주어와 서술어가 정확하게 맞아떨어진다. 애매한 문장도 있는데 그 애매함이 이상하게 맛깔나게 좋다.

다만 나는 이 소설을 처음 쓰기 시작할 때에 한 가지 결심한 것이 잇지요. 그것은 조선문학이라 하면 예전 것은 거지 반 지나문학(支那文學, 중국문학-저자 주)의 영향을 만히 밧어서 사건이나 담기어진 정조(情調)들이 우리와 유리된 점이 만헛고, 그리고 최근의 문학은 또 구미문학의 영향을 만히 밧어서 양취(洋臭)가 있는 터인데 『임꺽정』만은 사건이나 인물이나 묘사로나 정조로나 모다 남에게서는 옷 한 벌 빌려 입지 안코 순조선 거로 만들려고 하였습니다. 「조선 정조(朝

• 「벽초 홍명희씨 작 『임꺽정전』 명(明) 12월 1일부터 연재」, 〈조선일보〉, 1932. 11. 30.

鮮情調에 일관된 작품」이것이 나의 목표였습니다.*

이 부분을 보면 다른 나라의 문학과 구별되는, 오롯이 조선 문장으로 조선의 이야기를 쓰고 싶었다는 다짐이 나온다. 임꺽정은 중국식 쿵푸 무술인이나, 미국식 배트맨이나 슈퍼맨 같은 영웅으로 등장하지 않는다. 그저 힘이 센 장사일 뿐이다. 독자들은 작가의 뜻에 크게 공감했다. 1929년 12월 홍명희가 신간회 사건으로 옥에 갇혔을 때 잠깐 연재가 중단되지만, 독자들의 요구가 대단하여 총독부에서 연재를 허가할 수밖에 없었다. 옥중 연재를 했던 것이다.

간간이 늘어지는 부분이 있고 너무 문장을 성기게 쓴 소설이라는 비판도 있지만, 한글로 이야기를 쓰려면 반드시 읽어야 할 소설이다. 소리 내어 읽으면 더 흥이 나는 만담조 문장이다. 유튜브에 낭송 자료가 여럿 있는데 장거리 여행할 때 들으면 좋다. 옛날 이야기나 소설은 문자 이전에 소리로 전승되기도 했다. 박완서, 황석영, 신영복, 김훈, 김남일, 성석제 등 한국 문학의 고수들이 탐독했던 책이기도 하다.

"그 어휘의 풍부한 것은 조선어의 대언해(大言海)로서 지식인은 반드시 1책을 궤상에 비치하라."

1939년 출판 광고 문안처럼 한 권만 사면 결국 끝까지 읽지 않고서는 못 배길 책, '요거시' 우리나라 진짜 글이다. 걸쭉

• 홍명희, 「연재소감 "임꺽정을 쓰면서"」, 〈삼천리〉, 1933년 9월호, 664~665쪽.

한 막걸리 맛, 전혀 다른 차원에 우뚝 서 있는 겸허한 기념비가
이 소설이다.

과거의 이야기로 창조하는 현재

옛날에 아주 살기 좋던 시절, 음매 하고 우는 암소 한 마리
가 길 따라 내려오고 있었단다. 길을 걸어오던 이 음매 암
소는 턱쿠 아기라고 불리는 멋진 사내아이를 만났어……

제임스 조이스 『젊은 예술가의 초상』

"옛날 옛적에(Once upon a time)" 로 시작하는 문장은 인류가 써온
가장 오랜 첫 문장이다. 아버지나 어머니가 해준 이야기는 어
린 시절의 첫 기억으로 남는다. '옛날 옛적에'로 시작하는 이야
기는 처음 알아듣는 이야기로 영원히 잊지 못하는 선물이다.

　『젊은 예술가의 초상』(1916)은 제임스 조이스의 자전소설
이다. 외알 안경monocle을 쓴 아버지가 어린 스티븐에게 옛날 이
야기를 해준다. **"음매 암소(moo-cow)"** 라는 이름이 재미있다. 주
인공은 아잇적 **"턱쿠 아기(baby tuckoo)"** 라는 애칭을 가졌던 스
티븐 디덜러스다. 아일랜드에는 여러 토종 소가 유명하다. 그
토종 소가 턱쿠 아기를 만난다는 이야기는 곧 '너는 아일랜드
에서 태어난 운명'이라는, 아버지가 가르쳐주는 사회입문Social
Initiation이다.

제임스 조이스의 아버지는 노래를 잘하는 테너였고, 아일랜드 독립을 지지하는 강성 민족주의자였다. 제임스 조이스는 아버지의 지치지 않는 생명력에서 받은 영향을 숨기지 않는다. 어린 스티븐이 만든 노래가 이어진다. 이 아이가 어떤 인물이 될지 예시하는 작은 복선이다.

오, 들장미 피어 있네.
파란 잔디밭에.
그는 혀가 짧은 소리로 그 노래를 불렀다. 그가 지은 노래였다.
오, 파란 장미 꼬치 피어 있네.

본래 가사는 "green rose blossoms"인데 턱쿠는 "green wothe botheth"라는 혀 짧은 발음으로 노래한다. 혀 짧은 아이가 '파란 장미꽃'을 독특한 언어로 표현한 것이라서 번역본마다 다르다. 이 문장을 보고 오자 혹은 오역이라고 연락했을 독자도 있을지 모르겠다. 당시에는 파란색 장미꽃이 없었다. 시인 박목월이 세상에 없는 「청노루」를 썼듯이, 이 아이는 세상에 없는 '파란 장미'를 상상한다. 새로운 언어를 창조할 예술가가 될 아이의 운명을 암시하는 상상이다.

"침대 시트에 오줌을 싸면, 처음에는 따뜻하다가 곧 차가워진다" 라는 문장은 까마득한 아잇적을 상기하면 비슷한 체험을 했던 것을 기억할 수 있겠다. 예민한 이 아이는 엄마의 냄새와 아버지의 냄새를 비교한다. 이 체험도 잠시 생각해보면 어린 시절 첫 체험으로 떠오를 수 있겠다.

소년이 자라는 정치 및 종교에 관한 배경이 나온다. 반스네 가족을 설명하면서 "**그애들에게는 그의 부모와는 다른 부모가 있었다**(They had a different father and mother)"라는 문장이 나온다. 이어서 그 집 딸 아일린과 결혼할 거라고 소년이 말하니, 소년의 어머니는 잘못을 빌 거라고 말한다. 무슨 까닭일까.

반스네는 영국계 아일랜드인으로 개신교도이고, 스티븐은 순수한 아일랜드계 가톨릭 교도이다. 예를 들면, 중일전쟁 이후 일본에 점령된 중국 마을에 사는 한 사내아이가 일본 군인 딸과 결혼하겠다고 하면, 쉽지 않은 상황이겠다. 일본 군인은 화가 나면 중국인을 죽이기까지 했으니까. 영국계 아일랜드 개신교도와 아일랜드계 가톨릭 신도의 사이는 말 한마디 함부로 못 할 정도였다. 이어지는 소년 스티븐의 노래는 단순히 비슷한 발음으로 노래하는 놀이로 들리지 않는다.

눈알을 뺄 테다
잘못을 빌어라
잘못을 빌어라
눈알을 뺄 테다

이 문장을 번역된 한글로 읽으면 무슨 뜻인지 도저히 알 길이 없다. "**눈알을 뺄 테다**(Pull out his eyes)"라는 영어 발음과 "**잘못을 빌어라**(Apologize)"의 끝부분 발음이 '~자이즈'로 비슷하여 노래처럼 반복해 기억하고 있지만, 더 무서운 것은 발음 이면에 있는 무의식이다. 소년은 어린 시절에 이미 제국과 종교의 압제를 느꼈고, 그 공포에 대해 눈을 뽑아버려야 할 정도로, 또한 늘 죄의식을 갖고 식민지 본국 쪽에 사죄를 해야 할 정도로 부담을 갖고 있는 것이다.

장면은 느닷없이 초등학교 운동장으로 바뀐다. 독자는 작가가 인도하는 '의식의 흐름'에 불평하지 말고 따라가야 한다. 아버지에게 동화를 듣고, 단티 아주머니에게 배우며 자란 스티븐은 명문 기숙학교인 "클롱고우스 우드 학교Clongowes Wood College"에 입학한다.

1814년에 설립된 이 학교는 정문에서 본관까지 길게 늘어선 느릅나무 중앙로를 지나야 한다. 사방에 잔디밭과 잔디 운동장이 깔려 있는 최고 명문이다. 제임스 조이스가 여섯 살 때 입학하여 실제로 다닌 학교이기도 하다. 이야기는 10월 가을을 배경으로 시작한다.

입학하자마자 주인공은 왕따를 당한다. 이름이 이상하다며 스티븐을 혁대로 때리겠다고 겁을 준다. 예쁜 코담뱃갑을 바꾸자고 해서 거절했더니 어깨로 밀어 주인공을 변소의 하수구에 빠뜨린다. 스티븐에게 자기 전에 엄마에게 키스하느냐 안 하느냐, 묻고는 또 왕따를 시킨다. 스티븐이 할 거라고는 학습실에서 책을 읽는 일뿐. 지리책 여백에 이런 글을 쓴다.

스티븐 디덜러스

기초반
클롱고우스 우드학교
샐린스 마을
킬데어 군
아일랜드
유럽
세계
우주

　여섯 살 아이가 쓴 메모인데 대단하다. "Stephen Dedalus / Class of Elements / Clongowes Wood College / Sallins / County Kildare / Ireland / Europe / The World / The Universe"라는 단어는 이름에서 시작하여 학교〈동네〈나라〈지역〈세계〈우주로 점점 커져가는 과정을 보여준다. 아이의 사고가 좁은 현실에서 좀 더 넓은 세계로 확장하는 것을 보여주며, 결국 그가 곧 자신의 세계를 떠나리라는 것을 암시한다. 단순한 장난 같지만 이 짧은 글에 '스티븐 디덜러스'라는 아이의 비범성이 보인다. 여섯 살짜리가 벌써 자신이 '아일랜드'에서 태어났고, 그 아일랜드는 유럽과 세계와 우주와 어떤 관계를 갖고 있을까, 의문을 품기 시작한다. 더 놀라운 것은 아이가 샐린스 마을에서 아일랜드를 넘어, 유럽과 세계와 우주까지 넓은 세상을 지향한다는 사실이다. **"우주 다음에는 뭐가 있을까?"**라며 스티븐은 경계를 넘어서는 질문을 스스로 묻는다. 이런 아이에게 강압적인 교육은 불가능하겠다.

'스티븐 디덜러스'라는 이름은 조이스의 작품 『영웅 스티븐』 『젊은 예술가의 초상』 『율리시스』에도 등장하는 이름이다. '스티븐'은 신약성서 사도행전에 나오는 최초의 순교자 '스테판'의 영어 발음이다. 그리스어 스테파노스Στέφανος, 라틴어 이름 스테파누스Stephanus의 영어 이름이다. 스티븐이란 이름에는 순교자처럼 순례의 길을 행한다는 암시가 담겨 있다. '디덜러스'는 손수 날개를 만들어 달고 하늘로 날아올라 역경을 탈출한 그리스 신화 속 발명가이자 건축가이다. 곧 '스티븐 디덜라스'라는 이름은 제임스 조이스가 만든 거대한 판타지 세계를 여행하는 독특한 신화적 캐릭터다. 조이스는 『더블린 사람들』(1914)의 첫 두 편을 '스티븐 디덜러스'라는 필명으로 발표한다. 당연히 제임스 조이스 소설에 등장하는 스티븐 디덜러스는 제임스 조이스의 분신이겠다.

스티븐 더글라스는 내 이름이요,
아일랜드는 내 나라로다.
클롱고우스는 내 거주지요,
하늘은 내 소망이로다.

"옛날 옛적에"로 시작하는 이 소설은 이제 그 옛날에서 벗어나려는 몸부림으로 끝을 맺는다. 소설의 마지막 단락에 나오는 문장을 보자.

환영하나니, 오, 삶이여! 나는 아직은 창조되지 않은 네 종족의 양심을 내 영혼의 대장간에서 벼리어 내리라.(Welcome, O, life! I go…… to forge in the smith of my soul the uncreated conscience of my race.)

‘창조되지 않은 네 종족의 양심을’ **"대장간(smith)"** 에서 **"벼리겠다(forge)"** 고 한다. ‘forge’라는 단어 뒤에 대장간이라는 단어가 있어 ‘벼리다’라고 번역했지만, forge는 ‘구축하다’라는 의미도 있다. 제임스 조이스는 언어예술을 ‘벼리면서’ 아일랜드라는 한 종족race의 양심을 다시 창조할 수 있다고 확신했다.

『더블린 사람들』에 실린 15편의 단편소설을 읽으면 그가 얼마나 자신의 민족을 사랑했고 마음 아파했는지 알 수 있다. 제임스 조이스가 글을 쓰는 이유는 너무도 명백하다. 스티븐이라는 자신의 분신, 자신의 경험과 글쓰기를 통해, 마비되어 죽어가는 아일랜드 공동체를 다시 구축하는 희망의 에피파니를 전하고 싶었던 것. 그것이 큰 작가 제임스 조이스가 소설을 쓰는 이유였다.

참고 문헌

단행본

1   다짜고짜 말을 건다

Shakespeare, *The tragedy of Hamlet*, London : Methuen & Co, 1899.

미야자와 겐지(宮沢賢治), 『新編 銀河鉄道の夜』, 新潮文庫, 新潮社, 1994.

미야자와 겐지, 『미야자와 겐지 전집 1』, 박정임 옮김, 너머, 2018.

Virginia Woolf, *A Room of One's Own*, Oxford University Press, 1992.

2   독백으로 중얼거린다

요한 볼프강 폰 괴테, 『젊은 베르테르의 슬픔』, 박찬기 옮김, 민음사, 1999.

임홍배, 『괴테가 탐사한 근대』, 창비, 2014.

김용민, 『생태주의자 괴테』, 문학동네, 2019.

Johann Wolfgang von Goethe, *Faust I und II*, Nikol Verlagsges. mbH, 2015.

다자이 오사무(太宰治), 『女生徒』, 角川文庫, 角川書店, 2011.

3 동물·사물로 비유한다

장자, 『장자-내편』, 김창환 옮김, 을유문화사, 2010.

Franz Kafka, *Die Verwandlung*, Reclams Universal-Bibliothek, 2018.

Franz Kafka, *Kleine Fabel*, Fischer Taschenbuch, 2010.

4 주요 인물을 소개한다

다자이 오사무(太宰治), 『人間失格』, 新潮社, 1998.

Ernest Miller Hemingway, *The Old Man and the Sea*, Penguin Books, 1976.

한강, 『채식주의자』, 창비, 2007.

김호연, 『불편한 편의점』, 나무옆의자, 2021.

5 공간을 소개한다

표도르 도스토옙스키, 『죄와 벌』, 홍대화 옮김, 열린책들, 2009.

루쉰(魯迅), 「故乡」, 『鲁迅专集』, 同心, 2010.

가와바타 야스나리(川端康成), 『雪国』, 新潮文庫, 2006.

김웅교, 『일본적 마음』, 책읽는고양이, 2017.

손창섭, 『잉여인간』, 민음사, 2005.

6 풍경·날씨를 인유한다

레프 니콜라예비치 톨스토이, 『부활 1』, 박형규 옮김, 민음사, 2003.

게오르크 루카치, 『소설의 이론』, 김경식 옮김, 문예출판사, 2007.

이태준, 『이태준 전집·2-돌다리 외』, 소명출판, 2015.

김웅교, 『조국』, 소명출판, 1991. (재출간 예정)

바오 닌, 『전쟁의 슬픔』, 하재홍 옮김, 아시아, 2012.

7 계기적 사건은 작은 물결로 번진다

알베르 카뮈, 『이방인』, 김화영 옮김, 민음사, 2019.

알베르 카뮈, 『페스트』, 김화영 옮김, 민음사, 2011.

기형도, 『기형도 전집』, 문학과지성사, 1999.

Raymond Carver, *Cathedral*, Vintage, 1989.

레스 에저튼, 『첫 문장과 첫 문단』 방진이 옮김, 다른, 2019.

파리 리뷰, 『작가란 무엇인가 1』, 김진아·권승혁 옮김, 다른, 2021.

8 끝까지 읽어야 이해된다

F. Scott Fitzgerald, *The Great Gatsby*, Fingerprint! Publishing, 2014.

F. 스콧 피츠제럴드, 『위대한 개츠비』, 김영하 옮김, 문학동네, 2009.

Walter Benjamin, *EINBAHNSTRASSE*, Ernst Rowohlt Verlag, 1928.
김수영, 『김수영 전집 2』, 이영준 엮음, 민음사, 2018.
김수영, 『김수영 전집 1』, 이영준 엮음, 민음사, 이영준 엮음, 2018.
김초엽, 『행성어 서점』, 마음산책, 2021.

9 처음부터 끝까지 지배하는 결정적 사건이 나온다

이청준, 『벌레 이야기』, 문학과지성사, 2013.
손원평, 『아몬드』(개정판), 다즐링, 2023.
정지아, 『아버지의 해방일지』, 창비, 2022.

10 영원한 명언을 놓는다

정약용, 『역주 논어고금주 1』, 이지형 옮김, 사암, 2010.
추적 엮음, 『명심보감』, 김원중 옮김, 휴머니스트, 2017.
빅터 프랭클, 『죽음의 수용소에서』, 이시형 옮김, 청아출판사, 2020.

11 옛날 옛적에, 뻔한 시작인데

홍명희, 『임꺽정 1』, 사계절, 2008.
James Joyce, *A Portrait of the Artist as a Young Man*, Fingerprint,

2015.

사이트

유튜브 채널 〈김응교TV〉

https://www.youtube.com/@eungsil